デーブリーンの黙示録

――『November 1918』における破滅の諸相――

粂田 文

鳥影社

デーブリーンの黙示録　目次

デーブリーンの黙示録

――『November 1918』における破滅の諸相――

はじめに

一九四三年、アメリカのサンタモニカで、アルフレート・デーブリーンの六十五歳の誕生日を祝う会が開かれた。ブレヒト夫妻やマン兄弟ら亡命者仲間が集まるその祝いの席で、デーブリーンはカトリックへの改宗を告白する。デーブリーンの信仰告白に対する仲間の反応は恐ろしいほど冷ややかだった。とりわけ、デーブリーンを精神的な父とまで仰いだブレヒトにとって、それはスキャンダルも同然だった。彼の作業日誌にはそのとき受けた衝撃について次のように記されている。

最後にデーブリーンは道徳的な相対主義を批判し、宗教的な確固たる節度を持つべきだという演説を行い、祝いにきた大勢の人々の非宗教的な感情を害することになった。彼よりも合理的な思考をする聴衆たちはいやな気分になり、拷問に屈してすべてを吐き出した囚人仲間に対して仕方がないと愕然とするような感情に襲われたのだ。とくに、辛い出来事が重なりデーブリーンが打ちのめされていたのは事実だ、二人の息子をフランスで失い、二四〇〇頁に及ぶ彼の小説は出版できないままである［…］。(1)

個人的な領域にまで踏み込んだブレヒトのコメントから、ユダヤ人であるデーブリーンの改宗に対する不満や、個人の宗教感情に向けられる当時の亡命知識人たちの偏見をうかがうことができる。トーマス・マンが、道徳の真空状態を満たし、荒んだニヒリズムを阻止するために、宗教の代わりになるものがありさえすればと述べているように、[2]当時「現代的」と言われた亡命知識人たちのあいだには、宗教を民衆教化や自己正当化のためのイデオロギーと捉える批判的な見方が浸透していた。デーブリーン自身も大戦前は同様の立場をとっていただけに、彼の宗教的なものへの転向は裏切りも同然で、現実から目をそむけるアナクロニズムや病的な精神状態への退行と見なされ、仲間たちはこの同朋の豹変ぶりに冷淡にならざるを得なかった。芸術至上主義者のゴットフリート・ベンからしてみれば、「神は粗悪な様式原理」[3]であり、デーブリーンを「師匠」と仰ぐ次世代のギュンター・グラスでさえ、「彼は信仰にやられてしまった」[4]とのちに言い切るのである。

デーブリーンの著作は、『ベルリン・アレクサンダー広場』に代表される前期作品の前衛性ばかりが高く評価される一方で、本書で扱う『November 1918 ―― あるドイツの革命（全三部全四巻）』(November 1918. Eine deutsche Revolution. Erzählwerk in drei Teilen. 以下、『一九一八』と表記）を含む後期作品は、カトリックへの改宗が影響してか、なかなか評価されにくいところがあった。フロイトの概念を用いて、デーブリーンの後期作品を「文学的喪の作業」として評価するヘルムート・キーゼルは、芸術的後退、美的レベルの低下、宗教的傾向の強さなどを理由に後期作品が過小評価されてきたと分析している。[5]こうした背景には、カトリックに傾倒するデーブリーンに向けられたブレヒトやトーマス・マン、ゴットフリート・ベン、ギュンター・グラスら大物作家たちの批判の影響を無視できない。また、このような傾向が、デーブリーンの後期作品の評価をおくらせ、亡命前に書かれた『ベルリン・アレクサンダー広場』が後にも先にもデーブリーンの最高傑作だと考えられることになった。

しかし、近年、ドイツを中心に世界各国でデーブリーンの再評価が進み、後期作品にも光が当てられるようになってきた。日本でも一九九〇年頃から、デーブリーンの新訳がいくつか出版され、さらに長らく絶版状態で入手困難であった『ベルリン・アレクサンダー広場』が二〇一二年に再版されるなど再評価の機運が生まれつつある。(6) 研究も少しずつ広がりを見せているが、膨大な量の作品を残したデーブリーンの多様性からすれば、これらはまだまだ氷山の一角にすぎない。二〇一二年に上智大学に提出した博士論文に大幅な加筆修正を加えた本書は、日本で未翻訳の後期の代表作『一九一八』を集中的にとりあげることで、こうした欠落をささやかながら補おうと試みるものである。

本書の狙いは、挫折したドイツ革命を題材とする『一九一八』を二〇世紀の黙示録として読み直すことにある。とりわけ、歴史を叙述するための物語技法や反ユートピア的終末論の問題に光を当て、デーブリーンならではの歴史小説の今日性を際立たせたい。

序章と第一章で、後期作品の評価や、作品の成立と受容について概観し、さらにデーブリーンの歴史主義批判に依拠する歴史叙述や歴史小説に対する姿勢を検証したうえで、本題に入ることになる。第二章「デーブリーンにおける革命の歴史／物語」では、ユダヤ・キリスト教の伝統に根ざす「黙示録」の世俗化の歴史や言説の推移を踏まえ、それが革命の言説を支えることを念頭におきながら、『一九一八』における語りの技法を分析する。その際、権力闘争や歴史的人物の功罪を伝える「大きな歴史／物語」から逸脱して錯綜する無数の小さな逸話や言葉、そして歴史の「屑」に注意を促す作者のまなざしに注目し、権力者たちの物語を「逆なで」にして、権力者たちの言語を骨抜きにするテクスト細部の動きについて論ずる。第三章「滅びの諸相」および第四章「権力の諸相」では、最後の審判について語る「黙示録」が救済の物語として普及してきたことを踏まえ、歴史的カタストロフを生き残る者と生き残れない者の相貌に着目する。死者の顔にテロルの恐怖が刻み込まれる一方で、生き延びる権力者や革命群衆の日和見主義が次なる黙示録を予感させる。

戦争と虐殺という二〇世紀のカタストロフを再考するうえで、第一次大戦の経験にもかかわらず、二度目の大戦を阻止できなかったのはなぜかという問いは重い。『一九一八』はドイツ革命の起きた「一九一八年十一月」という「一ヶ月」に区切る表題を持ちながら、第一次世界大戦の終結と革命の失敗からナチの台頭、第二次世界大戦にいたる歴史を射程におさめている。第一次世界大戦終結からまもなく百年を迎えることを考えれば、今まさにこの小説を読む意義は大きい。本書が二〇世紀のカタストロフと向き合ったデーブリーンの日本における再評価につながることを願ってやまない。

序

一九三三年一月三十日、大統領ヒンデンブルクによってヒトラーが首相に任命され、国会議事堂放火事件や全権委任法の制定などを経て、ワイマール共和制は事実上解体する。ユダヤ人であるデーブリーンは、国会議事堂放火事件のあとスイスへ亡命し、さらに一九三三年の九月にはパリに移り住む。デーブリーンが『一九一八』の執筆にとりかかるのはパリ亡命時代の一九三七年末、そして六年後の一九四三年、カリフォルニアにて完成する[1]。

『一九一八』は三部作で全四巻からなる大部の長編小説である。執筆に六年を費やし、まさに時代に翻弄されながら紆余曲折を経て生まれた大作だ[2]。それは、デーブリーンにとって、「どうして世界は破局を迎えたのか」、その根源を究めるための試みだった。主人公フリードリヒ・ベッカーを「ゾンデ」として一九一八年十一月のベルリンに送り込み、第一次世界大戦、革命、ワイマール共和国成立に至る動乱期を経て、やがてナチスの独裁やホロコーストを許してしまうドイツ社会の深層を探る[3]。ごく簡単にあらすじを説明しておこう。

第一部『市民と兵士たち』では、独仏国境の町が主な舞台となり、革命勃発や終戦の混乱から野戦病院の解散やドイツ軍の撤退に至るまでのエピソードを中心に物語は進む。軍医として従軍していたデーブリーンはフランスに再併合されるストラスブールやハーゲナウの混乱に居合わせており、アルザス地方の町や前線の描写にはその時の体験が色濃く反映されている。

重傷を負い野戦病院に入院している主人公フリードリヒ・ベッカー中尉は、戦前はベルリンのギムナジウムで古典文献学を教えていた、人文主義教育の体現者とでもいうべき人物である。壮絶な戦場体験により身体的にも精神的にも深い傷を負ったベッカーは、後の『ハムレット、あるいは長き夜は終わりて』の主人公エドワード・アリソンと同じく戦争ノイローゼを病み、実存の危機に陥りながらも、戦争責任の所在や恒久的な平和の可能性について周囲に問いかける存在だ。このほか、ベッカーの物語に勝るとも劣らない量で、ドイツ軍内部のヒエラルヒーの崩壊、フランス色に塗り変えられていく国境の町や革命に湧くベルリンの様子などが描き出され、将校や兵士たち、ドイツ系とフランス系が入り混じるストラスブール市民、ベルリンの群衆や政治家など、様々な立場にある様々な人々のエピソードが錯綜している。

第一巻『裏切られた民衆』と第二巻『前線部隊の帰還』の二冊からなる第二部では、撤退するドイツ帝国軍に付き従うように、語りの舞台も独仏国境からベルリンへと移動し、第一部ではストラスブールから距離をおいて眺められていたベルリンの出来事が、ついに作品の表舞台に出てくる。ベルリンに戻ったベッカーが狂気すれすれの幻覚に苦しみ自殺未遂を犯しながらも、周囲の人間との対話を通してしだいに自己を取り戻す一方で、旧体制崩壊後の政治的権力闘争が物語の新たな主題として浮かびあがってくる。革命派のスパルタクスと、首相エーベルトや最高軍司令部を中心とする反革命派との対立が先鋭化し、さらにヴェルサイユ条約やアメリカの大統領ウィルソンをめぐるエピソードが語られることで、連合国の利害関係が入り混じる戦後処理の過程も射程に入ってくる。

第三部『カールとローザ』では、内容的にも時系列的にも先立つ巻の続きが物語られ、フリードリヒ・ベッカーが主役であることに変わりはない。その一方、革命がクライマックスへと突入するなかで、第三部のタイトルにもなっているスパルタクスの指導者カール・リープクネヒトとローザ・ルクセンブルクが主役に匹敵するような存在感を示すようになり、反革命勢力の弾圧を受けて破滅の道を辿るドイツ十一月革命の結末が詳細に描き出される。そしてベッカーもまた革命に同調するかのように破滅に導かれる。成り行きで一月蜂起に巻き込まれたベッカーがスパルタクスの側から銃撃戦に加わるとき、それまですれ違うばかりであった革命の歴史／物語と主人公の物語がはじめて一つに重なり合う。

あらゆる出来事が決着を迎える第三部において、新しい秩序や時代をもたらすはずの革命は、義勇軍兵士によるカールとローザの殺害でもって暴力的かつ悲劇的な結末を迎える。その後、ベッカーの破滅的な最期と、ワイマール共和制が成立しドイツ社会に秩序が取り戻される様子が描き出されるが、この一見新しく見える秩序もまた、革命勃発前となんら変わらない古い権力が形を変えて国を支配している状態にすぎない。ワイマール共和国の初代大統領に選ばれるエーベルトの姿からは、ヒンデンブルク、ヒトラーへと権力が引き継がれていくなかで生じる次なるカタストロフの到来が予感される。この意味で本書には救済のヴィジョンが徹底的に欠落しているのである。

他の後期作品と同様に『一九一八』も、その受容においては茨の道を強いられた。それは、何年にもわたって完全に無視されてきたといっても過言でない。[4] ドイツの戦後復興が本格化する一九五〇年代に『一九一八』の第三部『カールとローザ』が刊行され、ようやく全巻の初版が完結して出揃うことになるが、全くといっていいほど受け入れられなかった。作品の成立や出版に至るまでの長い紆余曲折もまた、[5] この作品が人々に受け入れられなかった理由の一つかもしれない。しかし、もっと大きな理由が他にも考えられる。まずは、先にも述べたデーブリーンの後期作品全体に対する消極的な評価の影響がある。キーゼルの主張にあるように、それまでのデーブリーン研究が初期作品に偏りすぎていて、その方向性が権威化したためだ。次に、ユダヤ人で医者のデーブリーンが一九四一年十一月に洗礼を受けてカトリックに改宗したことや、彼がこの小説においてイデオロギー的な革命のユートピアを批判するのみならず、それまで排除されてきた宗教的問いを蒸し返したことが理由としてあげられよう。こうした傾向のために、まず同時代の無神論的、社会主義的な左翼陣営から愛想をつかされることになった。正統派の社会主義的理想や革命観でもって『一九一八』を捉えようとするならば、ドイツの左翼革命家たちの脆弱さや社会主義イデオロギーを暴くこの小説にそなわる多層性を理解できるわけもなかった。[6] そしてデーブリーン文学につきまとう宗教的な問題も、救済のヴィジョンが欠落している限りにおいて、同じように受け入れがたいものであった。[7]「歴史叙述」を超越論的な形而上学に結びつけたり、政治的な風刺にキリスト教の神秘主義を絡めたりするデーブリーンの大胆不敵なやり方が、保守的な読者を困惑させたのだ。[8]

さらに、軍国主義や君主制社会の暴力性を徹底的に暴き出す厳しいまなざしは国家保守陣営の反感を招き、人文主義の没落のカリカチュアは教養市民層にとって決して気持ちのいいものではなかった。デーブリーンは『一九一八』のなかで、退行的で国粋主義的なイデオロギーや無神論的かつ社会主義的なイデオロギーを叩くのみならず、市民社会の欺瞞や人文主義の没落を徹底的に暴く。その徹底性が読者に違和感を与え、人々を作品から遠ざけることになったと考えられよう。

つまり、著名な文芸評論家ハンス・マイアーが述べているように、この小説は、政治的にも社会的にも宗教的にも読者が同一化できるような要素や可能性を一つも備えておらず、だからこそ誰にとっても不快と感じられたというわけだ[9]。

とはいえ、キーゼルの功績などもあり、今では、『一九一八』がデーブリーンの亡命期を代表する作品であり、「歴史小説」という一九世紀的な文学ジャンルに革新をもたらす、デーブリーン文学の集大成とも言える「記念碑的エポス」[10]として評価されるようになってきた。デーブリーンのキリスト教的傾向を批判するブレヒトでさえ、アンガージュマンと距離化の間を揺らぐこの多層的な作品について、ドイツ文学における「珍品」、あらゆる物書きたちの「参考書」と評したことを考えれば[11]、そもそもこの作品が簡単に見過ごすことのできない問題作であったことに間違いはないだろう[12]。

研究史においては、『一九一八』を「亡命文学」に位置づけ、トーマス・マンや同時代の作家と並べて論ずるものや[13]、デーブリーンによる文学理論とその実践の関係から、作家の歴史観と叙事文学理論の間に生れる相互関係を浮かびあがらせるもの、さらに、歴史叙述や革命の言説を分析するものなどが目立つ。日本では山口裕が『一九一八』をドイツの「歴史小説」の系譜に位置づけ、再評価を試みている[14]。また、『一九一八』の宗教的な傾向を積極的に評価するもの、たとえば、登場人物の内面に起こる宗教感情の目覚めを個人的な革命と捉え、そこに歴史的事象としての革命を重ねて読もうとするものなどがある。すなわち、主人公フリードリヒ・ベッカーを中心に展開される革命とキリスト教の二分法（Dichotomie）を浮かびあがらせる試みである。このほか、デーブリーンのフロイトやキルケゴールの受容までを射程に入れて『一九一八』を読み直し、本作品をさらに幅広く積極的に評価するための道を切り開いているものもある。(15)

このような研究史を踏まえるならば、本書の特徴は、ヘルムート・キーゼルらデーブリーンの後期作品を再評価する流れを継承しながら、新たに「黙示録」を導きの糸として、『一九一八』における歴史を物語る行為について考察し、世界大戦や革命といったカタストロフの表象の可能性を探る点にある。ただし「黙示録」という聖書の概念を用いるからといって、宗教的な側面から本作品を捉え直そうとするわけではない。後に詳しく述べるように、首尾一貫性と多声的な要素を同時に併せ持つ黙示録は世俗化されて、西洋の歴史認識や諸言説の形成に多大な影響を及ぼしてきた。この脱宗教的な黙示録的語りをデーブリーンは小説の柱としたのである。『一九一八』では、「最後の審判」による魂の分類、すなわち救済される者と破滅していく者という黙示録的な二元論が、テロルの犠牲になる者と生き残る者たちの物語に浮き彫りにされる一方で、生き残るものが死者たちといかに向き合うべきかが問われる。したがって、本書は「黙示録」という宗教的な概念に依拠しながらも、むしろ、デーブリーンが決して宗教的なものに惑溺する作家ではないことを明らかにし、社会や文学、さらには歴史叙述に対する作者のラディカルな姿勢を示すものとなろう。なぜならデーブリーンは独自の言語で「革命」や「黙示録」といった「大きな歴史／物語」を骨抜きにしていくからである。

第一章　「優れた小説はどれも歴史小説である」

アドルノ／ホルクハイマーの『啓蒙の弁証法』にならえば、近代合理主義の極みが二つの世界大戦やホロコーストであった。こうした人間の理性や想像力の限界を超えるカタストロフは、過去の出来事を表象し理解する可能性についての議論を激化させずにはおかない。

近代の歴史主義的な伝統では、「歴史学」の専門家である歴史学者たちによって、過去の出来事を「事実」として同定し、そのありのままの姿を表象することは可能だと考えられてきた。これは一九世紀にランケが生み出した実証主義的な近代ヨーロッパの歴史学の手法に基づくもので、批判的な史料の読み込みを通して過去の事象について分析し、それを客観的に叙述するものである。

しかし戦後、歴史主義の歴史学者たちが信じて疑わないものを否定する立場が生まれる。これは、歴史学や歴史哲学の領域における「歴史理論の言語論的転回」と呼ばれ、「歴史は物語られる」、つまり歴史を叙述する際に歴史学者も文学者と同じようにメタファーを駆使して物語を語らざるを得ないと考える「歴史の物語論」に代表される歴史観である。ヘイドン・ホワイトなどはその先駆的存在である。

この新しい歴史観にとって、過去は「二度と取り戻せない不在のもの」、「足跡や断片や痕跡によってのみ接近可能なもの」であり、それは「記憶や夢想や空想の場、したがって、詩的着想の場」でしかない。これは、過ぎ去った出来事が、学術的にではなく、「物語」として伝承されてきた近代以前の歴史認識の方法に近い。そこでは、過去の出来事を、政治・教育・思想などの実践的な目的のために引き出される「教訓の貯蔵庫」として捉えようとする、もう一つの歴史の見方が生まれる。「物語」に依拠する歴史観は、過去の理解というよりも現在の状況を理解するという目的で、過去の出来事の意味に強い関心を払う。歴史主義によって隠蔽され排除されたがゆえに語られなかった出来事を拾い上げ、それらを別の歴史として語り直し、その意味をあらためて問うのである(1)。

歴史学における歴史叙述の物語的な次元を重視する傾向が強まるなか、文学者や詩人の仕事に過去の出来事を表象し理解するための可能性を探る試みは決して無駄ではないと考える。文学の領域から歴史にアプローチするデーブリーンもまた、一九世紀的な歴史観に距離をおいていた。彼は「物語る」ことに依拠する叙事文学のなかに、文字も新聞もない太古の時代に生まれた歴史叙述の本来の姿を見出している。そして、一九三六年に亡命先のパリで「歴史小説と私たち」(Der historische Roman und wir)という題目の講演を行う。そのなかで彼は次のように述べている。

> かつての叙事詩とは、そもそも実際に起こった出来事を伝達し、広く知らしめ、保存するための形式であった。まだ文字も新聞もなかった時代のことである。(SÄ 293)

二つの世界大戦を経験し、ナチ政権下で過酷な亡命生活を強いられたデーブリーンもまた、ドイツ・ファシズムの起源を探るべく、革命の封殺を題材にした『一九一八』を書きはじめる。彼にとって過去を振り返るというのは決して現実からの逃避ではなく、むしろ過去との関係性において現在を捉え直し、そして今どう行動するべきかという、未来に向けての現在の在り方を探るための作業であった。「歴史家はすでに起こったことを語り、詩人は起こる可能性のあることを語る」[2]とアリストテレスは言ったが、「歴史から歴史小説への境目はしたがって流動的である」[3]と述べるデーブリーンが小説の題材として歴史を扱うとき、この歴史家と詩人の垣根が取り払われ、二つの職業が「言語的制作（ポイエーシス）」[4]という同じ一つの営みのなかで溶け合うことになる。

本章では、歴史や歴史叙述に言及するデーブリーンのテクストを取り上げ、彼の歴史との取り組みや、そこから生み出されるデーブリーンならではの歴史叙述のスタイルについて考えていく。

一・デーブリーンと「歴史の形而上学」

デーブリーンは一九二五年に発表した『ポーランド旅行』のなかで、ワルシャワの美術館を訪れたときの様子を次のように記している。

歴史、歴史、いつだって歴史だ。私にはわかる。これらの絵が民衆の感情を何一つ表していないことを。われわれの戦勝記念大通りと同じようにほとんど何も。民衆は、これら全ての画家たちが知る以上に豊かである。この「歴史」とやらは民衆が感じることを何か示しているのだろうか？　その民衆のどれだけがこうした類の「歴史」に関わっているのだろうか？（RP 55f.）[5]

国家の威光や屈辱の歴史が刻み込まれたワルシャワの華々しくもいかめしい建物や大通り、そして美術館や博物館の展示物に違和感を覚えたデーブリーンは、民衆から疎外される「歴史」や、「歴史」から疎外される民衆の姿を思い浮かべる。彼がポーランドで遭遇するこうした「野蛮のドキュメント」[6]は、近代ヨーロッパの進歩史的な歴史観に基づく制度化された国家の歴史の姿である。歴史を人間社会がある最終形態に向けて発展していく過程として捉えようとするこの進歩史観は、「歴史の形而上学」[7]の伝統の上に成り立つものだ。「歴史の形而上学」とは、超越的な神の視点から、物事の成り立ちやその経緯、そして世の移り変わりなどを俯瞰し、それらを「起源」を意味する「アルケー」（archē）から、「終わり」、「目標」、「完成」を意味する「テロス」（telos）に至る直線的な枠組のなかで意味づけて体系化しようとするものである。[8]その意味づけには、神の視点に立つ絶対者が、その超越的な立場から過去に対して裁きを下すというニュアンスがついてまわる。

歴史主義の時代と言われる一九世紀には、この「歴史の形而上学」に「科学による真理の占有」[9]や「真理の専制支配」[10]といった時代の風潮も加わり、歴史が科学的な学問としての地位を得て、実証主義的な方法に基づく「歴史学」なるものが生まれる。歴史学者たちは、証拠となる史料を手がかりに過ぎ去った出来事を科学的に分析し、それが事実として実証可能となれば、その出来事は万人に同一の真理、つまり普遍的な歴史として承認される。科学的な分析に基づくとはいえ、こうした実証的な歴史叙述もまた、論理的な首尾一貫性や同一性によって根拠づけられる出来事を事実や真理として追求するものなので、西欧の形而上学的・観念論的な伝統から逃れきれていない。しかしながら、主観的な記憶や想起を排除し、歴史的事象を科学的に捉え「事実」を「虚構」から厳密に区別する歴史叙述は一九世紀以降の歴史学における主流となり、それによって、同じ過去を扱うにしても、文学すなわち虚構、歴史すなわち事実、という役割分担に拍車をかけることになった。

歴史を一本の線と捉え、その先に人類の救済や世界の完成を夢見ることができなければ、現在の労苦が希望の持てない無意味なもの絶望的なものに思えてくる。デーブリーンは、人々が今ある現実に対して感じるこうしたやるせなさを認めはするが、「世界史における直線的な『発展』を信じるのは、極めて素朴な人間だけだ[11]」と、近代ヨーロッパに支配的な進歩史観を挑発する。進歩史観に支えられた歴史主義には、自分たちの時代が発展の上に成り立っており、現在を過去の全ての出来事が目指していた完成形だと考える傲慢な一面がある[12]。デーブリーンは、こうした歴史の形而上学を受け入れられるほど能天気な作家ではなかった。

二．歴史叙述と「ゆらぎ」

人は過去の出来事を言語化して伝承する作業から逃れることはできない。その際に、文学にも歴史学にも、歴史叙述の問題はついてまわる。デーブリーンは、『ヴァレンシュタイン』序章のシラーの言葉「ヴァレンシュタイン派と反ヴァレンシュタイン派がもつれ合い、歴史におけるヴァレンシュタインのイメージはゆらいでいる[13]」を引用し、歴史学者による歴史叙述について次のように語る。

歴史それ自体は、つまり歴史叙述というのは、起こった出来事の一義的なありのままの伝承ではありません。それは現実の経過の純粋で混じりけのない描写ですらない。[…] 言い伝えられてきたものには隙間があり、彼らは、いろいろな方法でそこを埋めていくのです。判断が介入しない描写などは不可能で、素材を並べる時点ですでに判断が入りこんでいるのです。つまり、人によって違うのです。とはいえ、それぞれの判断の根拠は、歴史学者のなかに、彼の人柄、彼の属する階級、彼の時代のなかにあります。(SÄ 301)

ここでは「歴史」と「歴史叙述」が同列におかれていることから、デーブリーンが「歴史」を、単なる過去の出来事のみならず、それらが言葉で「叙述」されたものとして認識していたことがうかがえる。

過去の出来事を列挙するだけでは「数えあげる (zählen)」のと同じで、これは「歴史」とは呼ばない。ある出来事はつねに他の出来事との連関のなかで成立するものである。出来事と出来事をつないで浮かびあがるこの連関がデーブリーンのいう「経緯」だと考えられるが、歴史家たちは、この出来事と出来事の隙間を、史料や文献から得られた証拠や知識、そして想像や可能性を慎重かつ巧みに結びつけることで埋めていく。このとき、歴史学者たちは、出来事をつないで経緯を浮かびあがらせ、それを歴史的「事実」として同定するために、文脈を作りあげる必要がある。この筋書きが加わるとき「数えあげる（zählen）」は「物語る（erzählen）」に変わる。このようにして、ことの経緯というのは、人により全く違ったふうに伝えられることになる。そこにシラーの言葉を借りてデーブリーンが強調する「ゆらぎ」が生じるのである。

ヘイドン・ホワイトは「われわれは生まれつき物語る衝動を持ち、現実に起きた事件の様子を述べようとすれば、物語以外の形式はとり得ない[14]」と述べているが、このように「われわれの世界経験とその経験を言語によって叙述しようとする努力[15]」の間には「物語る」という行為がついてまわる。過去の諸々の出来事は、文脈のなかに配置され物語られることによってはじめてその意味を獲得し「歴史」となる。

とはいえ、過去に生じた全ての出来事について語ることは不可能だ。そこでは、素材となる出来事の配列、つまり扱う出来事や史料の取捨選択、そしてこれらを分析して叙述する方法に歴史学者たちの判断が影響を及ぼす。シラーやデーブリーンのいう「ゆらぎ」が生じるのもこうした理由からである。デーブリーンが述べるように、このとき歴史学者たちの判断や見解が入り込むのは避けられない。歴史学者が裁きを下す神に重ねられるのも無理はない。この判断を左右するのは、それを叙述する歴史学者の「人柄」あるいは「主観」、そして彼が属する「階級」や「時代」の価値観や考え方などだ。さらに過去が現在との関係性において捉えられる場合には、その叙述は現体制やイデオロギーに都合よく操作されもする。このように文脈に応じて過去の出来事の意味は増殖したり変容したり、あるいは隠蔽されたり消滅したりもする。

歴史主義に距離をおくデーブリーンは、絶対的な「真理」にこだわる観念論的なドグマに縛られた歴史観を疑問視する。


［…］歴史学者は、史料をほじくりまわして徹底的に調べあげるけれど、どうしてもうしろめたさを感じてしまう。というのも、自身のいかなる資料の分類や基本構想とも矛盾する、妄想にすぎない真理という理想、客観性という理想に従うものだからです。(SÄ 302)

国家とブルジョア社会に奉仕してきた人文主義の神話が崩壊して真理の理想が幻となり、そして理性や想像力の限界を超える壮絶な出来事を世界規模で経験した二〇世紀以降、これまで述べてきたような歴史主義に依拠する歴史観や過去の叙述方法に懐疑の眼が向けられるようになる。

ホワイトの見解は、記述された「歴史」や「事実」はその筆者の意図や社会道徳に沿って物語化された虚構であると主張するものなので、「真理」を探究する一九世紀的な歴史学の価値観からしてみれば、それはとんでもない話になるが、逆にデーブリーンは、こうした議論を先取りするかのように、一九世紀的な価値観に支えられた歴史学者たちを揶揄して、「真理」と呼ばれるものに対して彼らが密かに抱える疚しさのようなものに我々の意識を促す。歴史学は、事実と虚構の言説を区別し、表向き前者が科学的な分析に基づいた客観的な歴史的事実だと公言するが、歴史学者自身も、それが決して過去の出来事のありのままの姿を余すところなく言い伝えるものではなく、単に一つの見方に過ぎないということを、自ら密かに認めているのだと、近代の歴史主義の欺瞞が皮肉られる。

デーブリーンは個人や集団や民衆の営みの痕跡を、時代を縦横無尽に横切る「跳飛弾（Querschläger）」に喩えている。「跳飛弾」とは軍事用語であるが、技術不足や跳ね返りにより制御不可能な予想外の方向へ飛ぶ弾のことである。デーブリーンによれば、一般に普及している歴史とは、書斎に閉じこもって仕事をする歴史学者が、このぐちゃぐちゃに絡まっているはずの「跳飛弾」の軌跡を強引に整理して、人々の生の営みの成果として示したものである。しかしながら、それは「整理整頓を行い秩序づけることに慣れた、椅子に座って仕事をする人々の幻影[16]」に過ぎない。歴史学者が座る書斎の椅子は、まさに神の玉座だ。そもそも、どこから飛んで来て、どこに跳ね返るか予想のつかない「跳飛弾」の複雑に絡み合う無数の軌跡を整理して論証することなど至難の業である。なのに、神の玉座に座り「白い髭を生やして『世界史とは世界審判である』かのようにふるまう[17]」歴史学者たちは、自分たちの仕事こそ紛れもない真理だと虚勢を張る。歴史の授業や教科書を通して馴染んできた、国の発展の経緯を語る歴史叙述は、この幻影の典型であり、現体制から「国家の正史」として太鼓判を押され、現在を生きる人々の時間の流れのなかに組み込まれてきた。

デーブリーンは「それは間違いなく非常に面白い仕事だ[18]」と歴史学者たちの仕事を皮肉り、そして体系的に秩序づけられる過去からはこぼれ落ちる、すなわち歴史学者たちによって叙述されない「現実の生きられた歴史」があると述べる。

しかしながら、これは決して叙述され得ないだろう、なぜならその現実や具体性はあまりにも大きく多様な変化に富んでいるからだ。そこにはあらゆる身体的なものと形而上学的なものが同時に含まれなくてはならないだろう。そうした歴史は、われわれに提供される歴史学者による跡づけの歴史とは異なる相貌を示すであろう。歴史小説は、身体的かつ形而上学的要素の多くを強固な具体性の内部に育むものなので、それが、歴史学者による出来事の抽象的な羅列よりも、ずっと現実の歴史に近づくものであることには納得がいく。(UD 231)

過去の出来事の経緯が、残された史料の客観的な分析と叙述を通して事実だと承認されたところで、決してその全貌や深層に迫り切れるわけではない。どこから来てどこに跳ね返っていくか予想のつかない跳飛弾のように、人々の生きた痕跡ははじまりや終わりという単純な枠で捉えられるものではない。「現実に生きられた歴史」とは、その多様性や複雑さから見ても、歴史主義の歴史学者が神の玉座から示して見せる歴史の「縦断面」[19]、つまり「アルケー」から「テロス」に至るまでの首尾一貫性や論理性を踏まえて叙述される「大きな歴史」からははみ出すものだ。

デーブリーンが歴史叙述の「ゆらぎ」という言葉を強調するとき、それは歴史主義によってもたらされる権威主義的な「大きな歴史」に対するアンチテーゼとして浮かびあがる。というのも、デーブリーンが歴史叙述の起源と見る「物語る」という行為において、それが口頭伝承に由来する点からも意味の「ゆらぎ」は避けられず、本来それは「真理」や「客観性」や「進歩」を称賛する歴史主義のドグマに相反するものだからだ。デーブリーンは、どこから来てどこへ向かうのか予測のつかない跳飛弾のような人々の生、そして物語られる状況に応じて絶えず変容する過去の出来事の意味の「ゆらぎ」にこだわる。意味の「ゆらぎ」から生じる解釈の複数性のなかに、支配者によって軽んじられ隠蔽されてきた複雑な跳飛弾の軌跡をすくい上げて、「過去」や「歴史」をめぐるドグマ的な主張を切り崩すための可能性が潜むのである。

三．歴史を逆なでにする「跳飛弾」の軌跡

ベンヤミンによれば、勝利者に感情移入する歴史主義は、戦争や政治や技術発展や偉人の業績に執着する。[20] とりわけ「国家」の歴史は、過去の出来事を現在の体制に至るまでの発展の過程として捉えるものであり、それは現体制の在り方を正当化するものでもあった。こうした歴史はロマン主義的な感情論と溶けあい、愛国主義的な精神の高揚にもつながった。しかし、その一方で、支配者たちに利用されてきた無名の人々の生は、民族や国家の歴史が排除してきた歴史的他者としてないがしろにされてきた。

デーブリーンがポーランドで目にした文化財や記念碑的建造物にこの人たちの歴史は書き込まれていない。支配者の歴史が「大きな歴史」だとすれば、デーブリーンが狙い定めるのは、そこからこぼれ落ちる「跳飛弾」の軌跡、「現実の生きられた歴史」であり、大きな歴史から排除されたがために叙述されることのなかった、名もなき人々たちの、あったであろう無数の「小さな物語」で

ある。

あらゆる人間、とくに貧しい者や抑圧された者たちの、自由や平和や真の社会を求めての、そして自然との共鳴を求めての倦むことなき闘いは、勇気や力や英雄主義の例を十分に提供してくれます。それらをさがして集める者はいつの時代だろうが、あの世の死者たち、暴力のみじめな受け皿たちが思いもしないような、より多くのものを見つけ出すでしょう。（SÄ 316）

「民衆のどれだけがこの『歴史』に共感をもっているのだろうか」とデーブリーンが問うとき、この「民衆」とは、まさに支配者の勝利の陰に隠れた無名の人たちのことである。過去の出来事の内部へとわけ入り、「大きな歴史」の陰に埋もれていた人々の生を掘り起こして次世代へと語り継ごうとするのは、まさに「歴史を逆なでにする」[21]行為だといえる。断っておくが、だからといって、貧しい人たちというのが支配者に抑圧された「かわいそう」な人たちで、彼らは自由や平和を求めて闘った、とデーブリーンが熱く語るわけではない。こうした左翼的なヒューマニズムに傾倒するにはデーブリーンはいささか醒めていた。しかし、支配者による「大きな歴史」が、本来的な意味での歴史的事実をおおまかに物語る、われわれの目に入りやすい「頂上史（Spitzengeschichte）」[22]だとすれば、そうした歴史を逆なでにして浮かびあがる、個人あるいは集団レベルでの現実を語る報告は、個人や集団を取り巻く社会の「深層史（Tiefengeschichte）」[23]を形成し、今を生きる人々に多くの示唆を与える「教訓の貯蔵庫」となる。

本章の冒頭で引用したデーブリーンの言葉を、その続きを含めてもう一度引用する。

かつての叙事詩とは、そもそも実際に起こった出来事を伝達し、広く知らしめ、保存する形式であった。まだ文字も新聞もなかった時代のことである。当時は口頭で伝えるしかなかったので、作り話が混じるのもしょうがないことだった。より記憶しやすいように、当時はその知らせを韻文で定着させもした。韻文形式が繰り返すことを容易にして、内容をできるかぎりゆるぎないものにしたわけで、この二つこそが、かつての叙事詩や物語が韻文形式をとるようになった理由であり、決して「美学的な意図」がそこに働いていたわけではなかった。（SÄ 293）

古典古代の昔には、過ぎ去った出来事を物語る報告の真正性は、実証的な証拠よりも人物や状況の生き生きとした表象に拠る所が大きかったという。[24]過ぎ去った事柄を歴史的なものとして明確に言表するとは、それを「実際にあった通り」に認識することではないとベンヤミンが述べるように、[25]過去を二度と取り戻せない不在なものと認識したうえで、過ぎ去った時代の像を言語化してありありと表象させ、今を生きる人々にその意味を問うものが歴史だとすれば、デーブリーンが過去の出来事を語る際に「作り話的なもの」が入り込むのもやむを得ないと考えたことも理解できるのではないか。なぜなら、この作り話的な要素こそが、彼がこだわる過去の出来事の意味の「ゆらぎ」を生じさせるからである。

どこからともなく生起しては消える無名の人々によって生きられた歴史は、「アルケー」や「テロス」なる発想の彼方で錯綜する跳飛弾の軌跡、すなわち無数の小さな物語の網目のなかにはじめて浮かびあがる。この網目が共時的な歴史の「横断面」[26]を形成すると同時に、「大きな歴史」として語られていた過去の出来事もまた、そのなかで新たに意味づけられることになる。

デーブリーンはこうした歴史叙述の可能性を求めて、「物語」の原点に立ち返ろうとする。過ぎ去った出来事について報告してきた物語形式の「残滓(Überbleibsel)」[27]である小説に、逆なですることで浮かびあがる歴史の横断面を映し出す役割を負わせ、そこに二〇世紀の「歴史小説」なるものを打ち立てようとするのだ。

四．デーブリーンと歴史小説

歴史小説の誕生以来、文学と歴史叙述をいかに区別するかが繰り返し議論され、さらに二〇世紀後半に歴史学における歴史叙述の物語性を重視する主張が生まれるなか、両者の境目はますます曖昧になっている。そしてジャンルとしての歴史小説の定義も依然として曖昧である。[28]ドイツの歴史小説の系譜をたどる山口の『ドイツの歴史小説』を踏まえ、本書では、歴史学的な知見を踏まえたうえで歴史的な素材を扱い、歴史への意識を覚醒させるような物語性のある散文を「歴史小説」とみなし、[29]以下、デーブリーンの歴史叙述や歴史小説観について考察する。

歴史小説は一九世紀の申し子、すなわち「嫡出子(ein legitimes Kind)」[30]である。一八世紀以前にも歴史的題材を扱う作品はあったが、それらは過去を異国的なもの、珍しく風変わりなものとして描き出す騎士小説や冒険小説や盗賊小説といった通俗小説の範疇に限られていた。フランス革命やナポレオン戦争が愛国心や自国の成立に対する関心を高める契機となり、近代の国民国家の枠組みを過去に投影する形で「国の正史」を叙述する「歴史学」なるものが誕生するのが一九世紀のことで、この歴史学の趨勢に呼応する形で、小説のなかに歴史的真実を描き出そうと試みる「歴史小説」が生まれたと考えられている。[31]

多くの歴史小説が、戦争や決闘、英雄的で崇高な行為や死に魅了されており、そこに権力、愛、エロス、忠誠、裏切りなどがエッセンスとして加わる。[32]文学史のなかでは、「歴史小説」は虚構を扱う詩作と事実を扱う歴史叙述の間に生まれた「混血、できそこない」[33]だというイメージが強く、「二流ジャンル」として軽んじられる傾向があったが、一八四八年の三月革命やビスマルクによるドイツ国家の統一を経験したドイツ語圏でも一九世紀後半には歴史を題材に扱う多くの小説が生まれた。[34]

デーブリーンは、「歴史小説と私たち」のなかで、「優れた小説はどれも歴史小説である」[35]と述べ、一般的な小説と歴史小説を原理的に区別することに異議を唱えつつ、亡命という苦境におかれた物語作者たちの歴史的題材に向けられる衝動を弁明し、それまでのドイツの歴史小説とは異なる、亡命者が生み出す最も先鋭的な小説形式として更新された「歴史小説」を提案する。もっとも、彼は新しい歴史小説のあり方を唱えるが、決して一九世紀の歴史小説を文学的に否定しているわけではないようだ。

ドイツにはあまたの歴史小説がありましたが、それは亡命者ではない人々の歴史小説でした。とすれば、そうしたものは一体どのような人たちのために書かれたのでしょうか？　エジプト考古学者エーバースによるベストセラーがあれば、フェーリクス・ダーンによるローマ人やゴート人の時代を描いた小説があり、さらにグスタフ・フライタークの歴史小説『先祖たち』もありました。どうしてこれらの本はこれほどまでに色褪せてしまったのでしょうか。作家たちに文学的な才能がなかったわけではありません、そのなかにはすばらしい書き手もいましたから。そうではなく、この作家たちは、ドイツ人が屈してしまったあの政治的去勢によって歴史的な素材を社会批判のために動員させる能力を失くしてしまったからです。彼らはそのせいで、行動する人間の力強い政治性や苦悩する者や挑戦する者たちの意志を授けるような比類ない真正性を目指して突き進むことをしなくなった、彼らはただ承認し、賛美しようとするだけでした。彼らは納得してしまったのです。(SÄ 314)

「ドイツにはあまたの歴史小説があったが、それは誰のために書かれていたのか」というデーブリーンの問いは、歴史主義の歴史家は誰に感情移入しているのか、[36]というベンヤミンの問いと本質的には変わらない。一九世紀後半のドイツの歴史小説は、ロマン主義の影響もあって、中世やゲルマン民族の時代、そしてエジプトやギリシャやローマといった古代に好んで題材を求めた。エーバースはデーブリーンがここで言及する作家の名前は、山口の『ドイツの歴史小説』にも登場する。エーバースはエジプト考古学の、ダーンは法史学のそれぞれ教授であり、彼らが好んで描いた古代の歴史小説は、文芸趣味の歴史の先生が戯れに書いた、博物館的な古臭い過去の見本に過ぎず、歴史的事実や真実に切り込むようなものではないとして、自然主義者たちからは「教授小説」と呼ばれ嘲笑された[37]。

エーバースの描くエジプトにはヨーロッパの教養市民層が抱くエジプトのイメージが刻み込まれている。ダーンの『ローマをめぐる戦い』(Ein Kampf um Rom)は、メロドラマ的な要素の強い冒険小説の様相を呈している。フライタークもまた、大学で教鞭をとりドイツ語学やドイツ文学を教えていたことから、彼の作品も「教授小説」に分類できるが、歴史的家族小説の伝統に連なる『先祖たち』(Die Ahnen)は、ドイツ人のとあるブルジョア一族の家系を古代ゲルマン民族の時代から一九世紀の三月革命の時代まで辿り、そのまっとうな素性を証明しようとするもので、ヴィルヘルム体制が掲げる愛国主義を支持し、それを支えていた教養市民層の自尊心を満たすものであった。

このように、デーブリーンが距離をおこうとするこれまでの歴史小説とは、ビーダーマイヤーの名残のなかで、書斎に籠り「ブルジョアジーの安楽椅子[38]」に座って、束の間の平和を満喫しながら仕事をする書き手によるものだ。そこから生み出されるのは批判精神を欠いたあまりにも非政治的なもので、無防備に体制の在り方を認めるものだった。デーブリーンはそこに歯がゆさを感じるのである。一九世紀の歴史小説家によって書かれる文学作品もまた、それが表向き事実を扱う歴史学と厳密に区別されていたとはいえ、結果として勝利者に感情移入する歴史主義に同調する代物だった。虚構だろうが事実だろうが、国家や支配者を讃える華々しい正史のイメージが、その不吉な出自をヴェールで覆い隠して民衆を酔わせる体制に人々を「同意」させてしまうのだ。

それでは亡命者による二〇世紀の歴史小説とはどのようなものなのか。新たな歴史小説の担い手について、デーブリーンは次のように述べている。

> 私たちの多くが亡命生活を送っています。私たちと運命をともにし、言葉をともにする社会が私たちの周りにはありません。私たちは自分たちが生きてきた社会の力の及ばないところにいる、少なくとも物理的に身体的に放り出されたまま、新しい場になじむこともできません。そこには活動的な人間に必要な生きるための刺激となるようなものはほとんど何もなく、そうした人間を取り巻く日常の大部分が少なくともずっと沈黙したままです。亡命とは総じてこういうものなのです。ここではある確かな衝動、歴史小説への衝動が物語作者に生じます。緊急事態なのです。確かに歴史小説そのものが緊急事態の現象とは限りません。しかし、作家たちに亡命というものがついて回るところでは、歴史小説は好まれざるをえないのです。（SÄ 313）

デーブリーンによれば、亡命者が歴史小説に傾倒するのは、過去の出来事のなかに類似する状況を見つけ出し、自身を歴史的に位置づけながら自らがおかれる状況を正当化して納得したいという切実な願い、思考の必然性、自己憐憫や少なくとも想像の領域で復讐しようという意識などが影響している[39]。自分たちが慣れ親しんできた社会や言葉から切り離された、何にもどこにも属さない亡命者の沈黙する日常からこそ、見えてくるものがある。

亡命者である新しい歴史小説家は、沈黙する悲惨な現在を背負って失われた時代へと潜り込み、

「博物館を豊かにするために、考古学者のように墓に入り込んで掻きまわす」のではなく、過去の時間のなかに埋没していたものを「生き生きとこの世に蘇らせ、死者たちの口を開き、彼らの干からびた手足を動かそう」[40]とする。おとなしく眠らされていた死者たちの言葉を、作者の力で取り戻そうとすることもまた、「歴史を逆なで」にして過去を語ることになろう。このようにして、今という時代が、過ぎ去った時間の中に流し込まれるとき、過去の素材が現在に対して意味するところのものが明らかになる。沈んだ時代が蘇り、「沈黙する現在」の代わりに死者たちがおしゃべりをはじめる。こうして書き手と歴史的な素材が共鳴するとき、現在の意味もまた、過去に投影される形で浮かびあがり、過去の出来事を扱う歴史小説に今日的な現実性が付与されていく。

『歴史』がどのように教えられるかを、私は知っている。そこでは誇大妄想が無知と結びあわされるのだ」[41]とポーランドを旅したデーブリーンは述べているが、一九世紀の歴史主義に依拠する歴史小説から一線を画す二〇世紀の歴史小説の使命は、華々しい歴史のヴェールの背後に隠された退廃的な社会の「ニヒリズム」[42]を暴き糾弾することにある。デーブリーンは彼が後にしたドイツの様子を次のように述べている。

　没落の一途を辿る特権地主階級は、彼らの傲慢で高慢な裁きを、その裁きを喜んで甘受する中産階級すなわち市民階級の大衆に下します。大衆は本当の社会がどんなものか決して知ることはありません。学校でも外でも教えてくれません。その代わりに、彼らは捉えられ、主従関係からもたらされるイメージ、暴力、戦争、技術、成功、新記録といったイメージで酔わされてしまう。人間なら誰もが持っている自然な愛情、自分たちが生きている土地への、ともに成長する人間たちへの愛情が、隣人への憎しみや、境界をめぐる争いへとすり替えられてしまうのです。（SÄ 315）

こうした現代社会の風景は、「大きな歴史」からこぼれ落ちる跳飛弾の軌跡、すなわち過去における「あらゆる人間、とくに貧しい者や抑圧された者たちの、自由や平和や真の社会を求めての、そして自然との共鳴を求めての倦むことなき闘い」を通して浮かびあがる。亡命者による歴史小説は、こうした社会の深層史をしっかりと捉えるのである。

次章以降、『一九一八』を取り上げ、亡命者デーブリーンの歴史観や歴史叙述が作品のなかにどのように反映され、現代社会の深層史がいかなる形で立ち現れてくるのか、具体例を示しながら確認していく。

第二章　デーブリーンにおける革命の歴史／物語

一・『一九一八』と黙示録

『一九一八』というタイトルに添えられた「あるドイツの革命（Eine deutsche Revolution）」という副題から、この作品が紛れもなくドイツ史における「革命」と呼ばれる出来事を主題とすることは明らかだ。近代以降、革命は既存の政治的、社会的、経済的な秩序を根本的に変えることだと定義されてきた。それまでの国家権力の保持者を退位させ、代わって自身がその地位に着き、引き継いだ権力を行使して新たな秩序を確立してはじめてその革命は完結し遂行されたことになる[1]。

革命とは古いものを新しいものへと変貌させる絶好の機会「カイロス」である。歴史叙述における「革命」の言説は、古い秩序からの訣別と新しい秩序の不可逆的な創出という図式によって支えられてきた。過ぎ去った出来事が訣別と新生という枠組みのなかで語られてはじめて、その出来事は「革命」として認識されることになる。こうした革命をめぐる思考には、「新たな世」（der neue Äon）」が打ち立てられるために「古き世」（der alte Äon）」の崩壊が前提となる、黙示録のあの救済史のヴィジョンが構造化されている。

小説のタイトルとなっている「一九一八年十一月」という日付もまた、非常に黙示録的である。というのもこの決定的な日付は、ドイツ人やドイツにとって、それまでの歴史的発展の停止を意味すると同時に、そのあとに到来するであろう新しい時代や世界への期待を抱かせるものであったからだ。一九一八年十一月、第一次世界大戦の終結とともにヴィルヘルム二世は退位し、帝政ドイツは崩壊する。近代の大量殺戮兵器による史上初の世界戦争は大勢の人間の命を奪い、大量の失業者や飢餓を生み出し、ロシア革命に触発されたドイツの社会主義者やコミュニスト、そして労働者たちが新たな秩序の成立を求めて立ち上がるきっかけとなった。そして、帝政の崩壊は君主制を支えていた軍人やユンカー貴族や大資本家といった古いエリート層からなる大ブルジョア階級の没落を促し、そこにスペイン風邪の流行が追い打ちをかけてドイツ全土が混乱に陥った。こうした新旧勢力がせめぎあう一九一八年頃の混沌としたドイツの状況は、没落や崩壊や終末といったカタストロフのヴィジョンに満ちあふれており、これらはまさに黙示録が赤裸々に象徴するところのものである。

デーブリーンの『一九一八』は、黙示録の救済史的な枠組みのなかで歴史叙述的に語り出される「革命の歴史／物語」であり、一方で、破滅に向かうドイツを生きた人々の様々なエピソードの集まりでもある。

本章では、『ヨハネの黙示録』に代表される黙示文書の構造やその言説の移り変わりについて概観したのち、『一九一八』における黙示録的な語りの構造や、ドイツ十一月革命をめぐる物語にどのように黙示録が投影されているのかを考察していく。

『ヨハネの黙示録』

近代化によって人間は人類を根絶やしにしてしまう技術を身につけた。世界大戦、大量殺戮兵器の発明、ホロコースト、核戦争の危機、原発事故、環境破壊、飢餓問題などはその産物である。ここに気候変動や大震災や津波や伝染病の大流行といった人間の力ではコントロール不可能な自然の脅威が加わる。ヨーロッパの人々は、人類の存在が脅かされるような危機的状況に晒され、世界規模で歴史や社会を根幹から揺るがすような転換期を迎えるとき、自分たちのおかれている状況を黙示録的なイメージによって捉えようとしてきた。黙示録がもてはやされる時期（Konjunktur）というものがあり、そのたびに、文学や芸術、哲学や歴史、そして政治運動やジャーナリズムに至るあらゆる領域で終末や世界滅亡の脅威について好んで語られ、「黙示録」という言葉が流行語となって飛びかったのである。(2)

「黙示録（Apokalypse）」という言葉は、ギリシャ語の「apokalypsis」に由来する。その動詞「apo-kalypten」は、「apo [=off-, von-, weg-, ent-]」と「kalypten [=cover, verbergen]」からなる。「黙示録」といえば、破滅や世界の終わりといったカタストロフのイメージばかりが強調されがちだが、ユダヤ・キリスト教の伝統的な解釈によれば、「黙示録」とは本来、「覆いを取り除く（Aufdeckung）」、真実の「啓示（Offenbarung）」、「暴露（Enthüllung）」を意味するもので、つまりそれは「覆い」を取り除いて奥義、秘密（＝隠された真理）を明らかに述べ示すことであり、英語の「revelation」と同義である。[3]

数ある「黙示文学（Apokalyptik）」[4]のうち正典として採用された代表的な書物は、新約聖書の最後に君臨する『ヨハネの黙示録』や旧約聖書に収められている『ダニエル書』である。特に『ヨハネの黙示録』は、歴史の最終段階を描く正典として、ユダヤ・キリスト教の黙示文学のなかで最も大きな影響力をもつ存在となっている。本書で「黙示録」について論ずる際には、この『ヨハネの黙示録』に依拠する。

(一) 救済の物語

『ヨハネの黙示録』の第一章の冒頭にただ一度だけ「黙示」[5]（Apokalypsis, Offenbarung）という言葉が登場する。「これイエス・キリストの黙示なり。（Offb. 1,1）」という一文である。「黙示」とは、神からイエス・キリストに授けられた啓示で、その啓示が、仲介役である天使の手によって、ギリシャ・パトモス島に幽閉されているヨハネのもとに伝えられる。ヨハネは、「お前が見ているものを書き記し、エフェソ、スミルナ、ペルガモン、ティアテイラ、サルディス、フィラデルフィア、ラオディキアにある七つの教会に送れ（Offb. 1,11）」というお告げに従い、自分が幻視した全てを神の証として書き記し、困窮のさなかにおかれた小アジアの諸教会に送る。『ヨハネの黙示録』のなかで語り出される終末像は、この神の言葉を受けたヨハネが幻視したものの記録である。ヨハネが幻視する「世の終わり」の色鮮やかなカタストロフのイメージのなかに、現世すなわち「古き世／地の国（civitas terrena）」における悪の露見、世界の滅亡と最後の審判、そして救済を意味する

「新たな世／神の国（civitas dei）」の到来が映し出される。

黙示録といえば、この世の終わりの恐ろしいイメージばかり先行しがちだが、『ヨハネの黙示録』は、冒頭に「この預言のことばを読み、それを聞いてここに記されたことを守る人は幸せである（Offb. 1,3）」とあるように、そもそも世の終わりを語る脅威や脅しではなく、当時のローマ帝国で迫害されていたキリスト教徒たちを励ますためのものであった。したがって、聖書の宗教的な伝統においては、救済のヴィジョンとして、新たな世に打ち立てられる「神の国」こそが重要であった。逆に、世界の終わりとして展開される破滅のヴィジョンは、「新エルサレム／聖エルサレム」や「千年王国」と呼ばれる「神の国」の出現を可能にするための前提であり、救済に至るまでの避けられない通過点だと考えられる。新たな世が打ち立てられるためには、古き世は滅亡しなくてはならない。黙示録とは、現世の腐敗や堕落の犠牲を蒙り自分は不幸だと考える人々の心が描き出した幻影であり、そうした人々に神が統治する千年王国の到来を約束する救済の物語、すなわち「救済史」であった。

(二) 黙示録の世俗化

『ヨハネの黙示録』に見られる終末論は、超越的な存在である神の介入を、象徴的な表現で物語る黙示文学の影響を受けたものである。天地創造から終末を経て救済に至るユダヤ・キリスト教の世界観に基づく黙示録のイメージは、何世紀にもわたり西洋のあらゆる思考に影響を及ぼし、ヨーロッパの宗教意識や道徳観の形成に寄与してきた。

ヨーロッパにおける黙示録の受容史には、二つの大きな節目があったといわれている。第一の節目は、一二世紀にフィオーレのヨアヒムが反アウグスティヌス的な黙示録解釈を示して、千年王国の思想をヨーロッパの民衆に植え付けたとき、第二の節目は、一八世紀から一九世紀にかけて、これまでの神学的な解釈に代わり、啓蒙主義や歴史哲学が黙示録の解釈に介入してきたときである。こうした黙示録の世俗化を通して、現代の黙示録解釈の土台が築かれたといっても過言ではない(6)。

黙示文学では「古き世／地の国」に対して徹底した悲観主義の立場をとるので、人は現状に甘んじて、神によって引き起こされる「新たな世／神の国」をただ待望するしかない。アウグスティヌスの『神の国』では、現世的な人類の歴史のなかで救いは実現せず、この世の歴史の終わり、歴史のあらゆる可能性を超えたところにおいてはじめて神による救済が実現されると考えられた。これに対してフィオーレのヨアヒムは、救済という目的の成就が、聖なる「神の国」ではなく、この人類の歴史のなかで果たされると説き、黙示録を観念論的に読まず、千年王国を人々が待望するこの世の理想社会として理解した。現世の歴史のなかで救済が成し遂げられるというヨアヒムの思想は、レッシングからマルクスの世界革命理論に至るまで大きな影響を及ぼした(7)。

人間が理性に目覚める近代になると、黙示録を含めたキリスト教的な世界観は批判の対象となる。人々の心を縛りつけていた宗教的拘束から人間の理性を解き放とうとする啓蒙主義では、救済に向けて進行する歴史のイメージは、もはや神の手によって遂行される計画ではなく、人間理性の発展に帰するものとなる。

例えば、レッシングの『人類の教育』(Erziehung des Menschengeschlechts) のなかで、『ヨハネの黙示録』が人間の理性が思いつきもしないようなものを人に与えることはないと述べているように、[8]人類や世の終わりを決定づける黙示録は、もはや宗教的な教えに由来する秘密めいたものとしてではなく、合理的な理解や洞察の延長において認識される。人類の救済と歴史の完成は、神の恩恵や宗教的な導きによって決定されるものではなく、人間自身が自らの意志で成し遂げるべきものとなるのだ[9]。

理性によって歴史に作用を及ぼしながら、人間が自らの力で救済のイメージに到達しようとする啓蒙思想において、「救済」とは自律した人間の完成を意味し、この究極の目的に向かって世界史は作り上げられていく。すなわち、この究極の目的が果たされるとき歴史は完結する。神に代わり、理性が世界を支配し、世界の歴史を支配すると考える[10]啓蒙の歴史認識において、歴史は人類の発展のプロセスそのものであった。

とはいえ啓蒙の精神は、黙示録的な災難を恐れる人々の不安を鎮めることはできなかった。近代以降、理性を偏重する啓蒙の精神に支えられた合理主義や進歩思想、そして技術の発展による自然支配は、人々にプロメテウスの傲慢さを植えつけ、そのなれの果てに、世界大戦やホロコーストといったモデルネの黙示録を生むことになるからだ。人々は、破滅の一途を辿る世界に直面してようやく、文明化された快適な生活と引き換えに、自分たちがどれほどの犠牲を払わなければならなかったのかを認識し、自業自得の喪失や犠牲に気づくことになる。二〇世紀はまさに、神学的に拘束された魂の迷妄状態から人間理性の解放を賛美する啓蒙の精神そのものが、黙示録的な世界の温床を築いていたことが「露見」する時代である。

（三）　歴史思想との関わり

アウグスティヌスの『神の国』以来、歴史は「終わり／救済」を目指して進行するという、不動のメージが定着してきた。こうした黙示録の神学的なモデルは時間を目的論的に捉えるものだ。そこでは、時間が、「起源／アルケー」から、「終末」や「最後の審判」というあらかじめ設定された「目的／テロス」を目指して進行する一本の線的な枠組みのなかで把握される。また、その時間の進行は決定的で、決して後戻りすることはできず、裁きを下す神は超越的な立場からこの進行する歴史全体を俯瞰する。[11]

西洋の歴史思想を支えるのはこうした目的に向かい進行する時間の捉え方である。そのなかで「審判」、「滅亡」、「救済」、「新生」へと至る黙示録の救済史的なプログラムは生き続け、実証主義的な方法に拠る一九世紀の歴史学や歴史主義にも引き継がれる。「世界史は世界審判である」といわれるように、近代の歴史学では、歴史学者が神に代わり超越的な立場から過去の出来事を俯瞰し、それらの出来事が意味するところのものを決定づけていく。これについては第一章で述べた通りだ。一方、信仰ある者、つまり善き者たちが救済され、彼らを虐げてきた信仰なき者、すなわち悪しき者たちが滅亡するという、黙示録の二元論化された善悪の構図は、歴史を発展の過程として捉え、諸々の現象や出来事をその発展の産物と見なす歴主主義において、権力を握り支配する体制の正当性を主張する拠り所となる。

歴史上の勝利者たちは、権力の座を求めて自ら破壊的な状況を生み、生き残った者が世を支配するその正当性を保証するような物語を自ら作り出してきた。歴史主義が感情移入する勝利者や支配者の歴史は進歩史観に裏打ちされるもので、そこでは暴力を伴うネガティブな出来事も、次に来る時代のための必要不可欠なプロセスとなる。こうした、過去の出来事を現在に照らし合わせて正当化するというやり方や、生き残る者たちに与えられる「救済された生」という概念は、災厄を救済に至るまでの前提とみなす黙示録の救済史の構図そのものだ。

(四) 権力の宗教・復讐の書

権力を握り支配する者たちが用いる「合理的」な物言いに逆らい、抑圧され虐げられていると感じる下々の者たちに親しみやすい詩的な像を氾濫させる形式において、黙示録とは批判や抵抗のルーツでもある。(12)

神学的な権威から解き放たれるにつれて、黙示録は世俗的な目的や関心を満たすためのイメージの宝庫となり、本来は聖なるヴィジョンであったはずのものが、個人や集団によって、自分たちの目的に適うよう勝手に解釈され都合よく利用されるようになる。

黙示録を伝えるヨハネは追放された者であり、責めさいなまれた者、そして亡命者である。彼は、自分が幽閉されていたパトモス島から、苦境におかれた小アジアの同胞に、困窮のさなかの慰めとして己の受けた啓示を送る。黙示録は、民衆のなかから成立した旧約聖書的な預言者たちの語調を継承しており、異教徒や暴君の圧政に苦しみ囚われの身となったイスラエルの民の哀しみと希望という、ユダヤ教の選民思想の遺産を受け継いでいる。

こうした遺産は、財産を持たない下層階級の人々に、自分たちを抑圧し苦しめる者たちを「悪」だとみなしてその支配の終わりを想像させ、この世界ならぬ彼岸、すなわち「新しい世」、つまり、もう一つの社会や新しい文化を志向するように働きかけるものであった。この世界で冷遇される自分たちのような者が、新たな世界ではその身に相応しい地位を手にすることになるだろう、という希望を彼らに与えたのである。

しかしながら、現実の歴史的な状況と黙示録とを安易に結びつけてしまうあまり、宗教的な聖なる物語であるはずのものが、世俗化された行動要請の指令にとって代わられる場合がある。裏を返せば、黙示録には、天敵とみなした相手に悪と罪の烙印を押しつけて彼らを滅亡に追い込み、神に選ばれた自分たちだけが生き残り栄光の座に這い上がろうと目論む、弱者たちの不滅の権力への意志が刻み込まれている。福田恆存はD・H・ロレンスの『黙示録論』に寄せた解説で次のように述べている。

ユダヤ教的終末観より、現実世界の腐敗堕落を侮蔑否定し、不当に蒙っている現世の悪と不幸とから逃避せんとする人々の心が描き出した幻影は、未来のミレニアム＝至福千年（千年王国）への憧憬であり、メシア再臨と聖徒の統治という甚だ復讐的な信仰であったが、当時の黙示文学とは、全て、その途方もない願望と夢との縮図にほかならなかった。[13]

復讐的な信仰を説く『ヨハネの黙示録』は新約聖書のなかで異彩を放つ。ロレンスは『黙示録論』のなかで、隣人愛を説くそのほかの福音書とは対照的に、『ヨハネの黙示録』は、愛ではなく、「強きもの、権力あるものを倒せ、而して貧しきものをして栄光あらしめよ」[14]と説くものだと述べている。ロレンスによれば、「アポカリプスは権力に対して敬意を払おうとしない。それは権力者を虐殺し、権力そのものを己が掌中に収めんと冀っている、それがこの虚弱者の本音」[15]ということだ。それは、大衆の支配欲と権力欲をくすぐる「不滅の権力意志とその聖化、その決定的勝利の黙示」にほかならず[16]、「自らを不当に迫害されていると考える弱者の歪曲された優越意志とその結果たるインフェリオリティ・コムプレックス」[17]の書であった。

このロレンスの『黙示録論』を踏まえて、ジル・ドゥルーズは批評的エッセイ「ニーチェと聖パウロ、ロレンスとパトモスのヨハネ」[18]を著している。ロレンスの今日性を指摘するドゥルーズもまた、『ヨハネの黙示録』を、怨みを抱いた集団や大衆に向けて書かれた権力の宗教、つまり、弱者が復讐と自己栄華を半ば陶酔気味に謳うルサンチマンの宗教だとみなす。加えて彼は、『ヨハネの黙示録』が「裁く／審判」という権力像を生み出した点に注目し、この黙示録が「大スペクタクルを呼びもの」に世界ではじめて書かれた、人々の心に生き方、生き延び方、そして裁き方を示唆する「一大プログラム・ガイドブック」[19]だとして、「我こそは生き残らんと思う人々全ての書、《ゾンビ》たちの書」[20]と呼ぶ。

黙示録のなかでは、圧政者や異教徒の暴力に対峙するための、いわゆる弱者が願うもう一つの暴力が、超越論的なものとして正当性を帯びてくる。こうした黙示録的な言説が、現実の社会や歴史や政治運動のなかに取り込まれていくとき、黙示録はイデオロギーを生み出し、それを正当化するための装置となる。[21]

異教徒に対する戦いと勝利、そして千年王国のヴィジョンは、古くは十字軍遠征によるイスラム教徒の大量殺戮や、新大陸を「エデンの園」だと勘違いしたコロンブスからはじまる南米大陸の植民地化と、その際に「布教」という大義名分の下に行われた原住民たちの虐殺を保証したのみならず、二〇世紀には、屈辱的なヴェルサイユ条約からのドイツ国民の解放とユダヤ人排斥を主張したナチスの言説を支えた。

また、宗教改革、ドイツ農民戦争、三十年戦争、ナポレオンに対するドイツの国民感情の爆発、共産主義国家の設立とそこでの被抑圧者階級の解放を唱えたマルクス・エンゲルスの思想や社会主義と称される運動や革命のイデオロギーもまた、黙示録的な復讐の衝動に駆られている。[22]彼らは、異教徒や支配者たちの圧政という暴力に対抗するための「革命的」暴力を暗に認めた。

このように、黙示録にインスピレーションを受けたイデオロギーは社会や歴史に大きな影響を及ぼすことになるが、そのとき、抑圧され搾取されてきた者たちは、自分たちが渇望する正義や公平が多くの命と引き換えにもたらされるということに対して盲目的になる。

いずれにせよ、ここに人々の心を捉えて離さない黙示録の魅力があったと考えられる。搾取された被造物たちの内部に荒れ狂う、自己保存のための抑制のきかない暴力や復讐への渇望を正当化するような修辞が多くの人を引きつけてきたのだ。黙示録とは、絶対的な否定の極みにおける自己保存のための形而上学的戦略、自分が虐げられていると感じる者たちの憧れの表出である。そして、「千年王国」や「新しいエルサレム」に象徴される黙示録的な救済のヴィジョンは、我こそは生き残らんと思う人々の詩的なユートピアとなって立ち現れる。[23]

㈤　特徴的な構造

『ヨハネの黙示録』は、語り手が自分を「ヨハネ」と名乗ること以外に、著者を特定できる証拠はない。この書には、ローマ皇帝ドミティアヌスの治世（紀元後八一〜九六年）の終わり頃におけるキリスト教徒の迫害が反映されているといわれ、成立年代は紀元後九〇年代と推定されている。この書の目的は、幻視された「イエス・キリストの黙示」を終末のしるしとして伝えることで、異端の教えから純正な信仰を守るようキリスト教徒たちに勧めることにある。[24]

テクストは、大きく分けると、小アジアにあった七つのキリスト教会へ向けた激励の手紙と、ヨハネの見た幻視からなる二部構成をとり、このヨハネが幻視するイメージのなかに終末の光景が浮かびあがる。幾度となく現れる「獣」のイメージはローマ皇帝の象徴であり、信者たちに、ローマ帝国（バビロン）の崩壊やキリストによる「千年王国」、そして「新しいエルサレム」の出現を待望しながら、その迫害に耐えるよう言い伝えるものである。

「新たな世／神の国」を打ち立てるためには「古き世／地の国」は滅亡しなければならないという、「審判」を経て「救済／新生」へと至る黙示録の救済史的なプログラムは先にも述べた通りである。これが黙示録を特徴づける第一の要素だとすれば、次に重要なのは、この救済史的なプログラムを支える善悪の二項対立である。神の教えを冒瀆する者たちによって支配される現世は「堕落」や「悪」の烙印を押され、そうした者たちに迫害される信心深い者や彼らの救済を保証する新たな世は「善」となる。世の終わりのカタストロフのなかで、神の裁きが下り（審判）、前者は滅亡を運命づけられ、後者の魂は救済され「千年王国」と呼ばれる「神の国」で生き延びることになる。

そして第三の特徴は、詩的なイメージの洪水からなるヨハネが幻視する終末のヴィジョンだ。[25]『ヨハネの黙示録』を有名にしているのは、溢れんばかりのこの世ならぬ終末のイメージだ。屠られた子羊により七つの巻物の封が切られ、災いをもたらす七つの天使のラッパの合図を皮切りに、世の終わりのカタストロフが幕を開ける。[26]雷が鳴り、稲妻が光り、大粒の雹が降り、大水が轟き、大地震で地面が揺れ、至る所で炎があがる。崩壊する都市、死体の群れや血の海、イナゴが大発生して人々を苦しめる。この世ならぬ生き物の数々、頭は獅子で尻尾に蛇のような頭がついた騎馬の大群、悪魔または、サタンと呼ばれる大きな竜、さらには海から十本の角と七つの頭を持つ獣が顔を出し、それは豹に似ているが、足は熊のようで、口は獅子のようだといわれ、神に選ばれし者たちと悪魔との戦いが繰り広げられる。金の香炉に金の祭壇、シオンの山に一四万四千人の歌声が響き、天使が審判の時がきたことを告げる。大淫婦が裁かれバビロンが滅亡し、「ハレルヤ」という大群衆の歓喜の声があがる。子羊が婚礼を挙げるといって祝祭の声があがり、天が開いて白馬に乗った騎手が白い衣を身につけた神の軍勢を率いて地上の王の軍勢と戦い、天使の命令で鳥が人肉を食べる神の大宴会が開かれる。

このように、太陽の三分の一、月の三分の一、星という星の三分の一が損なわれるという闇に包まれた世界、人々を恐怖に陥れるものだと語られる黙示録の世界は、見方を変えれば、この世ならぬ不合理なありとあらゆるイメージが同時多発的に姿を現して目の前を埋めつくす煌めきの一大スペクタクル、千年王国の到来とキリストの再臨を待望する祝祭ムードの漂うお祭り騒ぎともとれる。「救済」という「テロス」を目指す線的な語りのなかで、善悪が入り交じる終末のヴィジョンが同時多発的に開花する。そこには、ミケランジェロの『最後の審判』に見られるような、一斉に花開く多くのイメージを通して複数の声がすくい上げられるという共時的な語りもまた、同時に存在していると考えられる。

(六) 文学モデルネと黙示録

ドイツでは、ナチスドイツが倒れた一九四五年を「ゼロ点（Stunde Null）」と呼ぶ。それは、第一次世界大戦とともにはじまったヨーロッパの「終わり」が、第二次世界大戦の終結でもって完結し、絶望しながらも新たな歴史がゼロからはじまるのだという期待感の表れだった[27]。そして、この「終わり」とは、それまでのヨーロッパを支えていた近代の合理的理性と進歩史観に基づく歴史の発展的な進行の停止であり、そのなれの果てが、人類を滅亡させる能力の獲得、すなわちホロコーストや世界大戦だった。

二〇世紀前半にはあらゆるヨーロッパの国々で、この歴史的惨事を終末論的な出来事として捉え、黙示録的に解釈して意味づけようとする風潮が高まった。そして、作家たちの間でも、人間の理性や想像力の限界を超える出来事について省察し、それを美学的に描写することはいかにして可能か、といった問題意識を自身の創作活動に投影させ、世界の終わりや人類の滅亡に対する不安を「黙示録」という媒体を通して言語化しようとする試みがなされた[28]。

特に第一次世界大戦は、ヨーロッパの「終わり」のはじまりの合図となって、第二次世界大戦以上にヨーロッパ人にその破滅や没落を実感させる出来事であった。例えば一九四三年に執筆が開始されたトーマス・マンの『ファウスト博士』のなかで、語り手のツァイトブロームが、第一次世界大戦終戦時の様子を次のように振り返っている。

［…］要するに、市民的人文主義の時期が終わったという感情、——弔いの鐘が鳴り、生の変異が起こって、世界は新しい、まだ名のない星座のもとに入って行こうとしているという感情、——全身を耳にして傾聴することを命じるこの感情は、確かに戦争の終結によって初めて生まれたのではなく、すでに一九一四年、戦争の勃発とともに生まれていたのであって、これがその頃わたしのようなものたちが経験した震撼、運命への怖れの底にあったのである。敗戦による荒廃がこの感情を極端にまで押し進めたのは不思議ではなかった、そして同時に、この感情がドイツのような敗戦国においては戦捷国においてよりも遥かに決定的に人々を支配したことは不思議ではない［…］[29]。

ヴィルヘルム二世体制下のドイツでは、近代化を加速させる進歩信仰と、それに対する危機意識が時代精神を作り上げていた。自然科学や技術の発達は、産業化に拍車をかけて資本主義社会を発展させ、その勢いはとどまることがなかった。こうした熱狂的な進歩信仰は、逆に、精神科学の権威を失墜させ、伝統的な人文主義の精神に支えられた教養市民層の存在を揺るがすことになる。とにかく第一次世界大戦は決定的な出来事であった。自然科学は大量殺戮兵器を生み、こうした危機的な時代状況に対して人文主義的な伝統は為すすべもなかった。人文主義の時代の終焉を嘆くツァイトブロームの言葉には、こうした時代背景のなかで没落していく教養市民層の嘆きが込められている。

君主制を支持するエリート層に支えられ、野心的に自ら戦争を仕掛けた帝政ドイツにとって、フランスなどの戦捷国とは対照的に、自分たちが信じて拠り所としてきたあらゆる価値観が打ち砕かれ全否定された敗戦は大きな衝撃だった。この屈辱からあたかも逃れようとするかのように、ドイツ人たちは「さまざまな新しいもの、混乱させるもの、不安にならせるもの[30]」の呪縛にとりつかれる一方で、その苦境の先に新たな時代を期待することになった。

したがってドイツでは、終末を声高に叫ぶ「黙示録的語調」の強さでは他の国々と比較して群を抜いていたといわれる[31]。すでに述べた通り、黙示録的な思考では、災いや破滅を救済に至るための必要条件とみなし、そこに意味や目的を与えてきた。黙示録は、ドイツ人たちが経験した破滅を、救済された新たな世に至るための通過点として正当化し、そして意味づけてくれるものだったのだ。

例えば、表現主義者たちは、没落の叫びと並んで、新生への期待や希求を魂の叫びによって表現している。一九一九年十一月に発表された『人類の薄明』(Menschheitsdämmerung)には表現主義を代表する詩人の詩が二百以上収められているが、この詩集の編纂者であるクルト・ピントゥスは「序文」のなかで次のように述べている。

これらの詩人はいち早く感じていた、人間が薄暮のなかに沈んでいくのを……、没落の夜へ沈んでいくのを……、新しい一日の明けはなたれていく薄明のなかへふたたび浮かびあがるために。［…］崩壊、革命、再建はこの時代の詩歌によってひき起こされたのではない。しかし、この出来事は詩歌によって予感され、知られ、要請されていたのである。時代の混沌、古い共同体形式の破壊、絶望と憧憬、人類の生活の新しい可能性への激しい狂信的な探求、それらはこの時代の詩の中に、現実界と同じ轟音、同じ狂暴さをもって啓示されている［…］。[32]

『人類の薄明』に収められた詩が扱うのは戦争、大都市と自然、自我の崩壊、没落するブルジョアジーと労働者階級の台頭、神の死、新しい人類像、合理主義とテクノロジーなど、モデルネの時代を特徴づけるあらゆる事柄である。こうした時代特有の破滅のヴィジョン、そして新しい時代や人間像に向けられる憧憬が、詩のなかに「啓示」という形で表される。ピントゥスはこの同時代の詩人たちによる証言や預言を「崩壊と叫び」、「心の目覚め」、「行動への呼びかけと反抗」、「人類への愛」という項目に分類し編纂した。さらにピントゥスはこれらの詩を「騒々しい不協和音」、「美しい諧調」、「和音の重々しい歩調」、「息絶え絶えの半音」や「四分の一音（四分音符）」という音楽用語を用いて説明するが、これらの詩が奏でるダイナミックなシンフォニーのなかに、「世界史のもっとも野性的で荒涼とした時代のモチーフやテーマ」が浮かびあがる。[33]分類項目のタイトルからも明らかなように、このアンソロジーは破滅に対する絶叫ではじまり、嘆きや怒りや呪いや不安が渦巻くネガティブな感情に沈み、やがて新たな時代や人間像に対する希望や憧れに至る。こうした感情の爆発や移り変りこそ、黙示録を特徴づけるものである。

ピントゥスが、『ヨハネの黙示録』にある「我はアルファなり、オメガなり、最先《いやさき》なり、最後《いやはて》なり、はじめなり、終わりなり。[34]」という言葉をもじり、その序文の終わりに「われわれの時代の詩歌は終末であり同時に発端である[35]」と述べているように、ドイツ語タイトル「Menschheitsdämmerung」の「Dämmerung」が落日と夜明けを同時に意味するのは自明である。これらの点において、『人類の薄明』は二〇世紀はじめのドイツに届けられた「黙示録」そのものだと考えられる。

興味深いのは、『一九一八』に、『人類の薄明』に取り上げられている表現主義者たちが密かに登場し、彼らの様子が冷ややかに描き出されていることだ。第二部の第二巻『前線兵士の帰還』の冒頭で、「精神労働者評議会（der Rat der geistigen Arbeiter）[36]」の集りの様子が述べられている。作中、この催しの参加者としてJ・R・ベッヒャー、ルートヴィヒ・マイトナー、ヴァルター・ハーゼンクレーヴァーの名前が挙げられ、さらに彼らが会議で披露した言葉も同時に挿入されている。[37] この三人は表現主義を代表する詩人であり、ベッヒャーとハーゼンクレーヴァーの詩は『人類の薄明』にもいくつか収められている。そして、デーブリーンが『一九一八』で一部引用するハーゼンクレーヴァーの詩は、『人類の薄明』の「行動への呼びかけと反抗」というカテゴリーのなかに、「政治的詩人」（der politische Dichter）というタイトルで収められているものだ。『一九一八』では、この詩は次のように引用されている。

詩人ハーゼンクレーヴァー：「蒼穹よりあの新しい詩人が下りてくる。／偉大な、より偉大なる行いのために。／その詩人はもはや青い避難所のなかで夢見ることはない。／白光する群れが中庭から馬に乗って出てくるのを彼は見る。／彼の足が邪悪な者たちの死体を踏みつける。／民衆を見守るために昂然と頭をあげる。／彼は民衆の指導者となるだろう。／彼は告げるだろう。／彼の言葉の炎は音楽となる。／彼は民衆たちを大きく束ねるだろう。／人類の正義。／共和国。（HF 10）

デーブリーンが付け加えた冒頭の「詩人（der Dichter）」という語は、自作のなかで「詩人」を、神になりかわって民を導き世界を変えようとする革命家ごときものになぞらえたハーゼンクレーヴァーに対するデーブリーンのあてこすりにも見える。この詩は黙示録的な語調が芸術と革命という政治的な文脈のなかで用いられた典型的な例であろうが、黙示録の「白馬の騎士」のように天から君臨する詩人に「指導者（Führer）」という称号を与えたハーゼンクレーヴァーの態度に、権力への意志が見え隠れする。デーブリーンは作中この評議会のメンバーを「新しい人類の詩人たち（die neuen Menschheitsdichter）」と称しているが、これが『人類の薄明』を意識してのネーミングである[38]ことは明らかだ。『一九一八』における「精神労働者評議会」のエピソードでは、架空の作家ヴェルナー・シュタウフファッハーがそのメンバーの一人ということになっている。ここでは現実に起こった出来事と虚構の物語が交錯しその境界が消滅しており、それが『一九一八』の特徴でもあるのだが、これらのエピソードを読む限り、デーブリーンがこうした芸術家たちの政治活動に賛同していたとは考えがたい。すでに、第一部『市民と兵士たち』でもこの件について触れられているが、そこに次のような一節がある。

彼らは古い軍事体制によって抑圧されてきた、というか蔑まれてきた。[…]しかし、とめがたくなり、世界をより良くしようとする古い開かれた海へと走り出した、セイレーンの呼び声が響き、彼らを破滅させるためにスキュラとカリュブディスが待つところへ、彼らを賢い人間から愚か者へと変身させようと、女神が、女のデーモンが待ち構えているところへ。彼らは大きな部屋を占領している、その部屋の扉に彼らは、「精神労働者評議会」という文字の入った表札を貼り付けていた。(BS 285f.)

「彼ら」とは、前述の詩人や作家ら知識人たちを指す。『一九一八』では、この後、評議会で発表された声明文が数頁にわたって続く。黙示録的な語調のなかで政治化する美的イデオロギーがセイレーンの伝説に喩えられ、「行動主義」の知識人たちが叫ぶ人類愛や革命の理想がやがて誇大妄想と化し、そこに彼らの自己が呑み込まれていく危険が説かれる。

トーマス・マンの『ファウスト博士』のなかでも、ツァイトブロームがミュンヘンで催された「精神労働者評議会」に参加したという設定で、彼がそのときの印象を「やりきれない、つらい(peinlich)」という言葉でアードリアンに語って聞かせている。そこで彼は、自分が小説家なら、「一人の通俗作家が優雅なところもないではないが、享楽的な、えくぼをうかべた遣り方で、《革命の人類愛》をテーマに講演し、それを口火として、このような機会にだけ一瞬照明を浴びる無頼漢、偏執狂、亡霊、悪意ある煽動家、似非哲学者たち」が、めちゃくちゃな議論をするどうしようもない評議会の様子を、「苦痛に満ちた記憶を辿って、鮮やかに描写してみたいと思う」と述べている。(39)とすれば、デーブリーンが『一九一八』のなかで語る精神労働者評議会の様子は、このツァイトブロームの「自分が小説家なら」という願いを、物語として実現したものではなかろうか。

二度も世界大戦を仕掛けたあげくに二度とも敗北を喫する、というドイツの歴史を踏まえれば、二〇世紀のドイツ文学において黙示録的なものがインフレのごとくあふれ、この国が「黙示録大国」(40)となるのも無理はない。腐敗した古い世界の崩壊とともに、救済された新たな世界が生まれるという黙示録の夢は人々を魅了し続けてきたが、絶滅により救済に至るという内的相克を孕んだ黙示録的なヴィジョンに、ドイツ人は他のどの国のどの民衆よりも多くの時間とエネルギーと言葉を費やしたといわれている。そのような風潮のなかで、ロマン派的に黙示録的な没落や破滅の空気に耽溺することなく、(41)それを可能にした社会を冷徹な視線で捉えて分析する動きもあった。

トーマス・マンは自作のなかで、ドイツ精神とドイツが引き起こした二〇世紀のカタストロフとのつながりを探った。デーブリーンは、歴史主義と距離をとりながら、歴史主義が排斥してきた出来事をすくい上げるような方法で、ヨーロッパの惨禍とその成り行きを小説のなかに露見させてみせた。

ドイツの作家や思想家や活動家たちは、抑圧され苦悩する人間たちに救済を約束しながらも血腥い結果をまぬがれ得ない黙示録の矛盾をもっとも先鋭化させた形で浮き彫りにする。そのとき、戦中から戦後、そして現代へと時代が下るにつれて、ドイツでは「救済」を欠いた「断ち切られた黙示録（die kupierte Apokalypse）」[42]すなわち、克服されない危機や、希望なき破滅や没落のヴィジョンばかりを強調する傾向が強まっていくのが特徴的だ。

第一次世界大戦勃発時のドイツでは、愛国心に酔う人々が、知識人も含めて、戦争を黙示録的な救済へのステップと捉えた。第二次世界大戦では、ナチスのプロパガンダに踊らされたドイツの民衆が、野蛮きわまりない「第三帝国」の理想を、自分たちの「千年王国」だと思い込んだ。しかし、こうした救済への夢は未曾有のカタストロフを生んだに過ぎず、その後に救済などくるはずもなかった。敗戦後に残ったものが焼け野原の瓦礫と屍の山であったとすれば、『ヨハネの黙示録』における落ちるところまで堕ちた破滅のあとにくる救済、すなわち、全ての歴史が停止したあとに起こるハッピーエンドへの奇跡的な飛躍などを信じられるとはとても思えない。

『一九一八』とドイツ十一月革命

(一)　ドイツ十一月革命の概要

ドイツ十一月革命とは、第一次世界大戦の戦況の悪化やロシア革命の影響のもと、十一月三日、キール軍港の武装した水兵たちの反乱が発端となり、ヴィルヘルム二世が統治する帝政ドイツを崩壊させた出来事のことである。水兵の乱は劣悪な経済状況や厭戦ムードに動かされた労働者たちを巻き込んでの大暴動に発展し、ドイツ全土へと広がった。各地で労兵評議会（レーテ）が結成され、武装する兵士たちの暴動や、自由と平和とパンを求める労働者や市民による大規模なデモやストライキが起こった。

十一月七日に始まるクルト・アイスナー率いるミュンヘン革命ではルートヴィヒ三世が退位し、その後、革命はベルリンにも波及していく。十一月九日、首相マックス・フォン・バーデン公は、SPD（ドイツ社会民主党）のフリードリヒ・エーベルトに首相の座を譲り渡し、ヴィルヘルム二世の同意なしに皇帝の退位を宣言する。さらにSPDのフィリップ・シャイデマンは、スパルタクスのカール・リープクネヒトがソヴィエトにならった「ドイツ自由社会主義共和国（Freie sozialistische Republik Deutschland）」を宣言するという噂を聞きつけると、急進的なグループに指導的な立場を奪われてはならぬと、リープクネヒトに先駆けて十一月九日一四時頃、国会議事堂のバルコニーから群衆に対して共和制の樹立を宣言する。ちなみに、リープクネヒトが社会主義共和国の誕生を宣言するのはこの二時間後のことだ。退位を拒否していたヴィルヘルム二世は十日にはオランダに亡命、五〇〇年間続いたホーエンツォレルン家による君主制がこうして終わりを告げることになった。[43]

十一月十日、首相エーベルトは、労兵評議会から承認を得て、MSPD（多数派社会民主党）とUSPD（独立社会民主党）からなる暫定政権としての「人民代表委員会（der Rat der Volksbeauftragten）」を発足させ、十一日にはコンピエーニュの森で連合国と休戦協定を結ぶ。[44]

労兵評議会のお墨つきを得た人民代表委員会だったが、主流派であるエーベルトらMSPDは、国民議会選挙、議会の招集、憲法制定を目標に掲げて議会制民主主義を目指した。この「上からの革命」が、激化する「下からの革命」を取り込んだスパルタクスら極左の革命推進派によって共産党・社会主義革命へと転化されることを恐れた首相エーベルトは、労兵評議会に権力が集中するのを断固阻止すべく、旧体制の支持勢力と協力関係をとりつけようと策を練る。とりわけ、最高軍司令部（die Oberste Heeresleitung, 以下ＯＨＬと表記）とは秘密の電話回線「Geheimlinie 998」[45]を使って「エーベルト＝グレーナー協定」なる密約を結び、人民代表委員会がＯＨＬの権威や規律、秩序を認める代わりに、軍側は人民代表委員会を正式な政権として認め、国家の安全と秩序維持のために政府を支援する約束を交わす。これにより、エーベルトはユンカー貴族や官僚や資本家などＯＨＬに連なる旧勢力を囲い込むことに成功するが、結果として、ソヴィエト式に労兵評議会を権力の中心に据えようとする革命急進派との亀裂は深まることになった。一九一九年一月、スパルタクスら革命急進派は武装蜂起に出るが、エーベルト政権は、軍の力を借りて形成した義勇軍をノスケに指揮させてこの革命を鎮圧し、カール・リープクネヒトとローザ・ルクセンブルクが惨殺される。

ドイツ十一月革命により、帝政もろともドイツ帝国の軍国主義も倒れたかのように見える。しかし、この「エーベルト＝グレーナー協定」は、軍の権威回復とその強化を狙うＯＨＬと議会制民主主義を狙う政府の互いの利害が絡み合う政治協定で、結果として共和国の法治国家としての性質を固めはしたが、軍部が裏で真の権力を保ちながら、ＳＰＤと背後に連なるブルジョアジーを操ることを可能にした。したがって、共和国政府は、政治的かつ社会的に旧帝政ドイツの遺産を引き継いでおり、状況は革命前となんら変わらず、それどころか、ナチス独裁の温床を築くことになる。

こうした経緯から、ドイツ十一月革命は、「不完全燃焼」「失敗」「強制」「裏切り」「泥沼化」といった言葉で説明されてきた。歴史学の領域においても、「軍事革命」、「真の革命ではない」、「破滅・崩壊・破綻」、「飢えた＝疲弊した反乱」、「志半ばで停止させられた革命」、「真の革命」と、評価はゆらぎ矛盾している。[46] また、レーニンには「ドイツの革命群衆たちは駅を急襲する前に、まずホームで切符を買うだろう」と馬鹿にされ、トーマス・マンは一九一九年十一月十日付けの日記に、ふりそそぐ陽射しのなかで鴨料理とフルーツタルトのご馳走を堪能する様子を丹念に描写しながら、「たとえ革命といっても、あくまでも《ドイツ》の革命だから」と記している。[47]

ドイツでは、一八四八年にはフランスの、一九一八年にはロシアの後を追うようにして革命が起こるが、毎度のことながら上手くいかない。『一九一八』に添えられた副題「あるドイツの革命(eine deutsche Revolution)」にある、「ある一つの」という不定冠詞と「ドイツの」という形容詞は、結局その革命は起こらなかったものなのか、終結しないまま自然消滅した革命だったのか、「ドイツ」における歴史的出来事の一つとして捉えようとするものなのか、この革命の何が「ドイツ的」なのか、といった様々な問いや解釈の可能性を広げている。この不定冠詞には、ドイツ十一月革命に対する今日の相矛盾する評価をまるごと受け入れてしまう作品の懐の深さ、歴史学的に規定される「ドイツ十一月革命」の枠を超えた、失敗続きのドイツにおける革命の一つとして語り出される「見本的な性格」[48]、そして、この歴史的事件に備わる不確かさや虚構性が仄めかされるのだ。

デーブリーンは、ワイマール共和国の盤石化を阻み、ナチスドイツの台頭を許した原因の分析を試みるが、その際にやはり「ドイツ十一月革命」を「失敗」と捉えているようだ。一九四七年に発表された『文学の状況』(Die literarische Situation)の「生物学的ユートピアの道」(Der Weg der biologischen Utropie)と称される章のなかに以下の箇所がある。

時は熟した。ドイツの場合、一九一八年が、歴史的な連続性を断ち切ることになった。第一次世界大戦に敗北し、ホーエンツォレルン王家は消滅し、帝政は崩壊した。その隙間に、労働者政党により担ぎ出された社会主義が入り込んだ。社会主義的な理念がチャンスを得て、それを実現させようとした。その試みは劣勢だったために失敗に終わった。「ワイマール共和国」という名前の掲げられた中間段階があった。それは新しい歴史のはじまりを差し出すことも、古い中断した歴史を継続することもできなかった。その隙間は埋まらなかった。それは、あのもう一つの生物学的な理念のための好機となった。(SÄ 417f.)

「生物学的ユートピアの道」では、ニーチェの超人思想をからめながら、ナチスの人種理論や生政治について、歴史的経緯を踏まえながら批判的な言及がなされている。そのなかで、革命の失敗のみならず、世界大戦、敗戦、ドイツ軍の崩壊、帝政ドイツの崩壊、ホーエンツォレルン王家の滅亡など、「歴史的な連続性を断ち切る」あらゆる破滅の諸相を内包する「一九一八年」という年は、まさに歴史の停止を意味する終末論的な「世の終わり」の相を呈しているということだ。こうした歴史的経緯のなかで、この「隙間」を埋めるような、ずたずたにされたドイツ人の国民感情や膨れ上がる復讐心を満たすための黙示録的な救済の可能性は、「ワイマール共和国」から、アーリア人による「千年王国」もどきのユートピア[49]に委ねられることになる。

デーブリーンは『一九一八』のなかで、こうした破滅の諸相を、黙示録的な語りの枠組みを用いて語り出すのである。

(二)『一九一八』における黙示録的語りの構造

三部構成全四巻からなる本作品の第一部第一章では、フリードリヒ・エーベルトが政権を掌握してシャイデマンによる共和国宣言（十一月九日）が出された翌日の日付「一九一八年十一月十日日曜日」が章題となっている。

全巻を通して目次に並ぶ日付からも明らかなように、デーブリーンはクロニクルな手法を用いて、混乱する当時の社会情勢を克明に描き出していく。主人公に据えられるのは、重傷を負った帰還兵、古典文献学者でギムナジウムの元教師フリードリヒ・ベッカーである。こうしたベッカーを主人公とする虚構の物語が、歴史上の人物が実名で登場する革命の歴史／物語を語る叙述と並行しながら、作品全体のプロットを形成していく。そして、この二つの大きな筋を遮るように、あるいはそれに絡みつくように、主人公の物語や歴史的な叙述と直接的な関わりを持ったり持たなかったりする、同時代の社会を生きたであろう、あらゆる階層に属する人々の様々な逸話が交錯し、現代社会の深層史を形成している[50]。

とはいえ、ゆうに五〇を超える筋が絡み合う『一九一八』の全体を展望することは、そう容易ではない[51]。本作品の大きな筋を形成する主人公のフリードリヒ・ベッカーの物語に注目すれば、彼はアルザスの野戦病院で看護婦のヒルデや同僚のマウスと知り合うが、ベッカーを中心に据えた彼らの三角関係をめぐるエピソードから、ヒルデを中心とするエピソードが分岐していく。そこではヒルデの故郷ストラスブールでの彼女の人間関係や、その都市に暮らす人々の様子が描き出される。また、アルザスの風景に登場するカップル、ハンナと少尉ハイベルクのエピソードは、ハイベルクが属する義勇軍を通してマウスとつながっていく。ベルリンに戻ったベッカーは、ヒルデやマウスとの三角関係の物語を維持しつつ、母親の影響でキリスト教にも傾倒し、さらにギムナジウムの同僚の物理教師クルークを介して少年愛の嗜好がある校長とかかわったがために、校長とその寵愛を受ける少年ハインツ・リーデルのスキャンダルに巻き込まれていく。ベッカーは、校長との一件で学校や家を飛び出したハインツを救うために奔走し、マウスの力添えで、一月蜂起の激戦が繰り広げられる警察本部に潜り込む。そこでベッカーは、スパルタクスの一員として銃を手に立てこもるハインツを見つけ、彼の仲間のミンナ・イムカーとも知り合う。カール・リープクネヒトの演説を聞いて政治に目覚めた労働者の娘ミンナとその家族の物語は、別のところですでに語られており、そこから帰還兵でミンナの弟であるエードゥアルトと同僚の帰還兵ボトロヴスキのエピソードが派生していく。

一方、政府側とつながる企業家や銀行家らブルジョアジー、詐欺師、戦争成金のエピソード、そしてスパルタクスにつながる闇商人や労働者たちのエピソードが語られる。闇商人モッツとロシアからドイツの共産主義化を推し進めるようレーニンが派遣した諜報員カール・ラデックの二人は、アウトサイダーとして革命群衆に紛れ込み、カール・リープクネヒトの演説を聞きながら、距離化された眼差しでドイツ十一月革命の行く末を分析していく。そして、実在の人物であるラデックのエピソードは、ベルリンでの彼の潜入活動の様子を伝え、そしてレーニン率いるロシア革命やソ連の状況が語り出される。ラデックはカール・リープクネヒトに今こそ蜂起の時だと説くが、ローザ・ルクセンブルクは武装蜂起に反対する。「カールとローザ」の物語は、二人のプライベートを物語るのみならず、スパルタクスの指導者という点から政治的歴史的な文脈において語り直され、その関連においてベルンシュタインやクルト・アイスナーら革命派のメンバーのエピソードが派生していく。また、フリードリヒ・エーベルトら政府側の人間、反革命派のグスタフ・ノスケと義勇軍、そしてエーベルトが手を結ぶグレーナーやヒンデンブルクといったＯＨＬの連中と、彼らに連なるユンカー貴族や下士官や兵士たちのエピソードが絡み合う。また、語り手の視線はドイツの外にも向き、アメリカやフランスの政治家たちのエピソードや日本や中国の政治状況までもが語られていく。今ここで思いつくだけのプロットを挙げてみたが、このほか、こうした作品の大筋とは全く別の次元で展開する劇作家シュタウフファッハーの恋物語が途中で何度も挿入される一方で、戦死した恋人に化けたサタンとローザの蜜月や、悪魔とベッカーの対話といった超現実的なエピソードも編み込まれ、歴史のみならず、「自我」や「信仰」や「死」などの形而上学的かつ観念論的なテーマも同時にすくい上げられる。

通時的に語られる史実と主人公の二つの大きな物語の流れは、折に触れて無数の小さな語りに中断されて消滅するかと思えば、社会の深層史との関わりのなかでその出来事の意味を問い直され、そして思いがけないところでふたたび姿を現し、さらなる展開をなす。こうした同時多発的に生起する集団や人間たちの大小無数の営みが、時代を縦横無尽に貫く「跳飛弾」の軌跡となって、革命の言説を支える黙示録的な救済史に絡みつき、革命を破綻に至らせた大きな時代の「織物（ein

Gewebe)」を作り上げていく。

こうした多声的な語りが織りなす「共時的な横断面」こそ、デーブリーンがいうところの「多くの糸(筋)からなる年代記[52]」なのだが、その表面に浮かびあがる破滅の諸相を読み取るためには、まず『一九一八』における黙示録的な語りの構造について明らかにする必要がある。

第一部『市民と兵士たち』は、先にも述べた通り、一九一八年十一月十日の日付とともにはじまる。革命勃発の翌日から数日の、終戦の混乱のなかにあるアルザス地方のドイツ軍駐屯地ハーゲナウやストラスブールを中心に物語は進む。ドイツ十一月革命を扱う歴史文献では、決定的な日付は一九一八年十一月九日、事件の中心となるのはあくまでも首都ベルリンであるが、その場合、同時期に起こった諸々の出来事がこの日付と場所に収斂され一つの歴史的事件として認識される。しかし、デーブリーンの革命の歴史/物語は、決定的な日付の翌日の、帝国の周縁の地方都市から物語がはじまるため、冒頭から時間的、空間的、主題的に語りの中心がずらされているのが特徴だ[53]。

『一九一八』において、革命のはじまりを告げる古き秩序からの訣別は、敗戦とアルザス゠ロレーヌ地方のドイツ軍支配の終焉として語り出される。軍内部の規律やヒエラルヒーの崩壊が、野戦病院の解散や撤退[54]、医長の死[55]、少尉ハイベルクが起こした兵士たちとの暴力事件といったエピソード[56]のなかに浮かびあがる。「革命だ。戦争は終わった[57]」という兵士の言葉通り、アルザスにあるドイツ軍の兵舎にも革命の波は押し寄せる。兵士評議会が結成され、兵士たちが実権を握る。彼らの上官は帝政ドイツの支配層である将校軍人たちだったが、上官たちは階級章と軍帽の記章を剝ぎ取られサーベルも奪われ、兵士たちによる上官のリンチも多発する。ハイベルクは同僚の大佐にリンチを加えていた兵士を撃ち殺し、兵士評議会に追われる身となる。そして野戦病院の医長の死に対しては、もはや将校級の厳粛な葬儀が執り行われることもない。

また、ドイツ軍の支配によって支えられてきたアルザス地方の古き秩序の崩壊が、ドイツ軍撤退後の略奪風景や荒廃する町の様子などから明らかになる。バスチーユ監獄を襲撃するフランス革命の群衆とはかけ離れている、と語り手に評されるアルザスの略奪群衆たちの様子から、この周縁の地の革命の喧騒が子供だましの「お祭り」に過ぎないことを認めざるを得ない。兵士評議会に集う兵士たちも平和を満喫する。彼らにとっては、革命よりも、仏側につくか、独側につくか、中立か、といった問題の方が重要なようだが、なかなか独仏国境の国家問題について意見をまとめることができない(58)。古い秩序は崩壊するが、略奪群衆や中途半端な革命派兵士たちの様子から、デーブリーンが描き出そうとするドイツ十一月革命が、フランスやロシアの革命とは趣の異なるものであることが予感される。

第一部では、革命の渦中にあるベルリンでの一連の出来事は、アルザス地方を中心に展開する物語の主要なプロット展開からは疎外されている。たとえばヴィルヘルム体制の崩壊と革命の完成を告げる首相エーベルトの次のような言葉が挿入されている。

［…］自由という錦の御旗がドイツにおいて勝利の日を迎えた。ドイツ国民は勝ったのだ、そして錨をおろしていたツォレルンやヴィッテルスバッハーそのほかの強固な支配は倒れ、それでもってドイツ国民は革命を成し遂げたのである。［…］私は言いたい、我々の勝利はほとん

ど血の流れない、軽やかでかつ完璧なものであったと。（BS 112f.）

十一月十三日付のストラスブールの新聞が「アルザス゠ロレーヌの国民議会の設立」を報告していると語られたあと、続けて「それと同じ日に」という断りつきで、「ベルリン人民代表委員エーベルト（der Berliner Volksbeauftragte Ebert）」がオランダ人ジャーナリストとインタヴューを行ったときの短いエピソードが挿入されている。この引用はそのインタヴューでのエーベルトの発言ということになっている。

エーベルトのような実在の大物政治家の言葉は、アルザスの「お祭り」のような革命に歴史的事件としてのアリバイを与えてはいるが、その言葉が「余りにも素晴らしすぎて信じることができないほどだ(59)」と述べるオランダ人ジャーナリストの嫌味たらしい部外者ならではの目線で捉えられるため、十一月革命が遠く離れた余所の世界の出来事のような印象を与える。「向こうの古い帝国、ベルリンでは(60)」という言葉通り、日付的にみても、場所的にみても、ストラスブールからベルリンを遠くに捉える眼差しは、歴史叙述における中心と周縁性を完全に逆転させるもので、結果として第一部において十一月十日から数日の出来事が語られる際に、「革命」に張りついてくるはずの歴史的事件性が、物語の中心的な役割を果たさない。

デーブリーンは「革命」の言説を特徴づける旧新の二項対立を、アルザスで繰り広げられるドイツ人とフランス人たちの対立の図式にずらしていく。双方の視点から移り変わる町の様子が捉えられ、ストラスブールの仏への併合が、ドイツ人には帝政ドイツの権力崩壊を意味するものとして、フランス人には古き秩序からの解放として語られる。

「すでに愛らしく、すっかり見違えて見える」[61] ストラスブールの町はフランス軍やフランス人のために美しく飾り立てられ、そこに暮らす仏系市民にとってはパリが新しい首都となる。彼らの間では新しい世の中への期待が高まるが、それは決して革命的な心意気からくるものではなく、ドイツ支配からの解放とフランス統治の復活に対する期待と喜びの表れに過ぎない。帝政ドイツの古い秩序が倒れたところで、次に来るのは、それ以前にあったフランスによる古い秩序の復活である。新しいものは何も生まれず、飾り立てられた町のかわいらしい「お化粧」の下に隠された何もかもが昔のままだ。

革命の歴史／物語に必要不可欠な新しい世や秩序の誕生というモチーフが、アルザスの物語に入り込む余地はない。ストラスブールでは、革命の理念も行動も、ドイツ人たちの撤退と同時に一緒に消えてなくなり忘れ去られていく。アルザスのフランス併合と同時にドイツ帝国は領土を失い、ドイツ十一月革命はアルザスを失う。つまりフランス領となったアルザスという土地には、ドイツの革命は存在しないものとなるのだ。

ライン川を渡りドイツに戻るドイツ系のブルジョアジーは自分たちを待ち構える世界を見つめる。[62] 彼らが憎むのは、自分たちが慣れ親しんだ土地を奪うフランス人ではなく、祖国の労働者や兵士である。第一部の最後で、フランス人対ドイツ人の対立図式が、ライン川を境に、ドイツのブルジョアジー（反革命）対労働者（革命）の図式に変わり、第二部へと引き継がれていく。

第二部では、喧騒のただ中にあるベルリンが革命の舞台として前景化されてくる。第二部第一巻

『裏切られた民衆』では、ドイツ軍の撤退にともない、主人公ベッカーを含む入院患者や病院のスタッフら野戦病院もまるごと引き揚げの列に加わり、物語の中心も帝国の周縁からライン川を渡り、首都ベルリンへと移り変わる。

「時代はうちに孕んでいたものを吐き出す」という語りの声は、「覆い」を取り除いて隠された奥義や秘密を明らかに述べ示す黙示録さながら、時代の奥に隠されていたものが今ここで露見することを告げる。しかし、デーブリーンの語りは「それによりこの時代が健康になるのかどうかは、まだわからなかった」[63]ともったいぶって、結論を引き延ばす。第一部で古い秩序の崩壊とそこからの訣別が宣言されるが、第二部は新しい秩序の創出に至るまでの過渡期的な様相を示し、プロットも停滞しがちだ。

古い秩序から新しい秩序へと、革命的な「越境」[64]に人々を駆りてる原動力となるのがカール・リープクネヒトである。『裏切られた民衆』の冒頭で、「いざ警察本部へ」[65]と、収監されている政治犯の釈放を求めるベルリンの革命群衆たちが、国家権力の象徴である威圧的な「赤い堅城」[66]と称される警察本部を襲撃する様子が描き出される。加速する語りのテンポが緊迫感を増し、バスチーユ監獄を襲撃するフランス革命を連想させるが、デーブリーンの革命の歴史／物語では、革命を駆り立てる情熱や緊迫感や疾走感が持続しない。というのも、エーベルトらが、革命的な「越境」の「妨害者」[67]としてカールやベルリンの革命群衆の前に立ちはだかるからだ。

第二部第二巻『前線部隊の帰還』では、野戦病院の解体を通して周縁的に描き出されていたドイツ帝国軍の崩壊が、事実上決定的なものとなる。

首相のエーベルトは、ベルリンに凱旋した前線部隊の司令官や将校たちを前に、「古き体制は倒れた」、「平和と自由と秩序は我々がふたたび従うべき星となる(68)」と熱弁をふるい、共和国のために誓えと圧力をかける。また、無関心な兵士たちに対しては、「ようこそドイツ共和国へ」「お帰りなさい(69)」と呼びかけ、「ドイツの自由への望みは君たちにかかっている。我らの不幸な国はみじめな姿になり果ててしまった。未来に向けての復興が重要だ(70)」と媚びへつらう。また、ベルリン市長は控え目に、「皆さんは古いものを捨て去った、そして新しいものを見つけるのです」と述べたあと「ようこそベルリンへ(71)」と歓迎の意を表する。

帰還兵たちは、エーベルト政権とそれに連なるOHLら反革命派とカール・リープクネヒトら革命派の間で宙づりにされ、「前線兵士の心をつかむための闘い(72)」、戦後のドイツの支配をめぐる権力闘争に巻き込まれていく。

兵士たちを歓迎する政府の指導者たちは、古い秩序の崩壊と新しい時代への期待をやたらと強調するが、エーベルトとカッセルのOHLの密約により、帰還部隊の兵士たちはベルリンの「掃除(73)」、すなわち革命の鎮圧のために投入されることになっていた。ところが、帰還兵の間にも反政府、反軍部の気運が高まっており、なんと彼らは上官の指令を無視して、勝手に解散してしまうのだ。これにより、上官の命令が下部に行き渡らず、軍の規律や秩序の崩壊が決定的なものとして露見し、OHLの上官も「軍はばらばらになってしまった」「ドイツ軍はもうおしまいだ、もはやわれわれに軍隊はない［…］「皆、家に帰ってしまう(74)」と、ビスマルク以来、帝政ドイツの国家を支えてきたドイツ帝国軍の解体を事実上認めざるを得なくなる。

このように、帰還兵たちを使って革命派を鎮圧しようという政府やOHLのはじめの計画も実行される前に頓挫する。スパルタクスら革命派のみならず、革命を妨害しようとする軍部やエーベルトの策略も暗礁にのりあげ、双方とも新しい秩序を創出するに至らない。古き秩序の崩壊によって実現されるはずの新しき世の到来は先延ばしにされ、それどころか混沌とするベルリンは戦時中よりもカタストロフの様相を増していく。主人公のベッカーはベルリンの革命の喧騒に対して次のようなことを述べている。

ドイツ国民はしかしながら、植物が地面に根差すように、しっかりと政府にはりついていた。その植物は地面がなければ枯れて身を持ち崩す。だから政府の崩壊は、ほかのところでは何か新しいものを生み出すための活性剤となるが、ドイツにとってはカタストロフとなるのだ。(VV 103)

「ほかのところ」として、革命の先輩であるフランスやロシアが考えられる。古き秩序の崩壊後に新しい秩序が創出される、というのがフランス革命やロシア革命など革命の方程式であるが、ベッカーのこの言葉は、そうした古典的な革命の言説から逸脱するドイツ革命の特質を的確に捉えるものであろう。

戦争ノイローゼで自我の喪失と闘い苦悩するベッカーは、「お前が消えてしまうのかどうかなんて知るものか、そしたら新しくはじめたらいいじゃないか、どこかほかのところであらためて[75]」とそそのかすねずみに化けた悪魔の誘惑に屈して自殺を試みる。しかし、自殺は失敗し、苦悩の果ての肉体的な死の後に約束される黙示録的な魂の救済や新しい生の可能性も先延ばしにされる。

こうして停滞する権力闘争や革命の歴史／物語のなかに浮かびあがる様々な立場や階級に属する登場人物たちの、超現実的なエピソードも含めた虚構と史実の入り混じる逸話から、ドイツや人々が辿るであろう破滅の道がしだいに露わになってくる。デーブリーンによってでっちあげられた虚構の物語は、日付に規定されながら歴史的な事柄と十把一絡げに語られ、作品における虚構と事実の境目はますます曖昧になっていく。そして、混乱と困窮からなる世界から救済されるために、革命による「外科的治療」[76]は可能なのか、また、ベッカーが傾倒する宗教的な帰結が意味のあるものとなるのか、こうしたことがはっきりしないまま全てが第三部『カールとローザ』へと引き継がれていく。

第三部『カールとローザ』には、初版出版時、「カールとローザ。天国と地獄の間の物語」というタイトルが与えられていた[77]。黙示録では最後の審判によって信仰篤き善人と罪深い不信心な悪人が選別され、肉体的な死の後、善人の魂は救済されて天国で生き延びる一方、悪人は第二の死を運命づけられ地獄へと振り分けられる。したがって、「天国と地獄の間」というのは、その間の最後の審判が下されるときのことだと考えられよう。一月六日、重苦しい緊迫した空気に包まれたベルリンにも「さあ、死者たちが神の息子の声を聞くべきときがついにきた、神の声を聞くものは生きるべし、そうでないものは生きてはならぬ[78]」という最後の審判を告げるかのような語りの声が響き渡る。デーブリーンによる革命の歴史／物語がクライマックスを迎えると同時に、物語は天国でも地獄でもない留保の領域に入り込んでいく。そして、境界的な立場におかれた登場人物たちの立ち振るまいに対して裁きが下り、生き延びる者と生き延びられない者たちの運命が決定づけられるという、黙示録的な二元論構造がはっきりと浮かびあがる(79)。

デーブリーンによれば、この第三部は、第一部や第二部のようにドイツの歴史や社会状況を、大風呂敷を広げてパノラマ的に描き出すというよりは、フーガの終結部で主題がいくつにも重なる「ストレット」(80)のような緊張感を醸し出すものである(81)。たたみかけるように次から次へと語り出される様々なエピソードが破滅的な終末に向かい作品を盛り上げるだけでなく、物語の層が厚みを増して歴史的空間に奥行きと広がりを与えていく。一月六日前後の主人公ベッカー、カールとローザ、そして反革命派のエーベルトとノスケらの数々のエピソードを通して、「革命」という歴史的事件を、様々な視点から多様な文脈のなかで意味づけることを可能にしている。そして、誰が生き延びて、誰が死ぬのか、登場人物の運命が選別され決定づけられていくなかで破滅の諸相がいよいよ露わになる。デーブリーンは最終巻において、革命の歴史／物語を、露骨に増幅される黙示録的な語調にのせて展開させていく。

『一九一八』では、ベッカーやカールとローザやエーベルトといった主役級の扱いを受ける登場人物から、ヒルデやマウス、ヒンデンブルクやグレーナーやノスケなど重要な脇役に至るまで、虚構であれ実在であれ、登場人物の善悪が比較的はっきりと描き出される。そして、滅ぶのはドイツ十一月革命と革命派の人々、そして破滅の一途を辿り最後の最後でスパルタクスの闘いに加わる主人公のベッカーである。カールとローザを筆頭に、スパルタクスに感化された市井の人々の血が流れる。彼らは自分たちが信じる理想やユートピアを実現させるために闘うが、新たな秩序の創出に至らないまま、自分たちの「革命」とともに破滅していく「善き者」たちである。そして、彼らの「革命」が鎮圧された後に生き残るのは、「生き残る瞬間は権力の瞬間である(82)」というカネッティの言葉通り、実在しようが架空だろうが、権力を握る者たち、あるいは権力に加担する「悪しき者」たち、すなわち、エーベルトら新政府の政治家や、君主制を支え戦後は政府と手を結ぶ軍の上官、そして日和見主義的な群衆たちだ。

結果として、デーブリーンの革命の物語／歴史は、一般的な「革命」の言説が保証する最終的に成し遂げられるはずの「新生」のモチーフが欠如し、「テロス」を喪失した物語となる。カールやローザ、ベッカーらの、古い秩序から新しい秩序への救済を求めての越境の試みは失敗し、デーブリーンの革命の歴史／物語は受難の物語へと形を変えていく(83)。そして、同時に救済史としての黙示録的な語りも頓挫し、黙示録が次の黙示録を生むという堂々めぐりの顚末を迎えるのだ。

鎮圧されたドイツ十一月革命は、その後「ワイマール共和国」という表向きは新しい秩序を形成する。その立役者となるのは、生き残った反革命派のエーベルトやノスケ、ＯＨＬの上官など旧君主制の擁護者たちだ。したがって、実際は、新しい未来どころか「以前の状態(84)」に逆戻りしたに過ぎず、それどころか、彼らの存在がその後のドイツの軍国主義と国粋主義を強化するきっかけを作ることになった。第一次世界大戦から革命というドイツを襲った破滅的なカタストロフのなかで露見するのは、ワイマール共和国の指導者である大統領の地位がエーベルトから軍人ヒンデンブルクへと引き継がれ、その後、当然の成り行きのごとく「第三帝国」の理想を掲げたヒトラーへと継承されていくドイツの来るべき未来の姿、次なるカタストロフの予感である。

二．現代社会の深層史

歴史を逆なでにして浮かびあがる人々の跳飛弾のような生の軌跡、すなわち個人や集団によって生きられた現実は、彼らを取り巻く社会の深層史を形成する。この点についてはすでに述べた通りだ。『一九一八』で語り出される諸々の出来事はこの深層史を成すものである。デーブリーンは「ドイツ十一月革命」なるものの歴史的意味を、この深層史との関わりのなかで問い直していく。

歴史を題材にして二〇世紀の小説の新たな可能性を切り開こうとするデーブリーンが、社会の深層史や歴史的事件をどのように叙述し物語るのか。本章では、歴史との関連のなかで彼の物語技法がどのように展開されるのか、語りの「時間」と「空間」という観点から、デーブリーンの歴史叙述における語りの独自性を明らかにする。

時間

『一九一八』では、エピソードによって時間の流れがあからさまに変化することがある。小説のなかで、時間は引き延ばされ、端折られ、ねじれ、積み重なり、同期する。時系列に沿って物語は展開するが、小説のはじめから終わりまでメトロノームが刻むようにずっと一本調子で時が流れていくわけではないのだ。時間の経過の表し方により、出来事に与えられる意味が左右されることがある。

(一)　引き延ばされる時間

デーブリーンは、大きな歴史が瑣末なものとして排除してきた出来事に最大の注意を払う。例えば次のような箇所がある。

その若い男に多くのことは起こらなかった。［…］そのとき、丸い型の鉛が、その若者のベルト、上着、ズボンをびゅんと貫いたのだ、なんの抵抗もなかった、まだ恋人に触れたことのない柔らかな肌からも抵抗はなかった。まるでそこが自分の居場所であるかのように、弾はなめらかに沈み込んだ。柔らかい地面に植物が根を下ろすように、弾は世界からこの柔らかい体のなかにくい込んだ。途中でその弾は鏡のようにつるつるした腹膜に当たり、小さな裂け目を作った。細長い腸が動いていたが、弾がきたときには収縮しなかった、あっという間のことだったのだ、弾は腸を通るついでに、消化されてうすい粥みたいになった朝食の残りを味見したが、何も持ち去らなかった。弾は腸を横切った。そこでは太い血管が力強く波打ち、心臓から巡ってきた血液がなかでどくどく脈打っていた、弾はその血を舐めて、背後の骨、椎骨のなかに植えつけられ、そこで行き止まった。(BS 9f.)

読者はここで、外部からでも内面からでもなく、身体の内部から分析的に「死」を捉えるという、医者ならではの作者の視線に出会う。若き空軍パイロット、リヒャルトの、一瞬の出来事に過ぎない被弾の経緯が、内視鏡カメラを使って拡大され、コマ撮りないしスローモーション撮影された記録映像のように段階を追って浮かびあがる。「その男に多くのことは起こらなかった」という語り手の言葉とは反対に、時間の流れを最大限に引き延ばし、無名の兵士の命を奪った一瞬の出来事に多くの言葉と時間を費やして丁寧に語ることで、出来事の価値や意味が増幅され重みを増す。

人体の部位を表す解剖学的な術語が多用され、また、肉に食い込む銃弾が地に根を張る植物に喩えられる。こうした即物的な言葉で分析的に叙述される死の観察記録は極めて冷徹であるが、これは医者として自然科学と関わってきたデーブリーンの語りの特徴でもある。兵士の命を奪った残忍な出来事が、科学者特有の突き放した調子で淡々と報告される。しかし、途中さりげなく挿入される「恋人に触れたことのない柔らかな肌」という言葉にはっとさせられる。大きな歴史を報告する歴史叙述では滅多にお目にかかれない文言だが、「恋人に触れたことのない」という感傷的な言葉などは、弾の軌道を述べる際に必要不可欠なものでもないだろう。しかし、若くして戦死した兵士の無念や悲哀がこの一言からあふれ出し、彼がこの先に送るはずだった生の可能性の微かな温もりもまた、すくい出される。解剖学的なまなざしで語り出される死の風景に、感傷的な一言を差し挟むことで、一瞬、リヒャルトに対する同情や憐みの情を喚起させるのだ。あるいは逆に、デーブリーンの語りは、哀れな犠牲者を悼む身振りをしながらも、どっぷりと感傷に浸るものではないともいえる。
分析的な語りと感傷的な語りを巧みに使い分けることで、犠牲者の死がお涙ちょうだいの風景に貶められる危険をかわす。デーブリーンのリアリズムは、肉眼を越えた距離から素材に接近し、時間の流れを操りながら出来事の意味を増幅させていく。したがって、そこから浮かびあがる風景は非日常的なものとなるが、一方で、大きな歴史に奉仕したにもかかわらず軽んじられ切り捨てられてきた犠牲に注意を促し、見過ごしてはならない貴重な出来事として新たな意味を吹き込むのである。

(二)　端折られる時間／ねじれ

引き延ばされる時間があれば、端折られる時間もある。牧師がポケットのなかにたまたま見つけた紙屑を捨てる場面で、堆積していくゴミの山を通して、人々の生活と様々な時間の流れが描き出される。

それらは、桶の中味が靴屋の女房によって建物裏のゴミ山に捨てられるまで、桶のなかで他のゴミと一緒に四日間を過ごした。その後、もうすぐ休暇だと知らせる牧師の息子の文字が書かれたポーランドからの古い封筒と、薄い包紙は、キャベツの芯や吸い殻や壊れたブリキの横に入り込んだ。それは少しずつ増えていき小さな丘を作った。ケーキの包紙は湿気を帯びて繊維へと分解され、その残骸は水滴と一緒に地中にしみ込んでいった。牧師の息子の文字もすぐに消えた、封筒はまだ数ヶ月ゴミのなかに埋もれていて、その頃、牧師はとっくにヘッセンの自分の故郷にいて、新しい任務のために待機していた。当時は彼の家具もまだ表の建物の中の同じ場所にあって、その引き渡しをめぐって訴訟を起こしていた。七月には、放浪するねずみの一家が森からやってきて通りかかった、果物やジャガイモの皮がたくさん散らばっていた、彼らは革の切れ端まで食べた――というのも足の不自由なあの旦那が夏になると元気になって靴を作り出したからである――、このチャンスに若いねずみたちはグロドノから届いた牧師宛ての封筒までかじった。(BS 26)

一九一八年十一月十日にアルザスで起こった諸々の出来事を語る章の最後をしめくくる文章である。靴屋の老夫婦を訪ねた牧師が帰り際にポケットのなかの屑を捨てる場面だ。その屑とは牧師の息子からの手紙が入っていた古い封筒とぐちゃぐちゃになったケーキの包み紙である。牧師が捨てた包み紙や封筒をきっかけに靴屋の女房のゴミ捨て姿が目撃され、そして、牧師の息子がグロドノという東部戦線にいてまもなく休暇だということが明らかになる。封筒が数ヶ月間ゴミの山に埋もれている間に、牧師は故郷のヘッセンに戻るということ、そして彼が訴訟中であることが判明し、ねずみの一家の様子から、季節と靴屋の主人の健康状態の変化を知らされる。訴訟の話はここではいささか唐突だが、戦後の独仏国境におけるドイツ人からフランス人への住居や財産の譲渡については、第一部『市民と兵士たち』の後半に言及されており、どのような経緯の裁判なのか後から推測可能な仕掛けになっている。(85)

ゴミの山について語る半頁ほどの文章のなかで、十一月十日のことから、その後の四日間のこと、さらに半年以上も先の七月の諸々の出来事までが一気に語り出されるのみならず、「四日間」や「七月」など、やたらと細かいことまで正確に報告される。兵士リヒャルトの死の場面では時間の進みは遅くなり、一瞬の出来事に多くの言葉と時間を費やして語られた。一般的な歴史叙述においては普通なら見過ごしてしまうような素材に過剰なまでに接近するのはリヒャルトの場合と同じであるが、少しずつ大きくなっていくゴミ屑の山に、人々の暮らしの痕跡が層を成して積み重なる。ここではそれを分析して、ある特定の時代を生きる人々の数ヶ月に及ぶ暮らしぶりを推測するという考古学者のような眼差しが特徴だ。

過去から未来に至る通時的な時間の経過が、積み重なる時間のなかに置き換えられると同時に、人々の生きた歴史が塵や動物や自然との有機的な関係において捉え直され、アルケーもテロスも存在しない時間の流れに組み込まれていく。そこでは、人間を頂点とする自然界の階層性やその営みに与えられる価値の序列も無効となる。自然のサイクルを形成する時間のなかでは、人間の生の営みの証も最後は土に返るのだ。消えてゆく封筒の文字、腐敗して土に返る食べ物の残骸や紙屑、ねずみに食べられるジャガイモや果物の皮や靴の革の切れ端をめぐる小さな逸話は、過ぎ去ってはしまったが、失ってはならないものを集めて保存する「アーカイブ」の外部にあるもの(86)、すなわち生起しては痕跡もなく消えていく被造物の瑣末な生の物語／歴史をぎりぎりのところで拾い上げる。

十一月十日の「今日」から、およそ半年以上も先の七月の出来事に至るまですべて過去形で語られていることを考えると、語りの眼差しは、かなりの時間が経過した地点から時間をかけて持続的に、このゴミの山とそれに関係する人々の生を観察していたことになる。そして、ゴミ山の中味は至近距離でないと判別できないが、牧師のアルザスからヘッセンへの移動は距離化された眼差しでもってはじめて知覚可能となる。ここでは、語りの焦点対象への距離が近づいたり離れたり絶えずゆらいでいる。いずれにせよ、こうした語りの時間と空間のねじれが読む者の調子を狂わせるので、一本調子で経過する時間の流れに慣れた読者は戸惑うことになる。

(三) 同期する時間

そして時代の横断面が極めて単純化された形で浮かびあがる箇所がある。

午前中ずっとベッカーは通りを歩いていた。それはパリのブローニュの森駅にウィルソン大統領、すなわち新しい世界の裁判官、平和の請負人を乗せた列車が入ってくるときのことだ。[…] その頃、ベルリンのフリードリヒ・エーベルトは、古くからの同胞とトレプトウ公園の散歩を終えたところだった。オレンジの袋を渡されると、空の馬車が来て、彼を乗せ、ケペニッカー通りをのぼっていく。[…] だいたい同じ頃、カール・リープクネヒトが王宮厩舎に入り、ロシア人ラデックはついにこのドイツ人と今後のことについて話す機会を得る [...]。これは劇作家のシュタウフファッハーが荒れ放題の自分の部屋をあくせく片づけているときのこと。というのもルーシーから電話があり、彼のところにくるというのだ、彼女にこんな状態の部屋を見られたくない。しかし、せわしなく働くこと三〇分、彼は認識する、もう絶望的だと、そして彼もベッカーと同じ行動に出る。家を出て散歩にいくのだ。(HF 392f.)

史実に基づくウィルソンのエピソードから、これらの記述が十二月十四日一一時頃の出来事を物語るものだというアリバイが与えられる[87]。虚構の人物であるフリードリヒ・ベッカーとシュタウフファッハー、歴史上の人物であるアメリカの大統領ウィルソンと首相エーベルトの生が、語りの声により同期させられる。実は、この四人の登場人物をそれぞれ中心におく虚実入り混じるエピソードが、すでに前の段階で別々に長々と語られている[88]。ここで引用した箇所は、全く関わりのないまま同じ時間を異なる場所で生きた四人の物語を、後から短く要約してベッカーの物語時間に無理やりねじ込んだものである。

ベッカーが通りを散歩していた「午前中」に他の場所で生起していた出来事が主に現在形で語られている。この「歴史的現在」の用法が、過去のある時点における複数の出来事の同時性や現在性をこれみよがしに意識させ、同時中継で切り代わる複数のカメラ映像を見るかのようだ。この場面は、ドイツ十一月革命の歴史／物語を語る本作品の大きな時間軸からある特定の時間を抜き出したときに露わになる切り口、複数の筋の断面をまとめて見せるのである。

空間——都市の観相学

『ヨハネの黙示録』では、「エルサレム」と「バビロン」という二つの都市が、神とサタン、善と悪の対立概念として登場する。『一九一八』では、歴史的・地政学的変動の影響をもろに受けるストラスブールとベルリンが、現代社会のエルサレムやバビロンとなり、破滅の諸相や新生への期待が色濃く漂う独自の都市空間を露わにしている。[89]都市は、歴史的な舞台として、重要な役割を果たす。語りの眼差しは、絶えず変容する都市の相貌を捉え、そこで生起する出来事の更新される意味を追跡する。このように空間を通して出来事の歴史的意味を浮かびあがらせるデーブリーンの都市の観相学もまた、社会の深層史の一部を成している。

(一)　ストラスブール、新たな聖エルサレム？

ストラスブールは、第一次世界大戦の終結とともに、ドイツ帝国の周縁の古都として敗戦を迎え、フランス領として再生する町である。一九一八年十一月のこの都市の「歴史的瞬間[90]」が独仏双方の視点から交互に捉えられ、敗戦という破滅を経て新たに生まれ変わる都市の姿に、更新され変容する過去の出来事の意味が投影されていく。

> 略奪の陶酔は兵舎から野戦病院の女性職員へ飛び火した、チャンスだ、最初の試みがなされた。わざとらしい仲間意識と対抗心の入り混じったものが看護婦、厨房従業員、下働きの間に生れた。洗濯室の急襲で話は盛りあがったが、大きな陶器の鉢やコップや皿も狙われた。保存食品に熱き思いをはせる者もいた。（BS 86）

『ヨハネの黙示録』の「バビロン」にはキリスト教徒を迫害していたローマ帝国が投影されてい

るといわれている。『一九一八』では、ローマ帝国によるキリスト教徒の迫害が、ドイツ帝国によるアルザス地方の支配になぞられる。革命と終戦はバビロンのごとき帝政ドイツを崩壊させ、アルザス地方に駐屯していたドイツ帝国軍の引き揚げがはじまる。第一部『市民と兵士たち』に見られる兵舎や野戦病院の様子は、ドイツ軍内部のモラル崩壊を物語っている。このドイツ軍のモラル崩壊とともに、帝政ドイツ領として維持されていたアルザスの町の秩序も崩壊する。慎ましく市民生活を送っていた人々の欲望が剝き出しになる略奪が横行して町は混乱に陥る。

毎日がかすかな荒廃を人間である民衆のなかに残していった。住居のなかでも路上でもゴミが、汚物が、塵が、あらゆる物の上に堆くたまっていた。スプーンもドアのノブも壺もその光沢を失った。そして、人間たち自身も日ごとに落ちぶれていき、肌には鱗屑がたまり、心には塵が集まり、肌は発汗して服をぼろぼろにした。（BS 90）

ゴミや汚れなどの人々の暮しの痕跡から、住人の生活や内面、そして町の衛生状態が探られる。荒廃していくアルザスの町の風景と人々の荒んだ心理状態が共鳴し、そこに「あらゆる汚れた忌まわしい獣どもの檻」[91]と称される崩壊していくドイツ帝国の様子が映し出される。第一部の「ストラスブールにおけるドイツの最後の日々」と題された章は次の一節ではじまる。

なんとも恐ろしい奈落の底から、ここ何年もヨーロッパに居座り決して引く気配のなかった憎しみや不幸や痛みや復讐心に満たされた閃光の走る黒い煙雲が立ちのぼったことか。［…］一八七〇年の征服者であるドイツ人たちがかれこれ五〇年にわたりアルザスに居座った。彼らにも最後の時がやってきたのだ。(BS 266)

「最後のとき」「奈落の底」「閃光が走る黒い煙雲」などの黙示録的な終末のイメージを表す言葉がちりばめられている。ヴィルヘルム体制の世に裁きが下り、ドイツ帝国が終わりを迎えるとき、その支配下で抑え込まれていた憎しみや不幸や痛みや復讐心といったネガティブな人間感情が爆発し世界は破滅の様相を呈する。

『ヨハネの黙示録』では、「汚れた者、忌まわしいことと偽りを行う者は誰一人とて、決して都に入れないだろう」[92]と「新エルサレム」の到来が告げられるが、ドイツ軍から解放されたストラスブールも再生のエネルギーに満ちあふれた町へと一気に様変わりする。

そうこうするうちに、あの美しい町は花輪や花や旗や横断幕で、色とりどりに、そして、より彩り豊かになっていった。まさしく、ここでは軍事占領に対する恐れはもうなかった。そうだ、もうよそ者が来る心配もなかった。広い通りもせまい通りもなにもかもがなんて愛らしいのだろう［…］。(BS 282f.)

アルザスの町は、「着飾った花嫁のように用意を整える」[93]聖エルサレムのごとく、解放者であるフランス軍の進駐に備えて歓迎の準備を進める。

古いフランス語の碑銘や店の看板たちが、あたかもこの五〇年がただの夢だったかのように、みずから姿を見せたかのようだ、まだ遠慮がちで、色褪せて消えかかっているけれど。憎らしい黒い虚飾は剝がれ落ちた。［…］一八七〇年より前の時代の街路名表示板のことはずっと誰も口にせず、忠実に、希望を失うことなく、この日のために取り置かれていた。若者は、老人や死んだ者たちがここに寝かせていたものを手に取った。彼らは「Rue Vauban」「Manège」「Daguerre」「Magenta」という文字を読んだ。［…］古い町の至る所で大がかりな彩色がほどこされ、色が塗り替えられ、かわいらしくお化粧をする。（BS 283）

街路や広場の名前には、その土地との親密な結びつきのなかで生活する人々の歴史や記憶が刻み込まれていると同時に、それらの名称変更には制度化された大きな歴史が構造化されている。名前が喚起する「場所」の意味は、時の政治権力や社会情勢の都合に合わせて解体され再編され、新しく塗り変えられていく。

ドイツ人が追放されたあと、「王宮（der Kaiserpalast）」は「王宮」であることを止めて、単なる「ライン城（ein Rheinschloß）」になり、「カイザー・ヴィルヘルム通り（die Kaiser-Wilhelm-Straße）」は単なる「自由通り（eine Freiheitsstraße）」に、「カイザー・フリードリヒ通り（der Kaiser-Friedrich-Straße）」は単なる「平和通り（eine Friedensstraße）」となる。[94] ヴィルヘルム二世や君主制の名残はことごとく排除され、抑圧される側にいたフランス系の人間は解放を喜び、隠されていたフランス語の記憶がふたたび蘇る。町からドイツ色が一掃され、すべてがフランス色に化粧直しされていく様子が距離化された眼差しで捉えられ、そこからアルザスという土地の更新されていく歴史的意味が浮かびあがる。フランス領となったアルザスから、ドイツ人やドイツ語とともにもたらされた「ドイツ十一月革命」も、彼らの撤退とともに失われ、「帝政ドイツの崩壊」という歴史的な意味が、「フランスの勝利」へと書き換えられていく。

というのも多くの者がいや増す復讐心を嗅ぎ取ったからだ。妬み、悪意が息を吹き返し、密告の悪疫が蔓延した。昨日の友達に本心を吐き出すことができた。昨日の友達の財産をたやすく手に入れることができた。それは民衆裁判になり、民族の侮辱になった。人々は街灯や枯れ木にのぼり、町を出ていく者たちに嘲りの言葉を浴びせた。(BS 344)

旧ドイツ帝国市民が追放され故郷を失った民となる一方で、ドイツ帝国の圧政により抑え込まれていたフランス系の人々の憎悪や復讐心が爆発する。黙示録とは、抑圧され不当を蒙っていた者たちが暴力的な圧政から救済される物語とはいえ、一方でそれは、支配する者たちに対して復讐を誓う書であることはすでに述べた通りだ。ルサンチマンを胸に抱き抑圧されるがままになっていた人々の立場が、黙示録的な状況のなかで一変するのである。

多くの人々が双眼鏡で向こう岸を眺め、追放された人々が向こうで受け入れられ連れられていく様子を観察していた、サーカスを見るような好奇心やざまあ見やがれという野次馬根性を剥き出しにして、向こう岸の彼らが頭を垂れて黙り込んだまま、赤旗の立つバラックのなかへと消えていく様子を追った。(BS 346)

ライン川が天国と地獄を隔てる境界となる。川の向こうのドイツでは、アルザスという故郷を失ったドイツ人が心痛に沈んでいる。解放の喜びに沸くストラスブールの物見遊山な民衆にとって、終戦やドイツ十一月革命は双眼鏡を片手に眺める「見世物」となる。ここではもはや出来事に備わる歴史性は問題にならない。アルザスという土地では終戦も革命も、もはや単なるお祭りでしかないのだ。

このように、本作品では、ストラスブールのフランス系の人々が余所者の圧政に苦しんだ「憐れな人たち」として描き出されることはない。黙示録では「選ばれた」貧しい人々や抑圧された者たちの報われるべき権利が主張されるが、『一九一八』では、こうした憐れむべき「弱者」としてのレッテルを張られる民衆たちが、決してへりくだった可哀そうな人たちではないということが前面に押し出される。このストラスブールのエピソードからも明らかなように、デーブリーンの場合、「抑圧された人＝善」、「圧政者＝悪」という黙示録的な固定化された善悪の二元論に甘んじることはなく、作品のなかで絶えずこの善悪の境界がゆらいでいると考えた方がいいだろう。というのも、こうした民衆の、既存の権力を破壊しようとする心は、反対権力であると同時に、結果として、我こそは生き残るために勝とうと欲する権力となるからだ。向こう岸のドイツの様子は次のように語られていく。

待っている紳士淑女たちは、彼らに憎しみのこもった眼差しを向けている。その憎しみは、川向こうの民衆に対する憎しみよりも大きかった。その憎しみは抑えがたかった。眠れる子羊の首に噛みつかんとするオオカミのように、彼らは労兵評議会の者たちを見おろしていた。(BS 346)

アルザスを追放されたドイツ系の人々のなかには、君主制の恩恵にあずかった裕福な市民も大勢いる。彼らは赤い革命のただなかにあるドイツへと戻るのであるが、そこは彼らにとってもはや故郷としての安らぎを与えてくれる場ではない。この「教養ある、身なりの良い人々」がドイツに戻れば、かつて自分たちが搾取していた「ろくにものも書けない[95]」革命派の連中から復讐されることになる。川を渡りドイツに戻ったドイツ系ブルジョアジーは、自分たちを追放し嘲笑したアルザスのフランス系の民衆を憎む以上に、この同じドイツ人である革命派の労働者たちを憎む。

帝政ドイツによる古い秩序が倒れたと沸くストラスブールであるが、結局のところこの町にはそれ以前のフランス統治時代のより古い秩序が回帰するに過ぎない。また、アルザス地方におけるフランス系とドイツ系市民の対立に加えて、ドイツ人同士の間に存在する根深い階級上の対立がある。ライン川を渡れば憎しみと復讐のコンステラツィオーンが変化するだけだ。

いずれにせよ、憎しみと復讐の連鎖は次なる黙示録の温床となる。自らの行いを省みることのない民衆たちの喉元過ぎれば熱さも忘れてしまう不謹慎に、黙示録が説く「救済」の欺瞞が示唆される。アルザスにもストラスブールにも新エルサレムは永遠に来ないのである。

(二)　ベルリン／バビロン――堆積する時間

フランス軍を歓迎する華やいだストラスブールの様子とは異なり、旧体制の崩壊後、革命の舞台となるベルリンには陰鬱な重苦しい空気が漂う。

シュプレー川がみすぼらしくその下を流れている、うす汚れた建物の間、煙の出ていない高い煙突の間を走る暗い灰色の細い流れ、押し黙る打ち砕かれたベルリン。(BS 247)

「煙の出ていない煙突」や「押し黙る」という表現から、営みが停止した都市の姿が浮かびあがる。

『ヨハネの黙示録』において、みだらな欲望に耽り栄えたバビロンは堕落した都市の烙印を押され、神に裁かれることになる。死や悲しみや飢えといったあらゆる災いがバビロンを襲い、都市は焼かれる。[96]『ベルリン・アレクサンダー広場』でうたわれた二〇世紀の廃墟バビロンが、『一九一八』において、いかに語り出されるのか。

一九一八年当時のベルリンは、急激な近代化による人口増加で膨張する大都市であった。『一九一八』では、『ベルリン・アレクサンダー広場』を満たしていた都市生活者たちの色とりどりの多様性はかき消され、むしろ匿名性に浸された陰気で不安定な都市の描写が特徴となっている。革命の喧騒とは距離をおく鳥瞰的な眼差しでこの二〇世紀のバビロンが地図的なイメージのなかで捉えられる。

というのもこれこそ何キロメートルにもわたって四方八方に広がる巨大な都市だったからである。長い通りには、豊かな通りもあれば貧しい通りもあって、今にも倒れそうなものや新しい建物がぎっしり立ち並び、それに数えきれないほどの灰色のミーツカゼルネもあり、それは側棟と鉤型に増設した建物に囲まれた薄暗い中庭につながっている。大工場や小さな工場、商店、倉庫、畜殺場、乳製品製造所がここで発展していった。ガス管や電線が引かれ、水道管や下水道が家々をつないだ。地下鉄、市電、バスが絶え間なく町中をあちこち走りまわっている、隔てられた地区の人々の間に電話線が張り巡らされ、彼らは自分の部屋にいながらお喋りすることができた。大都市たるものを彼らが、重労働や粘り強い努力で少しずつ作りあげていった、彼らの休むことを知らない手元の働きによってそれはまさしく生まれたのだ。(BS 249)

ライフラインの張り巡らされたネットワークとして浮かびあがる飽和状態の大都市の姿は、革命の舞台という範疇を超え、都市そのものが画一化された諸機能の集合体として匿名性に埋没するという、二〇世紀の大都市特有の現象を浮かびあがらせる。

語りの眼差しは都市生活者たちの暮らしに接近するが、そこで彼らのプライベートに立ち入ることはない。都市の諸機能の一部になり果てた都市生活者たちの個性は匿名性のなかに埋没している。『ベルリン・アレクサンダー広場』では、ベルリンのとあるミーツカゼルネの居住者の暮らしが一階から最上階の住人に至るまで詳らかに報告され、そこから彼らと関わりのある余所の人物の暮らしや人生までもが明かされ、都市のなかに網の目状に張り巡らされた人間関係が浮かびあがった。(97) 『一九一八』でも、都市や都市生活者たちの暮らしに迫り労働者たちの内面や生が語り出されるが、先の引用の続きは次のようになっている。

というのも彼らは果てしなく働き働いて、働くことしか知らず、働くことだけを欲し、働くことだけに飢えそれだけを渇望したからである。自然な空腹や喉の渇きがわきおこれば、彼らは邪魔をされたと感じてそれらを取り除き、そしてふたたび自分たちの労働への衝動に身を任せた。仕事が見つからなければ、彼らは陰鬱にぶらぶらしていた。彼らは金もうけをたくらんだ。多くの者が名誉や贅沢を求めたが、それが全て仕事への原動力となった。彼らは自らを奮起させるために、そして彼らは自分たちがどうなっているのかわからなかったので、下世話な新聞ネタに首を突っ込んだ、そのなかの大騒ぎが彼らに怒りや憎しみや怨みを、ときに楽しみや、ざまあ見やがれという気持ちを生じさせた。彼らは映画館に入り、愛や美女や冒険について吹き込まれた。通りでは娼婦に会った。ボクサーが互いに打ちのめし合うサーカスに出向いた。（BS 249f.）

離れたり近づいたり遠近法的にベルリンを捉えていた視線は、都市を覆う層を一枚一枚引き剝がし、匿名性に埋没する人々の暮らしの奥へと侵入していく。しかし、都市の深層を探る眼差しは非常に冷徹で、人々を個人としてではなく「労働者」という一つのカテゴリーにおいて捉え、彼らの暮らしが類型化されていく。一見、労働者の勤労ぶりに共感するかのような語り口だが、労働者たちの労働意欲を支えるのが拝金主義や名誉欲や贅沢への憧れにあると結論づけられる。

デーブリーンの労働者の群れに対する目は厳しい。働くことしか知らない彼らは新聞に書かれていることや映画の内容を無思慮に受け入れ、たやすくメディアに操作され取り込まれてしまうということ、そして資本家に搾取されていると声高に怒る彼らもまた、娼婦や見世物として働く人間など自分より弱い立場の人間を搾取しているということが示唆される。マルクス主義の伝統を受け継ぐ左翼の黙示録的な語調は、労働者を搾取され抑圧された「気の毒な人たち」とみなしたが、対象を突き放して眺めるデーブリーンの語りはあくまでも分析的で、冷徹な視線を彼らに向けている。

『一九一八』では、人々の欲望が都市の原動力であることが明かされる。お金がない、材料や資源がない、燃料がない、商品がない、住宅がない、明かりがない、仕事がない。こうしたないないづくしで煙突から煙の上らない営みの停止したベルリンこそ、裁きを受けた「大淫婦バビロン」、すなわち、「欲望」がはけ口を失い稼働しなくなった都市の廃墟であり、この満たされない欲望が、復讐心や憎悪に形を変え、人々を革命へと駆り立てるのだ。

そして、都市ベルリンは革命の舞台として歴史的な文脈のなかで捉え直されることになる。

ベルリンは、砂の辺境地に平たく陰気に蔓延る建物の群れであった。みじめな流れ、シュプレー川が町を貫いている。その小さな川は排出される下水のせいで玉虫色の黒い輝きを放ち、建物は背を向けて、納屋や石炭庫が川岸を覆っていた。ハンザ地区、ティーアガルテンでは、濁ったプロレタリア的な流れのまわりに少しだけ世界が開ける、木々やボートが見える、汚物がしたたるコンクリートの群れを離れることができてその流れは幸せだった。しかしこの敷地の外では、まだしばらく川の周囲に工場が続いた、それだけで一つの都市のような巨大な施設である、なかは働く人間たちで一杯だった。(VV 49)

シュプレー川の流れに同一化し、その眼差しを共有しながら、ベルリンの成立の歴史が掘り起こされていく。しかも「建物が背を向けている」という言葉から明らかなように、町が裏側から観察される。人の営みは視界に入らない。ベルリンを裏側から見ると、革命の喧騒とは全く異なる都市の相貌が浮かびあがる。この停滞するベルリンはいやに静かだ。廃棄される下水の色などから環境の悪さがうかがい知れる。こうした川の流れを通して捉えられるベルリンの風景が土地の記憶を喚起させる。先の引用は次のように続く。

都市ベルリンは太古の昔には海の底であった砂地に増殖していた。かつて魚が泳いでいた場所に、今は人間が生活しており、あまりにも沢山の人間が草木も生えない痩せた土地に住んでいるものだから、彼らの大部分が貧困に耐え、生きてゆくためにあくせく働かなければならなかった。町の北部、南部、東部には辺り一帯に延々と、遠方の都市や国々のための工場が広がっていた。これらの多くが戦争中に、つまり一九一四年から一九一八年の負け戦の間に建設され、多くが軍需品に対応していた。しかし戦争はもう終わった。この工場はどうすればいい？　所有者にも国にも、この工場を平和のためにふたたび稼動させるための金がなかった。原料がなかった。飢えた顧客はいるが金を払えるものがいない。外国は門戸を閉ざしている。そこでストライキが起こった。工場主たちに対する労働者の憎しみが吐き出された。工場占拠の危険があった。（VV 49）

かつて魚が暮らした「海の底」に築かれたベルリンは、不安定な土壌のうえに立つ砂上の楼閣である。太古の昔にまで時間を遡り、シュプレー川の水の流れから、現在では失われた海の底の記憶が掘り起こされる。砂の辺境地、その上に増殖する都市（工場、労働者、住居）、戦争の惨禍、ストライキ、というふうに、かつて海底だった砂の上に積み重ねられた人間たちの営みが一つ一つ明らかにされていく。土地の奥深くに潜り込んでいく語りの眼差しが、層を成して現れる都市生活者たちの生の軌跡を捉えるそのとき、発展を経て世界大戦から革命勃発へと移り変わる都市の姿が、考古学的な文脈において捉え直される。歴史主義を特徴づける進歩史的な歴史観とは異なる、こうした堆積する歴史の姿は、文字通り都市の深層を露わにし、作品そのものに奥行きと広がりを与えていく。

工場地帯であるベルリンの東や北や南の地区には多くの労働者が住んでいたが、そこに戦地から戻った兵士たちがどっと流れ込み、人口は飽和状態となり住宅難が襲った。操業を停止している工場の煙突からは煙があがらず、失業した大勢の労働者は「労働」という彼らの役割だけでなく、生きる糧や目的まで奪われ、己の欲望をもてあまし路頭に迷う。

この後、語りの眼差しは豊かな西ベルリンへと向けられ、路上や広場の様子が報告される。

通りや広場の夜の輝きはかげっていった、石炭が節約され、街灯の明かりは三本に一本しか灯らなかった。町の大部分が不安をつのらせる物騒な薄暗さに覆われていた、まるで空襲に備えているかのように。敗戦と旧体制崩壊の闇が膨張する都市にはりついた十一月の日々を、町に暮らす多くの人々は、恐ろしい運命を、間近に迫る危険を感じながら過ごした。戦時中、伝染病が流行ったときに村々のあちこちの壁やあばら屋に「コレラに気をつけろ！」「発疹チフスに注意！」といった貼り紙がなされたように、アパートや屋敷に「六部屋アパート、八部屋アパート、十部屋アパート、庭あるいはバルコニー付き、家具付き、家具なし、一軒まるごと、あるいはシェアで貸します、売ります」といった看板がしだいに目につくようになった。(VV 50)

都市を輝かせ人々の欲望を満たしていたものが取り上げられ、燃料不足は街灯の明かりの節約を強いて町は闇に沈む。旧体制崩壊の煽りを食った裕福な西地区のブルジョアたちの暮らしもその華やぎを失い、借り手の見つからない屋敷の持ち主たちが部屋を貸すための広告を出している。看板を出す彼らのアパートや屋敷が、張り紙がされる村のあばら屋や壁と同レベルにおかれ、看板の文句が「伝染病」や「戦争」などの黙示録的な災いのモチーフにとって変わられるとき、没落の一途を辿る市民階級の危機的状況もまた色濃く浮かびあがる。増殖するのは失業者や帰還兵など家を失った人間の群れと、そこから吐き出される憎しみと復讐心であり、ブルジョアたちは彼らの復讐も恐れている。

過去の出来事は、その布置に応じて異なる意味を獲得する。『一九一八』では、革命の歴史／物語を通し、出来事に付与される意味の複数性をいかに描き出すかが問題とされている。このように堆積する歴史を通して描き出される都市の深層史もあれば、一方で、直線的な時間の流れのなかに出来事の経緯を描き出すことで浮かびあがる歴史的な意味もある。

たとえば「茶番」[98]と称される前線部隊の帰還を祝うパレードと歓迎式典の場面は、部隊がベルリンの大通りを西から東に移動する様子を追跡するだけの単純な構成なのだが、ドイツ帝国軍に付与される意味の変容をはっきりと描き出している。

最初にベルリン西部の様子が捉えられる。

> 男も女も同じように群衆のなかにいる多くの人間が涙する芝居がはじまる、人間の運命というものを感じながら、長い戦争や全ての死者たちに思いをはせる。人々は部隊を見ていたのだろうか？　彼らが見ていたのはあの長い戦争、勝利や敗北だった。目の前を自分たちの人生の物

語が車両や馬や機関銃や大砲とともに走馬灯のように浮かんでは消えていく。(HF 152f.)

部隊を眺める見物人たちの視線と、見物人と部隊をまとめて視野に捉える語りの視線という二重の眼差しを通して、パレードの様子が報告される。部隊の歩兵と将校らは市民階級の娘たちからもらったすずらんの花を胸にさし、民衆からは万歳三唱の声が途切れることなく浴びせられ、子供たちが「戦争の遺物（Überbleibsel des Krieges）」(99)である帝政時代の黒白赤の国旗を振っている。帝政ドイツの君主制とそれを支えた軍を支持していたのは、こうした裕福な市民階級の人々だった。「戦争の遺物」として残された愛国心の残滓が、人々のロマン主義的な感傷をかきたて、花やリボンや国旗で飾り立てた美しいヴェールでもって、敗戦や革命という屈辱的な現実を覆い隠す。通り過ぎていく部隊は、ここに集う人々がかつて思い描いた国民国家の物語を投影するスクリーンとなる。すなわち、帰還部隊のパレードが、こうしたブルジョアジーの過去の栄光を映し出す一つの華やかな見世物として浮かびあがるのだ。

ブランデンブルク門前のパリ広場では、部隊の帰還を祝う歓迎式典が催される。西からやってきた部隊は、「自由な祖国の希望は君たちの手に託された」と首相エーベルトから新生ドイツの未来を託された後、さらにベルリン東部へと進んでいく。部隊が去ったあとのブランデンブルク門の前では、市民社会の華やかなヴェールの背後に隠されていたものがさらけ出される。

そのとき、ものすごい人の群れがばらけはじめる。人々は兵士たちを追ってなだれ出した。

人々が後に残したのは文字通りの戦場であった。パリ広場のアスファルトや歩道の上には、引きちぎられたショールだの、壊れた傘だの、ハンカチだの、踏みつけられたリンゴだの、書類ファイルだの、女物のハンドバックなどがちらかっていた。それどころか靴がばらばらに転がっていたりして、おそらく担ぎ出されたけが人のものだろう。（HF 156）

視界に入る物の名前が羅列される。凝縮された即物的な短い文章のなかにその場の光景が浮かびあがる。見物人からなる群衆の波が引き、都市を魅惑的に見せるヴェールが破れたあと、市街戦のごとき闘いの痕跡が読者の眼に突き付けられるのだ。

デーブリーンの革命小説は、人口稠密な都市ベルリンの闘い、すなわち、戦後の混乱と革命の歴史／物語を叙述する。剝き出しにされたベルリンの「戦場」は、ストラスブールと同じく、混乱のさなかにある秩序なき社会と、荒んだ人々の内面を映し出す都市の観相学そのものだ。

ここでも人々の営みの痕跡としてのゴミ屑が探られるが、『一九一八』において、市民社会のヴェールの奥に潜む現代社会の「深層史」はこのようにして掘り起こされていくのである。先に引用したゴミ山と牧師のエピソードで述べたように、人々が残した「ゴミ」、すなわち遺物からそこで何が起こっていたかを分析する手法は、貝塚や地層から過去を分析するといったフィールドワークがものをいう考古学者の発掘作業に近い。整頓された清潔な書斎に閉じ籠り、ブルジョアジーの安楽椅子に座って仕事をする小説家や歴史学者にはとうてい思いもつかない汚れ作業である。デーブリーンによる社会の深層史とは文字通り、歴史の屑から歴史を語り直すものであり、史料を読み込んでなんらかの解釈を提示するにとどまらず、自らの足で歩き現場に踏み込んではじめて見えてくるものなのだ。

ふたたび動き出した部隊は、ウンター・デン・リンデンを通り、ベルリン東地区にさしかかる。革命派が多く集まる東へ入ると、彼らを迎える人々の様子に変化が現れる。

> 部隊が宮殿の前を通り過ぎたとき、そこには赤い旗がいくつも突き出していた。門扉の前を武装した水兵がパトロールしている。革ひものついた銃を背負い、銃身は下に向けられている。彼らは通り過ぎる帰還部隊に注意を払わなかった。ベルリンの中心では路面電車がベルを鳴らし楽しげに走っていた。歩道の縁石には野次馬が集まっていたが、手を振る人はまれだった。制服を着た軍人、この部隊全体の装いは見る者の関心をひいたが喜ばせることはほとんどなかった。嘲りの言葉が兵士たちの耳に入った。延々と立ち並ぶ灰色の建物に黒白赤の国旗はなかった。［…］ここでも子供たちがぼんやりつつ立っていたが、車両に乗りたがる子は一人もいなかった。子供たちも大人たちも黒白赤で飾り立てられた軍の長蛇の行列が目に入ると黙った。（HF 157）

西側では部隊を歓迎する人々の歌声が響いたが、東側では、歌声ではなく嘲りの声が投げられる。主観的な印象を大きく排除したデーブリーンの語りは、部隊の移動に伴って聞こえてくる音声や視界に入る風景の断片を拾い上げて記録する作業に徹する。ちなみに、東側と対比を際立たせるために、西側の様子は以下のように叙述されている。

部隊の周囲でとめどなく万歳三唱の声があがった。子供たちは国旗を振った。窓やバルコニーからハンカチが振られた。[…] 馬に跨る騎手の前に子供たちが座り笑っていた――少年たち、国の未来、ドイツはこれからもっと良くなるにちがいなかった。全ての路面電車が止まった。路上では黒山の人だかりができている。(HF 153)

沿道の見物人の数やその様子、人の種類、旗の色、建物、子供たちや路面電車の様子など、東西ベルリンで同じように、語りの焦点対象やその背景を成す些末な事象が拾い上げられる。ハンカチや国旗に対して赤旗、万歳三唱と嘲りの声、子供たちの笑顔と沈黙、停車する路面電車と愉快に走り抜ける路面電車――こうした対照的な表情を見せる事物を歴史的な物的証拠として読者の前に突き付けて比較を促す。

デーブリーンは、「軍の帰還」という一つのエピソードを線的な時間軸において語りながらも、その出来事を首尾一貫性のある語りに回収することはしない。ある特定の出来事に付与され歴史的意味の複数性を、焦点対象の移動を通して浮かび上がる空間の変容のなかに巧みに映し出すのである。

どれだけ古びたことか、銃や大砲や将校がどれほど嘘っぱちだったことか。それがベルリンの

通りを進んでいた、原始林からやってきた呪物のように、槍や鳴子を携えて。風が彼らの周囲に埃を舞い上げる。（HF 157）

西ベルリンからブランデンブルク門をくぐるときに現在であり未来を託されたかのように見えた帰還部隊は、ベルリンの東部では古びたものとなり、そこに暮らす人々にとっては部隊の存在自体が現実味のないものとなる[100]。革命の喧騒が色濃く漂う東ベルリンの労働者地区では、ドイツ帝国軍をありがたがる人はいない。未開人の「呪物（Fetisch）」という言葉で軍の権威は骨抜きにされる。終戦から革命勃発を経験した今、君主制の支持者たちは「埃をかぶった」骨董品に過ぎない。帰還部隊に投影された帝政ドイツの華々しい記憶や領土拡大の理想も幻影であったことがここで思い知らされるのである。

このような歴史的な文脈におけるデーブリーンの都市の観相学は、極めて非科学的な黙示録の都市が原型にありながらも、都市の臓腑をえぐり出して観察する心理学や考古学や解剖学といった科学的な分析眼を失わない。美的で詩的な描写に溺れず、革命の陶酔や群衆の熱気に呑まれず、その背景を成す都市から放たれる陰気な空気を捉える。デーブリーンは、自然科学者ならではのこうした冷徹な眼差しと、文学者としての想像力や感性を巧みに利用しながら、ドイツ十一月革命の歴史／物語を語り出していく。次に、『一九一八』における「語り」に注目し、本作品に特徴的な語りのスタイルについて考察していく。

三．語りの七変化

『一九一八』の「作者＝語り手」については色々なことが言われている。「歴史（Historiographie）」として革命を叙述する歴史学者が、メタレベルの演出として作中に姿を現したとする見方、[101] 戯画化される語りに、迫害と戦争に脅かされる現実を芸術的に克服するための可能性を見出すもの、[102] そして、語り手の「脱人格化」すなわち複数の切り子面への「解消」が物語的に実現されたものだと考えるものなどがある。[103]

『一九一八』では、作品全体を通して時系列に沿った物語展開が前提となっている。読者は語りの声に導かれながら諸々の出来事を追跡していくことになるが、いずれにせよ、本作品における「語り手」や「語り」は一義的に説明づけられるようなものではない。むしろ語りの多様性が、「革命」という歴史的事件のみならず、「歴史を物語ること」に注意を促す。

科学者として――分析的語り

『一九一八』では、黙示録的な語りならではの非科学的な要素、信仰の問題や哲学的考察、詩的なイメージに加えて、対象を詳細に分析する科学的な語りが混ざり合っている。この点についてはすでに見てきた通りで、飛行兵リヒャルトの臨終を描く際の解剖学的な眼差しや専門用語、労働者たちの内面を類型化する分析眼、土を掘り起こしベルリンの歴史を太古の昔にまで遡って調べる考古学的な眼差し、そして、看板の文字を読み、ゴミの山を漁り、下水を検分する都市の観相学などからも、すでに明らかだ。デーブリーンの革命の歴史／物語は、社会の深層を探るこうした多様な語りの網の目のなかに浮かびあがることになる。

「歴史小説と私たち」のなかの次の一節は、こうした傾向を裏づけるものである。

小説が芸術や詩に属するとすれば、小説家は詩人なのか、それとも「単なる」物書きに過ぎないのか。小説が、特殊な現実の発見及び現実の描写という、いわゆる新しい機能を獲得した瞬間、作者を詩人だとか物書きだとか呼びにくくなり、彼は妙な学者のようなものになる。心理学者と哲学者と社会観察者からなる特殊な混血となるのだ。（SÄ 306f.）

現代社会の深層史を映し出すデーブリーンの小説では、事象に深く切り込んでそれを客観的に分析する観察眼やそれを詳細に叙述する語りが特徴の一つだ。こうした彼の小説のスタイルは人文科学のみならず社会科学や自然科学までを網羅する非常に学際的なもので、『一九一八』の作品世界に奥行をもたらし、人々の「身体的かつ形而上学的」な要素を備えた様々な生の痕跡、「現実に生きられた歴史」、すなわち「跳飛弾」の軌跡を、「強固な具体性」のなかに浮かびあがらせることを可能にしている。

散歩——語りの装置としての都市

『一九一八』では、「語り」の焦点対象が、散歩や行列にかこつけてしばしば革命の舞台となる都市空間を移動するが、その動きとともに当時の社会を映し出す様々な言説が引きずり出されてくる。先に引用し論じた帰還部隊のパレードの場面もこうした語りの構造に基づく。そこでは、移動する部隊の背景に浮かびあがる都市の相貌を読み取ることで、出来事に備わる歴史的な意味の変容が明らかになった。

主人公のフリードリヒ・ベッカーもまた、そうした「ゾンデ」的な役割を担わされている。例えば、戦争ノイローゼを病み引き籠っていたベッカーが久しぶりにベルリンの町に繰り出す場面がある。彼は通りを歩きながら、視界に入る建物や広告塔に貼られたポスターやチラシの文句を読んでいく。

ケーニヒストーア界隈は、賑やかな車の往来が支配していた。ベッカーはまだ自分がおぼつかない感じだったので、保安警官が向こう側まで付き添い、ちょうど最初の建物の壁から新しい強烈なポスターが輝きを放っているところで彼を離した、血のような赤地に黒、次のような文句ではじまっていた、「社会主義とは何か?」

それはベッカーも知りたかった、そこで彼は読んだ。「ドイツ民族と全人類の完全なる解放が社会主義の偉大な目標である。[…]」(HF 393f.)

ベッカーは、まさに通りを歩きながら都市を「読む」散歩者である。彼が引きずり出すそのほかのスローガンの数々、「協定国の手先スパルタクス」、「ドイツの殺害者ボルシェヴィキ、瓦礫か復興か？」、「母たちよ、あなた方の子供が、講和がもたらす次の戦争に巻き込まれることに耐えられますか」、「こうした惨めな暮らしをこの先も続けろというのか？　公平な平和のもとにしか生きる可能性は存在しない」[104]など、これらの文句を読めば、この時代に発せられた相矛盾するイデオロギーをまとめておさらいできるのである。

路上で採集された言葉の断片は、その時代状況を写し出す鏡となる。しかし、ベッカーは混沌とする時代状況からは距離を取る非社会的な引きこもりである。歴史的にも政治的にも態度表明を拒む主人公によって拾い上げられる断片が、歴史学者が史料を扱うような手つきで首尾一貫性のある革命の歴史／物語の論理に回収されることはない。むしろ、ベッカーの歩みを通して浮かびあがる都市の風景は、言葉を標本のように並べて提示するショーケースとなる。

一方、語りの焦点対象が変われば、こうした同じ文言でもその意味内容は変わる。背景が登場人物の行動を規定することもある。

なんてこった、ひどい奴だぜ、詐欺師だ、嘘つきだ。そのとき偶然が、通りの角にさしかかったマウスをベッカーがケーニヒストーアで目にしたのと同じポスターの前へと促した。「社会主義とは何か？［…］」ちがう、マウスは考えた。お前らにそれは無理さ。お前たちのことを俺は知っている。もう結構だ、うんざりさ。付き合いきれん。反吐が出る。一気に彼は自身の不安から解放された。道は開けていた、行先ははっきりしている。(HF 420)

この引用は、ベッカーとの対話の後、友人の態度に失望するマウスの様子である。同じポスターに対する二人の反応から、双方の革命に対する立場がより明確になる。革命に関心のないベッカーにとって、ポスターの煽動的な言葉は彼の存在の不安を煽るだけだ。マウスは政治的な態度表明を避けようとするベッカーに愛想を尽かし、反革命派として義勇軍に入隊することを決心する。こうした背景が登場人物の行動を規定するのだ。

また、焦点対象ではなく、語りの眼差しそのものが移動する場合もある。本章「都市の観相学」において論じたシュプレー川からのベルリンの眺めは、背景が移動するというよりは、船で市内遊覧に興じるかのような移動する眼差しによって捉えられたものだ。あるいは、川の流れに語りの眼差しが同一化したといってもいいだろう。

いずれにせよ、『一九一八』の語りは、焦点対象／人物を動かし、その移動を追跡しながら、背後に浮かびあがる風景を読む。あるいは、語りの眼差しそのものが移動することで焦点対象が変わり、その移り変わりの経過が読まれる。このようにして切り取られる都市の相貌は、同じ時代に同じベルリンやアルザスで起こった諸々の出来事を、因果論的な歴史叙述に回収することなしに、同時性や多様性を保持した形で示して見せることを可能にする。都市は、移動する「ゾンデ」を通して、様々な言説を浮かびあがらせる語りの装置となるのだ。

引用──テクストに埋没する語りの声

『一九一八』では、デーブリーンによるオリジナルのテクストのなかに紛れるようにして、ほかの誰かによって書かれたテクストが多数引用されている。新聞記事、統計資料の数値、ビラや広告ポスターの文言、歴史上実在した人物による手記や手紙、そして論文や演説の記録などが、時代を物語る証言として作品の中に恣意的に取り込まれている。また、権威ある法律文書や聖書や文学作品、学術的な専門文献などから抜き出された一節もあり、引用されるテクストの種類は多岐にわたる。こうしたテクストは、書き手が不明のものもあれば、『一九一八』の批判版に収められている引用テクストの出典リストや脚注などから、出典や筆者を特定できるものもある(105)。

デーブリーンの場合、テクストの引用方法は、一字一句書き写された直接引用や間接引用、あるいは引用であることが隠された形のもの、登場人物のディアローグに組み込まれてしまう引用など、統一されていない。また、いかにもドキュメント的なテクストがデーブリーンによる捏造であったりもする。あるいは、意図的なのか勘違いなのかよくわからないが引用テクストに微妙な変更が加えられたり、作者自身の解釈が混ぜ込まれたりする。

いずれにせよ読者にとっては脚注の力を借りない限り、本作品を構築している無数の引用テクストの出典を全て認識し、それらの全てをデーブリーンによるオリジナルのテクストと区別するのは不可能だ。デーブリーンは、既存のテクストを現実世界から掠奪して小説のなかに「密輸入」し、小説の中の虚構の物語と実在のエピソードを混同させ、そのあわいに読者を誘い込む。

引用されたドキュメントであれデーブリーンの創作であれ、作品の内部で各テクストは互いに照応し合いながら、相矛盾する目的を持つ様々な登場人物や集団の役割を諸関係において捉え直し、その歴史的な意味を浮かびあがらせることを可能にする。こうして明確な輪郭を与えられる人物像に沿って、時代を特徴づける人間たちの人材目録が形成されていく。

重要なのは、様々なテクストの引用により、多くの声を同時代性のなかに拾い上げるのみならず、どれを誰が書いたのかが不明という意味で、作品のなかでテクストが匿名性に埋没するということだ。作者不明のまま、言葉に備わる権威や階層性が消滅する。作家性や全知全能の神の立場に立つ語り手の存在は、他のテクスト群のなかに解消されてしまうのである。

歴史学における「引用」すなわち時代のドキュメントには、絶対的な史料価値が付与され、歴史学者自身の説を「真理」として立証するための権威ある証拠として、論理性を備えた歴史叙述のなかに取り込まれていく。しかし、『一九一八』を構成するテクスト群は、作品のなかに「ベルリンで起こった重要な出来事と重要でない出来事のいくつもの混乱(106)」を生じさせる。史実に基づいて語られる革命の歴史や、当時のベルリンの都市環境を形成するその時代を生きたであろう人々の、あるいは特定の集団や階層の、あり得たであろう虚構の物語が巨大な織物を作り上げていくのだ。

『一九一八』では、引用された時代のドキュメントと作家独自のテクストの境が消滅し、読者は、虚構と現実のあわいに引きずり込まれ、惑わされ、欺かれ、翻弄される。引用テクストは、現実から虚構へと変容し、作家の創作によるテクストが現実的なものを吸収する虚構となる。デーブリーンの革命の歴史／物語における現実と虚構という二つの領域の幻惑的な混合は、真の事象のドキュメンタルな在り様というよりは、事物が真にどのように見えるのかを映し出すリアリズムを生む。

戯画化される歴史上の人物と陳腐になる大きな歴史

第二部第一巻『裏切られた民衆』には、十二月六日に起こった、デーブリーンが「血の日曜日事件」と呼ぶ革命派と反革命派の衝突について語られる章がある。そこでは、「十二月六日が帆をふくらませゆうゆうとやってくる」というふうに、その日の出来事が航海に、それも動物たちの航海に喩えられている。船に乗り込むのは、「リス（Eichhorn）」（「とうの昔に、かわいらしい野生動物のあらゆる特性を脱ぎ捨ててしまった警視総監アイヒホルン」）、「ナマズ（Wels）」（「都市駐留部隊指揮官のヴェルス、電気で動物や人間を麻痺させる電気ナマズや電気ウナギの仲間で、有力な魚科の出自であることを自慢している、隆々とする筋肉を見せびらかし眼玉をぐるぐる回す」）、「スープ／膿・汗（Suppe）」（「浮かない下士官たちの指導者ズッペ」）、「ザリガニ／癌（Krebs）」（「その名の通りの働きをするクレプス」）、そして「イノシシ（Eber）」（「人民代表委員長、首の短いずんぐりむっくりな男、本当にイノシシみたいだが、運命がお尻に鋭い〈t〉をくっつけた、それは、警告というか、クエスチョンマークみたいなもの、というのも今の彼はもうそれほどワイルドではなかったから」）である。(107)

歴史上の人物の偶然の賜物に過ぎない名前を弄び、彼らの生態を動物に喩えて描き出す、デーブリーンの滑稽な博物誌である。野蛮化する人間の姿を動物に投影することはありがちなことだが、ここで興味深いのは、その姿を恐ろしい獣ではなく小動物に喩え卑小化して笑い物にするのが特徴だ。

『一九一八』では、歴史上の重要人物がこのように戯画化される一方で、歴史的出来事が矮小化されて語り出されることがしばしばある。たとえば、『カールとローザ』の「使えるノスケ」と題される章では伝記的にノスケの経歴が語られるのだが、途中で漁村の教師のエピソードに話が脱線していく。

当時、ドイツでは多くの奇妙な出来事が起こった、そしてノスケのいるキールにも、われわれが語りたい話が一つあった。デンマーク＝プロイセン戦争で有名なアルゼン島に村立小学校の教師が暮らしていた、かつて物静かだったが今ではとち狂ってしまった男である。彼は、ドイツで本当に革命が起こったと思っていた、新聞記事が、他の多くの人間と同じように彼のことも惑わせてしまったのだ。誰も彼のことを指名してくれないので、彼は自分で自分をアルゼンの支配者として任命した。（KR 242f.）

批判版の脚注によれば、この教師の話は、ノスケの手記『キールからカップへ』（Von Kiel zu Kapp）に挿入されていた逸話をデーブリーンがアレンジして生まれたものらしい[108]。「ドイツで本当に革命が起こったと思い込んでいた」という言葉に、ドイツ十一月革命は真の革命ではないという解釈が仄めかされる。ドイツとの外交を断絶し、未だ存在したことがないアルゼン独自の言語を新しい公用語として導入しようとする教師の奇抜な思想や行動を、島の漁師たちは「革命」だと思い込み、近くにいたノスケに助けを求める。教師は、狂人として病院に放り込まれ睡眠薬でコントロールされるが、彼が脱走を繰り返すため、「アルゼンの革命は根絶されない」。さすがに「ノスケの堪忍袋の緒も切れ」、教師は刑務所に放り込まれ、「反逆罪」のかどで軍法会議で訴えられる[109]。

島の教師にてこずらされるノスケの姿が笑いを誘う。血に飢えた猟犬、ブラットハウンド、警察犬と称される冷酷で残忍なノスケのイメージが「さかな語（Fischsprache）」の導入を企てた教師の漫画的な逸話によって浸食されていく。そして、ノスケが本気でこの教師に向き合い、裁判官が教師の行動を「外洋反逆罪（Hochseeverrat）」[110]という言葉で――洒落のようだが裁判官はいたって真剣である――脅威視するとき、歴史上の重要人物の仕事と、大きな歴史に切り捨てられる小さな事件の間にある歴史的価値の階層性は完全に消滅する。

その後、妻と子供が刑務所にこの男を訪ねてくる。

子供が泣き叫んだとき、このとち狂った男は耳を澄ませた。彼は、母親がこのたんなる叫び声から、この子が何を求めているかを理解していることに気づいた。これは彼に感銘を与えた。これこそ彼のさかな語の問題に触れるものだったのだ。さかな語は却下して、赤ちゃん語を導入すればいい、話すのではなく、叫び、わめくのだ。そうだ、ただわめけば自分のことをわかってもらえるということだ、それこそが革命だったのだ。（KR 244）

島の教師の視線を通して、ドイツ十一月革命が「赤子のようにただ叫んでわめいているだけ」だと解釈される。この教師の考えや行動は愚かそのものだが、それが「革命」という歴史的大事件をこけにして悪名高き「ノスケ」のイメージを骨抜きにしている点において、大きな歴史にとっては自身の権威を侵犯する脅威そのものだ。物事を陳腐化する語りのばかばかしい身振りがドイツ十一月革命を弄び、それが効力を失った「えせ革命（Pseudorevolution）」に陥っていることを露見させる。デーブリーンは生真面目なユーモアで権力を皮肉るというよりは、絡みつくような嘲笑や錯乱でもってその権威を骨抜きにするのである。

語りの弁明――「歴史を物語る」ことについて語る声

『一九一八』では、しばしば語り手が己の存在を主張する。例えば、ハイベルクに捨てられたハンナに、「作家（Dichter）というものは何でもお見通し」と優しく語りかけるが、これは語り手が、全知全能の超越的な神の立場から物語る「作家」の立場をイローニッシュに距離化するものだと考えられる。[111] さらに、ドイツ十一月革命の執筆に気が滅入る「書き手（Schreiber）」[112]や、革命の経過に疑念を抱く「執筆者（Verfasser）」[113]として、作品のなかに登場することもある。このように『一九一八』におけるテクストの語り手の姿は決して一様ではない。「私たち」と、一人称の複数で自己認識する語りの声からも、本作品における語りが人格を兼ね備えた一人の語り手によるものではないのは明らかだ。こうして前景化される語りの自己省察により、過去の出来事を叙述する、歴史を語る、という行為が絶えず反省され意識化され、その過程が読者の前にさらけ出されることになる。『一九一八』において語りの声は、歴史叙述に対する自身の態度を次のように説明している。

論理を全面的に信頼し、論理の他は何も信じようとしない語り手や歴史叙述家の類がいる。彼らにとっては、世界において一つの出来事は他の出来事との因果関係から導き出されるもので、彼らは、これを示して物事をうまくつながるように次々と展開させることが自分たちの課題だと思っている。彼らは歴史のどの出来事に対しても、それを生じさせたもう一つの出来事を突き止める。第二番目に起こる出来事は、第一番目の出来事からしか起こり得ない、卵からひよこが生まれるように。(VV 423)

デーブリーンが歴史主義と相容れない立場にあることはすでに述べた通りだ。歴史の形而上学に準ずる歴史叙述にこだわらず、論理性を凌駕する気まぐれな跳飛弾の軌跡に喩えられる人間の生までも捉えようとするのならば、この引用は、歴史叙述に対するデーブリーンの態度表明としても読めるだろう。続きは次のようになっている。

私たちはそうした論理的な厳格さからは距離をおく。歴史叙述家や物語作者と呼ばれる人々が考えるよりも、自然はずっと気まぐれなものだと、私たちは考えている。(VV 423)

作中に現れるこうした「ことわり」の一言は、『一九一八』の語りが、歴史学者たちが歴史叙述に求める論理性から距離をおくものであることを裏づけている。語りの声はこのようにして自身の手の内を明かす一方で、ドイツ十一月革命について叙述することの困難さを嘆く。
とりわけ、第二部第一巻『裏切られた民衆』では、停滞する革命の動向にしびれを切らす書き手の心境が吐露されている。

この行の書き手は落ち込んでいる、想像の上ではあらゆる可能性があるにもかかわらず、たえず読者たちを、このどんよりした天気と雨のなか、登場人物たちの運命や出来事の追跡へと駆り立てなければならないことに、そして彼らを、ごくたまにしか、厳寒や嬉しそうに舞う吹雪のただなかへと導けないことに。彼のせいではない。できれば彼だって温かいアドリア海へと移動したい、ヨーロッパとドイツにとどまるのならば、せめて春の空気を感じたいだろう。しかし、ベルリンなのだ、十一月のままだ。(VV 170)

語りの眼差しは、『一九一八』を執筆する「書き手」の姿を捉える。ドイツ十一月革命を叙述する「語り」の耐えがたいつまらなさやむずかしさが言い訳がましく誇張され、「彼(書き手)の責任ではない」と開き直る態度から、一般的な歴史叙述の伝統から逸脱する『一九一八』の語りの正当性が主張される。実際に、ドイツ十一月革命は、帝政ドイツという古い体制を崩壊させたが、その次の段階である新しい秩序の創出には至らず膠着状態に陥る。読者に刺激的な話を提供できないことを嘆く様子は、ドラマチックな飛躍や展開を見せずに停滞するこの革命へのあてこすりである。「執筆者が考えを巡らせる」と題される章に次のような箇所がある。

革命はいうまでもなくこのような方法では前進しないだろうということ。おそらく後退するだろう。これまで真の革命群衆が私たちの視界に入ってきたことはない。革命について叙述しようとする者に対してこうした文句が出てもおかしくはないだろう。しかし、それは私たちのせいではないのだ。だってこれはほかならぬドイツの革命なのだから。(VV 280)

ドイツ十一月革命について物語ることの困難や、茨の道を辿るドイツ十一月革命の過酷な未来が吐露される。もちろん、デーブリーンが『一九一八』に登場する書き手や語り手に同一化しているわけではないのだが、こうした開き直った態度から、『一九一八』が革命とはこういうものだ、こうあるべきだと読者や書き手の思考に構造化された「革命」の言説を前提にしているのは明らかだ。一方で、そうした固定観念に囚われた人々に対して、デーブリーンがゆさぶりをかけているとも考えられる。

語りの弁明は、革命の動きが停滞してなかなか物語が発展しない第二部第一巻『裏切られた民衆』において顕著なのだが、実際のところ、ドイツ十一月革命は勃発したものの、その経過は一般的に流通している「革命」の言説からは逸脱するもので、だからこそこの革命の物語／歴史の書き手や読み手の思い通りにもならず、期待する読者に対して事実がそうなのだから仕方がないと開き直るしかないともいえる。この引用の続きは以下のようになっている。

そう、この遠く離れた、戦争で破壊されずにすんだ国で革命は迷走する、他の国では復讐の女神のように荒れ狂い、火を放ち人々を家からたたき出したのに、ドイツにおいてその革命は、小さく、ますます小さくなり、ボロボロのスカートをはいた花売り娘のように、寒さに震え、指を青白くしながらうろうろして、そして寝床を探す。[…] 茫然自失で革命は考える、小さな花売り娘へと落ちぶれながら、ベルリンで、この革命から何が生まれるのかと。ああ、ロシアのお姉さんたちはなんてうまくいったのだろう！　革命はすぐにこの国を去り、どこかほかの所に落ち着き先を見つけるだろう。(VV 280f.)

第二部の第一巻という全作品を通しての前半ですでに、「貧しい花売り娘」の姿を借りて、衰退していくドイツ十一月革命のなれの果てが、物語の結末を先取りする形で手短に予感される。落ちぶれた少女に擬人化された革命の姿は、歴史を人間の意味のある行動の産物と捉える歴史主義の発展史的な考えにそぐわないイメージであろう。

また、『一九一八』では、「読者たちは想像のなかでならなんだってできるのに」[114]と述べられるように、語りの声が「読者」の存在を意識する箇所がある。先に引用したアドリア海のエピソードにも見られたように、語りの声を通して作品のなかに「読者」の存在が意識され、革命の歴史／物語を「読む」ことが同時にテーマとなる。

われわれはふたたびベルリンに戻ってきた。想像力が、鉄道や飛行機なしで場所を変えられるというその特権を行使する。これを読む者は、想像力によってあちらこちらへと運ばれるだろう、軽々と、羽でも生えたように。(VV 93)

語りは、読者の想像力にしばしば期待をかける。語りの声が「私たち」というとき、テクストを読んで物語を追う「読者」にも光があたるのだ。いずれにせよ、デーブリーンの『一九一八』を読み、ドイツ革命やドイツの歴史について何かまとまりのある情報や思考やストーリーを導き出したければ、作品のなかに集められたテクストの群れのなかから自分で必要と思われるものを拾い上げて、または、必要な筋の断片を抜き出して、それらを論理的に再構築する作業が読み手に求められる。つまり、書かれている過去の出来事と出来事の隙間を補って最終的な解釈や判断を下す役割は、読者の自由な想像力に委ねられるということだ。

第三章　滅びの諸相

『一九一八』における黙示録的な要素については、先行研究においてもすでに指摘はなされている。例えば、この革命の歴史／物語のなかに「二匹の獣」[1]のイメージを見出すものは、そこに権力を掌握して人々を迫害する者たち、そして、民衆を欺き惑わす誘惑者たちの姿を読み取ろうとする。[2]また、ローザ・ルクセンブルクの物語を黙示録的な受難の物語として解釈するもの、[3]そして作品の最後に黙示録的な救済の地の出現を指摘するものもある。[4]一方で本書は、こうした作中に浮かびあがる黙示録的な要素を踏まえつつも、『一九一八』の全体的な物語構造が黙示録的な語りの枠組みに基づくものだと考えるものである。そこで、この第三章では、古い秩序からの訣別と新しい秩序の創出という「革命」の言説を支える黙示録的な語りのなかで、神の裁きが下り明らかになる生き残る者と生き残れない者たちの姿に注目していく。

一・「一九一九年一月六日」——最後の審判

死期迫る主人公フリードリヒ・ベッカーが神の裁きを強く意識するように、[5]『一九一八』では、「最後の審判」のモチーフが物語の方向性を決定づける重要な役割を果たしている。「戦争と革命が超現世的な声による起床ラッパ[6]」となり、第三部『カールとローザ』では、「神の声を聞くものは生きるべし、そうでないものは生きてはならぬ[7]」という言葉がベルリンに響き渡る。ドイツ十一月革命の破綻が決定的なものとなって、それまで抑え込まれていたあらゆるものがいよいよ「露見」するのである。

一月六日の夜が明けた。今日はデモ行進が行なわれるだろう。今日は縄が綯われ、呪われたプロイセンの軍国主義の首にまかれるだろう。今日は掛け鉤が打ち込まれるだろう、ピッケル＝ヘルメットを頭にのせ、シニカルに顔をゆがめた片メガネの、強くて落ち着きのない血に飢えた生き物を絞首刑にするために。(KR 303)

一九一九年一月六日はドイツ十一月革命にとって決定的な日付である。一月五日にＵＳＰＤの党員であったベルリンの警視庁長官エミール・アイヒホルンが罷免され、一月蜂起と呼ばれる流血の事件が起こる。アイヒホルンの罷免に抗議する大規模な反政府デモが起こり、革命派の大勢の労働者がティーアガルテンに集結し、武装した労働者たちはバリケードを築き主要施設を占拠する。

しかし、裁判官や判決執行人は、その縄を綯いロープをかける際に、自分の足に躓き、開いたロープの輪のなかに自ら頭を突っ込むということになるだろう。（KR 303）

そして一月六日、フリードリヒ・エーベルトは、革命を鎮圧するために、戦後のドイツ社会に平和と秩序を取り戻すという大義名分のもとグスタフ・ノスケが統轄する義勇軍の投入を決める。この義勇軍を実際に指揮するのは旧ドイツ帝国軍の将校たちである。しかし、武装蜂起の合図を待ちかまえる革命群衆たちを放置したまま、蜂起の決断を下せずに内輪もめする革命の指導者たちは無為無策に終始し自らそのチャンスを取り逃がしていく。義勇軍の出る幕もないままに、ティーアガルテンに集まった革命群衆たちも自然解散してしまう。このように、史実に基づきながら、破滅に向かうドイツ十一月革命の様子が語り出される一方で、そこに社会から落伍していくベッカーの物語が同調していく。刻一刻と終わりのときが迫るなかで、「最後の審判」のニュアンスを帯びた「一月六日」の到来を告げるフレーズが繰り返され、物語の緊張が高められていく[8]。そして、エーベルトやノスケらが虫の息の革命にとどめをさすのだ。

権力を握る者たちは、人間なら誰もが覚える死への恐怖や不安につけ込み、言うことを聞かないと命はないぞと脅して、人々を意のままに動かしてきた。不安を生じさせるものをラテン語で「テロル」というが、権力者の支配の手段として「死」が「テロル」として政治的に利用され、そして、死の脅威にさらされた人々は、その脅威から逃れるために命令に服従する。ナポレオン、レーニン、ヒトラー、スターリン、毛沢東などの独裁者たちにつきまとう血腥い歴史からも、死の大量生産が政治的な諸機能の一つになっていることは明らかだ。

義勇軍の兵士たちに惨殺されたカールとローザは、エーベルトや軍の幹部たちによる革命派への「見せしめ」となる。次に、権力者たちによるテロルの犠牲となった登場人物たちの死の風景を通して、デーブリーンが政治的に利用される死といかに向き合い、それをどのように言語化していったのかに注目したい。

二．「平板化」される死——脇役たちの末路

デーブリーンはアウグスト・ザンダーの写真集『時代の顔』に宛てた序文において、人間の差異を解消させてしまう「平板化（Abflachung）[9]」の力について述べている。デーブリーンによれば、その人を同定するというのは、その人を一回限りに創造された存在として認識することにほかならず、平板化とは人物を同定する際に必要不可欠な個人的・私的な違いを消すことであり、それを成すのは「死」や「人間社会」という名の平板化の力である[10]。つまり心臓の鼓動と呼吸の停止によって宣告される生物学的な死や、社会的な意味での個別性の剥奪が——社会とは「階級」「職業」「文化」「環境」等を意味する——人間を匿名性に埋没させるのである。とりわけ後者、つまり人間社会に

おける平板化の力は、実在する超個人的な不可視の諸権力として、人間の生の営みに絶えず作用を及ぼしている。

『一九一八』では、権力に抗いながら非業の死を遂げた死者たちの様子が様々な形で描き出される。主要な登場人物にせよ脇役にせよ、戦争や革命の犠牲者として「社会的」な意味での死と「生物学的」な意味での死を同時に引き受ける彼らの死に顔には、目に見えないはずの平板化の力の痕跡が深く刻み込まれている。

リヒャルト――若き飛行兵の場合

第一部『市民と兵士たち』の冒頭で、野戦病院で主人公ベッカーの隣室に入院していた若き空軍パイロットのリヒャルトが亡くなる。彼は偵察飛行中に敵の飛行機に攻撃され銃弾を身体に受けていた。歴史を逆なでにするデーブリーンは、大きな歴史が瑣末なものとして排除するような無名の兵士の死を、拡大鏡をのぞき込むような眼差しで、多くの言葉を費やし、さも重大なことのように物語る。この点については第二章で触れた通りだ。

植物の姿を借りてリヒャルトの身体を内部から浸蝕していく死の様子が、現在形で語り出されていく。リヒャルトの身体の奥へと、その死の深淵へと侵入する語りは、現世の時間の流れを超越し世の喧騒を忘れさせるが、オーケストラと合唱が奏でる死の「冗長な黒い歌」が無名の兵士の臨終をもりたてるそのとき(11)、読者は「十一月十日」という日付とともに、死の世界から現実に、リヒャルトが横たわる静かな病室へと引き戻される。

外では灰色の陽の光が明るくなる。数時間が経つ。一日が動き出す、十一月十日、日曜日。わずかな光がベッドの上にさし込む。看護婦たちが来て、飛行士の頭を支え、彼の口にワインを添える。彼の顔は――誰の顔なのか――どんどん伸びていく。唇がゆるむ。彼は口を開かない。（BS 12）

鳴り物入りで描き出されるリヒャルトの死のクライマックスと日常の静けさに浸された病室との温度差が著しい。ベッドの上にさし込むわずかな光がスポットライトとなってリヒャルトの死を照らし出す。生の営みが終わり全身から力が抜けるとき、リヒャルトを我がものとした「戦争」と「死」が彼の顔を占拠し、彼の「私」を消滅させる。「平板化」の力によって持ち主を失い個別性を奪われたその顔はもはや「誰の顔」なのかわからない。

そして埋葬の場面では、リヒャルトは失われた「私」を取り戻すどころか、人間としての扱いさえ受けられない。

壁のわきの地面に、トンボのように空に舞い墜落したリヒャルトのために一つの穴が口を開けていた。［…］彼らは彼の棺を犬のように墓のなかへと放り投げた。（BS 49）

病院の関係者や軍の同僚に見送られるとはいえ、リヒャルトの死の扱いは粗末である。彼の死を描く小さな物語のなかでその人柄や人生については全く触れられない。一方、彼の死を形容する「トンボ」や「犬」といった動物の名前が違和感を呼び起こす。この違和感のなかに、戦場において人間として死なせてもらえない兵士の死と、矮小化され軽んじられる命の姿が浮かびあがる。戦場には数えきれないこうした名もなき犠牲があった。こうしたリヒャルトの死にまつわるエピソードは、歴史学の文献には書き記されることのない、人間として扱われず「私」として死ぬことさえ許されなかった彼らの死に光を当てるものとなる。

数値化される人間の生死

第一次世界大戦で初めて、戦車や戦闘機や潜水艦や毒ガスといった近代の大量殺戮兵器が登場する。また、塹壕を掘っての持久戦は歩兵中心の戦闘を強いることになり、予想外に戦いを長びかせ、これまでにない多くの人員と物量を費やす結果となった。

デーブリーンは、巨大化する不可視な都市ベルリンの真実を完璧にスケッチしようとするなら、この都市の統計年鑑を一頁一頁書き写さなければならないと述べて、[12] 人口稠密な場所であるベルリンを描く際にしばしば大量のデータ資料を用いている。彼は『一九一八』でもやはり同様の手法をとり、人員や武器など物量に支配され膨張する世界大戦の規模を、データを通して抽象的に浮かびあがらせている。人間の理性や想像の限界を越える大戦の規模や戦死者の数を全体的に捉えようとするならば、もはや数値に頼るしかないといわんばかりだ。

彼らは互いに死者と負傷者の数を突きつけあい、戦争中ずっとひた隠しにしていたことを公にした。双方とも、まるで永遠に沈黙する死者たちの言葉を代弁することを許されたかのようにふるまった。イギリスでは、死者六七万九八六人、負傷者一〇四万一〇〇〇人、行方不明三五万二四三人。とはいえ、この先、入院している負傷者の多くが亡くなるだろうし、戦争伝染病で命を落としたり、戦時中の気苦労が祟り寿命を縮められたであろう一般市民の数は含まれていない。ドイツ人たちは自分たちの不幸をひけらかす。男たちの一五八万六〇〇人が死亡、ほぼ四〇〇万人が負傷、行方不明は二六万人。ここでも、故郷に戻り戦争伝染病で亡くなった一〇万人が数に入っていないし、神経組織が切断されじわじわと身体の自由を奪われていった何千人もがさらに名のり出るだろう。その上、何千人もが傷が原因で亡くなっていくだろうし、何万人かが障害者となって寝たきりか、盲目になって救護所の狭い部屋にぼんやりと座っているかのどちらかであろう。（BS 227）

戦場での兵士の個別性は匿名性に埋没し、その犠牲は十把一絡げに空虚な数量に還元され、統計として公開され公共化される。飛行兵リヒャルトのエピソードは数値に埋没する無名の戦死を拾い上げるが、敵味方関係なく、群れとして非人称化された人々の家畜同然に扱われた生は、死後も「私」を回復できない。データ資料は数量的に膨張する近代戦争を表象するだけではなく、人間の生死を統計的に管理する権力の存在を露わにしており、戦争や国家権力という「平板化」の力による人間の死の究極の姿を示している。

公開される数値は、戦争の惨禍や規模を伝える史料として、歴史学的に見ても必要不可欠なものだ。デーブリーンはこうした統計資料を自身の歴史/物語にも取り入れるが、そこで敗戦国あるいは連合国のどちらかに肩入れすることはない。語りの声はこれらが国家権力のフィルターのかかった数値であることに文句をつけ、戦争の規模が過小評価されて伝わることを危惧する。無名の犠牲者たちの労苦や痛みのなかには、統計資料の数字にさえも加えられず、跡形もなく記録や記憶から抹消されてしまうものがある。デーブリーンの語りはそうしたものの存在を、数字の背後に浮かびあがらせるのだ。

顔なき死者たちの群れ

リヒャルトのように戦場で亡くなった名もなき若者たち、動員される「黙り込む若者たちの表情」が、ベッカーを襲う幻覚のなかで蘇り、彼を苦しめる。

彼らは貨物駅へと移送される、しかし、もう彼らは人間という種族には属していないのだ。［…］この人たちの悲しげな眼差し。なぜこの場面なのだ。僕は、彼らは消えたものだと思っていた。ところが、彼らは地面に倒れただけだったのだ、ゴム毬のようにふたたび高く跳ね上がるために。いつも同じ、いつも同じ場面だ。なんという恐ろしさ、ヒルデ、なんという恐ろしさ。屋根のない家畜運搬車両で運ばれ通り過ぎていくこの人たちの眼差しときたら。(HF 78f.)

馴染みの広場や通い慣れたタバコ屋や映画館は陽を浴びて、何事もないかのように日常の営みを続ける。しかしながら、動員され「貨物駅」から「家畜運搬車両」で戦場に運ばれて行く兵士たちは、すでにもはや人間としての日々の営みから疎外され、人間ではない何かとなる。人として死ぬことを許されない死に向かう彼らの眼差しが生き残りのベッカーに突き刺さるのだ。フリードリヒ・ベッカーの戦争ノイローゼは、ゴム毬のようにその身体を跳ね飛ばされ、ゴム毬のようにその命を軽く扱われ亡くなっていった者たちと、生き残った者たちとの関係を先鋭化させる。

［…］ときどき一人が振り返る、彼には目がない、そして何も言わない、彼はただ僕の前に現れて要求するのだ、自分のことをしっかり見てくれと。(HF 78f.)

「永遠に沈黙する死者たちの言葉を代弁することを許されたかのよう」にふるまう国家が公表する死者や負傷者の数値ではなく、ベッカーが見る幻影を通して死者たちの声が蘇る。目のない黙り込んだ兵士の姿は、自分自身を語る言葉を奪われ、「私」として死ぬことができなかった顔なき死者たちの姿である。デーブリーンの「喪の作業」が、自分たちから目を逸らさぬよう「しっかり見ろ」と生者に要求する沈黙する死者たちの声を拾い上げる。

労働者ミンナ・イムカー——類型化される登場人物

革命の混乱のなかで人物を捉えようとする視線は、歴史上の大物であれ、市井の虚構の人々であれ、ときにその人物の個別性を超越し、人々の姿が類型化された形で描き出される。イムカー家の娘ミンナに、名もなき小さな人たち、革命派の演説に啓蒙され自らも武器をもって闘いに加わる労働者階級が象徴される。政治になど興味を持たなかった働き者の素朴な娘が、カール・リープクネヒトの演説を聞いて感動の涙を流す。政治に目覚めた彼女は、やがて武装するスパルタクスの蜂起に加わり、一九一九年はじめの警察本部での戦闘で命を落とす。

革命勃発の翌日の十一月十日にベルリンの「ブッシュ・サーカス（Zirkus Busch）」で開かれた集会の様子が、彼女の原体験として語り出される。リープクネヒトやエーベルトが論戦を繰り広げたこの集会は、ドイツ史において人民代表委員会を暫定政府として決定づけた重要な出来事であるが、作品のなかでその歴史的意義が詳らかに説明されることはなく、あくまでも彼女の個人的な体験と主観的な印象に依拠するミンナの物語という範疇に収められている。

集会の様子を熱狂的に語る彼女の様子を両親は頼もしげに眺めるが、帰還兵として外から家族を捉える弟エードゥアルトは、尋常じゃない彼女の話しぶりや家族の様子に違和感を覚える。[13] 政治的なのではなく、人間的なモチベーションによって突き動かされているのだと主張するミンナの表情は、むしろあまりにも盲目的で人間らしさを失っている[14]。

いきなり彼女は頭布を剥ぎ取った。
ぞっとする、あのこわばった細おもての娘の顔、いいや、性別を欠いた厳しい人間の顔が、短く刈り上げられた黒い坊主頭の、耳が青白く薄い垂れた肉となって張りついているばかりの頭蓋の下にある。[…]彼は自分の姉を認識できなかった。これこそ戦争が彼女から作り出したものだった。(VV 261)

戦時中に火薬工場で働いていたミンナの毛髪は、酸が原因で緑に変色したため刈り上げられている。「頭蓋」といった解剖学的な言葉が彼女の内面を深くえぐり出すことはなく、弟でさえ、よく知る姉の姿をそこに見出すことができない。冷たく硬直した彼女の顔に刻み込まれているのは、人間の内面にまで侵入して心身を操作する戦争や革命という権力の痕跡であり、それが「平板化」の力となって性別のみならず個別性をも奪い、「これ(das)」と称される彼女の形象を作り上げる。「素朴なプロレタリアートの顔[15]」をした労働者の娘は、「それでもわれわれのかわいいミンナは醜くはない[16]」と讃えられ、労働者階級の偶像として類型化されるのだ。そして、一月蜂起で男勝りの働きをする女戦士ミンナの死は、切り詰めた言葉で手短に語り出される。

灰色の髭を生やした大柄の兵士が一人、腕に抱いているのは誰だろうか、兵士は運びながら泣いて懇願していた。「通してくれ」。その軽い身体から流れる血が軍服を伝い、ズボンとブーツに滴り落ちる。地下室への道を探す必要はなかった、血の帯がそこへ向かってのびていたからだ。ようやく担架がその老人のところにやってきた。彼からその体を引き取り注意深く横たえると、さっさとその場から去って行った。(KR 499)

彼女の亡骸は、はじめ彼女のものとして認識されない。激しい銃撃戦のさなかの彼女の死は、どの誰のものだかわからない血を流す「軽い身体」という言葉や、男性名詞を受ける人称代名詞「er」を使って報告される。性別が消え、匿名性のなかに埋没する死から彼女をすくい上げ、その遺体をミンナだとようやく認識させるのは、「自転車用のズボン」、そして「蠟のように蒼白」と形容される顔や伸びた髪の毛の無機的な質感である。彼女からジャンヌ・ダルクのようなヒロインは生まれない。彼女の死もやはり革命の喧騒のなかに消えていく。

ベルリンの革命群衆のなかに浮かびあがるのは、こうした類型化された労働者の相貌だけではない。人物の差異を解消させてしまう「平板化」の力は歴史的大物にもその作用を及ぼしている。労働者やスパルタクス革命家の相貌、そして空疎に描き出される彼らの死にざまに、「私」の死を宣告する人間社会や階級による集合的な暴力の存在が認識される。ただしこの場合、デーブリーンが人間の類型化に積極的な姿勢を示したというよりは、むしろその裏に張りつく目には見えない超個人的な力に注意を促したと考えた方がいいだろう。その力とは「平板化」の力である。こうした登場人物の描写を通して見られるデーブリーンの観相学は、顔などの表層から個人の内面を解読しようとするものではなく、むしろその顔や姿を形成した不可視の諸権力を可視化させるための文学的な「技」なのだ。

三．二〇世紀のアダムとエヴァ

一九一九年一月十五日、義勇軍の兵士に逮捕された「カール」ことカール・リープクネヒトと「ローザ」ことローザ・ルクセンブルクは、ベルリン・ティーアガルテン近くのホテル「エデン」に連行されたあと殺害される。カールは「新湖（Neuer See）」という園内の湖岸で銃殺され、銃床で撲殺されたローザはそのまま「ラントヴェーア運河」に捨てられる。二人の死により偶然にも歴史的ゆかりの地となった「エデン」というホテルの名称と、ティーアガルテンという「楽園」は、否応なしに旧約聖書の「エデンの園」を連想させる。カールとローザは、神に逆らい楽園を追放された二〇世紀のアダムとエヴァだ。

『一九一八』では、ドイツ十一月革命の象徴的存在である二人が、暴力が渦巻く革命にはおよそ似つかわしくない「蝶々[17]」に喩えられ、さらに「カール」「ローザ」という親しみのこもったファーストネームで呼ばれている。歴史上の人物から英雄的な崇高さを消滅させる語りが、革命の指導者としての二人の「やわさ」を浮き彫りにし、そして即物的に語り出されるむごたらしい彼らの死の風景が、人類のカップルをめぐるエピソードを黙示録的な受難の物語に仕立て上げていく。

革命の終わりがいよいよ決定的なものとなる第三部『カールとローザ』で、「赤旗」に寄稿されたカールのテクストが引用されている。


というのも、スパルタクス、それは炎と精神、魂と心、それはプロレタリア革命の意志と行動を意味するからである。そしてスパルタクス、それはあらゆる困窮、幸福への憧れ、そして階級意識あるプロレタリアートのあらゆる闘いへの決意を意味する。というのも、スパルタクス、それは社会主義と世界革命を意味するからだ。ドイツの労働者階級のゴルゴタの道はまだ終わっていない、だが救済の日は近い。(KR 570)

スパルタクス、スパルタクスと、たたみかけるように繰り返し、間近に迫る救済の日に備えてこの困窮を耐えろと告げる語調は黙示録さながら半ば狂信的だ。群衆に煽られ、強い指導者レーニンにならい、武装蜂起に傾いていくカール(18)と、カールの勇み足に待ったをかけるローザ――彼女もはじめはレーニンを支持したが、やがて批判するようになる――、この二人の気持ちのすれ違いが革命派の内部でくすぶる不協和音を象徴し、そしてカールとローザの関係も破綻の兆しを見せる。

『一九一八』では、革命に対するパトスや信仰そのものが、歴史と結びつけられ世俗化された黙示録の救済史的なイメージと露骨に共鳴する。革命のユートピアは革命家たちの幻想となり、そこに彼らの自己ともども世界をも巻き込み破滅へと至る。

レーニンの影

「新たな種類の人間が生み出されなくてはならない」とレーニンは叫びこぶしを振り上げた。「こいつらはなんの役に立たない」と。［…］ああいう人間は役に立たない。あの人間たちは愚かで軟弱、ブルジョア的な気楽さに馴染んだ感傷的な愚か者たち、神秘主義者、信心深いものたち、ろくでなし、そして、だからこそ犯罪者だ。このような人間たちは絶滅戦争で片づけてしまわなければならない。その軍隊や政治機関や裁判制度のみならず、まずなによりも第一に、彼らの隠された稜堡、頭のなかにあるもの、古い思考形式、理念、理想、信仰、宗教、形而上学、感情など、古い暴政のあらゆる残り滓を粉々に打ち砕かなければならない。(KR 63)

声高にスローガンを叫び「こぶしを振り上げる」レーニンの身振りや、自由や民主主義の理念に依拠するブルジョワ的左翼を糾弾する姿勢に、アイコン化された「革命の父」の姿が象徴される(19)。カールとローザはレーニンがここで否定する要素をまさに兼ね備えたドイツの革命家である。レーニンが彼らに与える恐怖や、ジャーナリストを装いベルリンに潜伏するソ連からの使者カール・ラデックらの証言を通して作り上げられるレーニン像が、ドイツ十一月革命の指導者たちの「やわさ」をますます際立たせる。

デーブリーンはレーニンに表現主義のスローガンにもなっていた「新しいタイプの人間」の必要

性を説かせるが、ここで強調されるレーニンの行動力や決断力、冷酷さや徹底性は、カールやローザのような人道的な理想主義者の気質に適うものでは決してない。

この向こうでレーニンが雄羊のように仕事をしている、古い社会の塔に体当たりして、次々と壁を倒していった。建物は震えた。全てが倒壊し、その崩壊の轟きが全世界を目覚めさせるまでに長くはかからなかった。(KR 90f.)

「雄羊／城壁を壊す突き棒(Rammbock)」の強さで古い体制を突き倒すレーニン像に、群衆を一つにまとめあげて行動へと促す指導力のみならず、新たな社会秩序を生み出す創世主的な力と革命家を超越する独裁者的な性格が強調される。作品中に挿入されるローザの手紙に次のような箇所がある。

「さっき花を生けているときに、次のようなことが胸に浮かびました、私はそもそも意識的に自分の心を迷わせているのではないかと。だって、どうしたら、自分は生きている、まだ生きて普通の人間生活を送っているといった考えに耽ることができるでしょうか――外では世界が破滅の気配を漂わせているというのに。」彼女は説明としてつけ加えた。「おそらくそれは、とりわけ私の心を捉えて離さないモスクワの《贖罪処刑》のせいかも知れません。」(KR 90)

獄中で静かに花を生けるローザの柔和さと野蛮な世界との落差が激しい。距離化されたローザの目には、「贖罪処刑」を執行するレーニンの姿が、「新しい人間」どころか、「革命」と名づけられたもののためにデモクラシーを裏切る「独裁者」のように映った。カールも、芸術に向かうように蜂起に臨めと説くレーニンの言葉に心を動かされながらも、「レーニンがすることは本当に恐ろしかった[20]」と、その容赦のないやり方に恐怖を感じる。

一方、古典的な「革命」の言説に沿えば、「行動する人間[21]」と称されるレーニンの急進的なやり方は、古い秩序を倒し新しく秩序づけられた世を創出して支配するための超越論的な暴力として、正当性を獲得する。「革命の精神、われらが師、完璧なマルクス主義者[22]」と称され、革命のアイコンとして類型化されイデオロギー臭をまき散らすレーニン像は、ラデックの視線を通せば、カールやローザとは対照的なポジティブなイメージとなって浮かびあがる。ラデックは本作品のなかで次のように述べている。

［…］救いようのないドイツ人の暗愚、思い迷い、思い迷う。どうしてここにカール・マルクスがいられたのか、いまだに理解できない。（HF 361）

ドイツの左翼化を推し進めるようレーニンが派遣したラデックは、煮え切らないカールを「平和主義者」「等身大の愚かなドイツ人[23]」と批判する。そして、革命を支持する群衆を扱いきれずにチャンスを取り逃がしていくカールやローザの観念的な思慮深さや理想主義的な性格を、考えてばかり、しゃべってばかりで決定的な行動に移せないドイツ人的な気質によるものだと決定づける。こうしたラデックの見解は、まるでドイツ十一月革命の失敗を、ドイツ人によるドイツの革命だから、という国民性の問題に帰してしまう。

カール・リープクネヒト――形骸化する革命のユートピア

沸き立つ群衆を前にこぶしを振り上げて演説をする指導者の姿は、革命の物語にはつきものだ。『一九一八』でも、カール・リープクネヒトの演説場面がたびたび描き出されるが、興味深いのは、そこで引用される歴史的にも知られたカールの演説の内容ではなく、演説する彼の声を遮るようにして繰り返し挿入されるコメントである。(24) そのコメントは聴衆が差し挟む合いの手の場合もあれば、次のような、主体を特定できない語りの声の場合もある。

> 何度それを聞いたことか、それはすでに手回しオルガン弾きが奏でる歌になっていた。しかし、見上げる男たちの目に入るのはカールの裂けた口、後ろに反り返る頭、白い天井に向けて光を反射する眼鏡、黒い服に身を包んだ小さな人間の姿。その姿は矢を射るように支離滅裂に言葉を発射する。(VV 219)

顔貌や身振りなどの外見的特徴を誇張する描写によって、カールの人物像はスパルタクスの革命家として類型化される。語りの声がカールの内面や演説の内容に深く踏み込むことはない。革命の展開に大きな進展が見られず物語が停滞するなかで、行動が伴わない理想を語るだけの言葉は、使い古された「手回しオルガン弾きが奏でる歌」のような意味を成さない空虚なものとなる。「この民衆、群衆たち、まさに群衆たちのこの熱い怒りは個人的な意見を許さない」と述べるカールの言葉はそれを裏づけるものだ。

私は、進め、進め、どんどん進め、としか言えない。いつもこの一言だけだ。彼らは一人の人間から「私」を奪ってしまう。私の「私」はまるでかき消されてしまったかのようだ。（VV 449）

熱弁を振るうカールの姿は、群衆が自分の言葉に耳を傾けていることに気づいていない唯一の人間のように見える㉕。彼が説く革命の理想は支離滅裂な言葉のなかに解消されていくが、そもそも熱狂する群衆にとって演説の内容などどうでもいい。革命のイデオロギーを支持する群衆の放つ強大なエネルギーが平板化の力を生み、歴史上の重要人物からでさえもその個別性や人間性を消し去ってしまう。カールの身体のみならず、言葉もまたその内実を失われ、カールの「私」は演説の現場から疎外されていく。匿名性に埋没する革命群衆に紛れて「カール・リープクネヒト」という革命の指導者もまた顔なき類型へと還元され、この空疎な革命家の相貌に形骸化する革命のユートピアが浮き彫りにされるのだ。

ローザ・ルクセンブルクの「喪の作業」

第三部『カールとローザ』の冒頭では、一九一八年一月にブレスラウの刑務所に収監されていたローザ・ルクセンブルクの様子が物語られている。ローザの『獄中からの手紙』に多くのインスピレーションを受けていると思われるエピソードが、革命を導く強い女性とはかけ離れた彼女の繊細で柔らかな一面を物語っている。

花を生けながら世の政治動向を憂い、若い恋人ハンネスの戦死を獄中で知らされ嘆き悲しみ、己の無力や弱さに絶望する。そして、亡くなったハンネスの霊を呼び出して独房内で密かに執り行う儀式や、彼の魂に語りかける愛情深い言葉は周囲の人間からしてみれば単なる精神錯乱にしか見えない。こうした獄中のエピソードから浮かびあがるローザの姿は、革命家として類型化されるカール像とはきわめて対照的だ。「革命」を物語の中心に据えながらも、歴史や政治とは全く別の次元に生きるローザ像が作り上げられ、革命の指導者としての彼女の政治的なイメージは、一人の女性の受難の物語に書き換えられていく。

例えば、ローザが収監されている独房は彼女が幻視するこの世ならぬ多くのイメージであふれ返っている。医者として従軍していたハンネスが前線で戦死したことを刑務所のなかで知らされたときのことだ。

私が彼を殺したのだ。私は彼が出かけていくのを黙って見ていた。そして、彼が死ぬかも知れないだなんて一瞬も考えなかった。私は、死ぬかも知れないあらゆる人たちのことを考えた、何十万人もの名もなき人たちのことを。自分の知らない人たちのために、私はあの戦争の不名誉に抵抗して文章を書いた。でもあなたのことは考えなかった。ああ、私はとんでもない利他主義者だった。（KR 15）

見ず知らずの大勢の人間の犠牲を憂うあいだに一人の大切な人を見殺しにしてしまったと、公と個のはざまで揺れながら、ローザはハンネスに対する罪の意識に苛まれ、そして自分の正義を貫くために恋人を犠牲にした己の境遇をアンティゴネーに重ねていく。

アンティゴネーのように私は花嫁の部屋に閉じ込められ、生きたまま壁でふさがれてしまった。誰が私を救い出してくれるの？（KR 16）

「アンティゴネー」を通して、デーブリーンによる「喪の作業」、すなわち生き残った者が死者とどう向き合うかという問題がテーマ化され、並行して語られるローザとベッカーの物語が共鳴する。この点についてはベッカーの章で詳しく述べることにする。いずれにせよ、ローザの嘆きが、死んだハンネスを蘇らせる。「さあ一緒に旅行に行きましょう、切符を持たない旅人としてあなたも一緒に連れていくわ[26]」というローザの誘いに対して、「革命はどうなる、君の党は？」とハンネスの声が問う。これに対し、彼女は「これが私、革命も政党もないただのローザよ。ただあなたのためにだけ存在するローザなの[27]」と応じ、革命の理想ではなく、死んだ恋人との逢瀬のなかに救済の糸口を見出そうとする。

ローザの求婚により二人は独房のなかで式を挙げ、ハンネスの霊が彼女の体のなかに入り込み二人は結ばれる。革命とかけ離れた、この世を超越する次元での婚礼、周囲の人間には単なる精神錯乱にしか見えないローザの奇行は、彼女自身にとっては囚われの身における解放を意味する。亡き者との関係に決着をつけ、その失った存在を「過去」として自身のなかに同一化し喪失の悲しみや辛さを克服するのではなく、死者の魂といつまでも、どこまでも連れ添おうとするローザ的な「喪の作業」が、牢獄と娑婆、幻と経験世界、時間と空間、天国と地獄といったあらゆる境界や階層性を消滅させる空想上の越境経験に変わっていくのだ。独房でハンネスと一緒に世界地図を眺めながらの「秘密の世界旅行[28]」や「不思議な氷河紀行[29]」のエピソードは、キッチュな語り口にもかかわらず、『一九一八』には珍しく、幸福感のただようきわめて異質な物語空間を生み出している。ローザ・ルクセンブルクの手紙からもうかがい知れる、自然や生命を愛する彼女ののびやかな感性を思えば、こうした風景にも納得がいく。時空を超えるハンネスとの旅は、ローザの内部に国境や人種を越えた人類への温かい眼差しを生む。人間とそれ以外の生物との垣根を取り払い、自然と人間との相互作用によってもたらされる生きとし生けるものが暴力なくして共生できるような調和のとれた世界、ローザが独房で体験するこうしたユートピアは、彼女が夢見る救済された人間の生のイメージである。
ドイツ十一月革命の破局が決定的なものとなり、主人公フリードリヒ・ベッカーの物語も破滅の一途を辿る一月六日頃、水面下にくすぶっていた様々なものが露見するなかで、ローザとまぐわうハンネスもまた、恋人の仮面の裏に隠された「サタン」としての素性を自らばらしていく。『ヨハネの黙示録』にも登場する「サタン」は、聖書の伝統において人々を欺き誘惑するありとあらゆる悪の権化であり、神の天地創造に逆らってこの世を支配しようとする力の象徴である。ローザはしだいにサタンの手中に嵌っていく。サタンは次のようにローザを誘惑する。

「サタン、私はあなたのものよ。私の人生はもう終わり。何をすればいいのかしら?」「やっとだな。感傷を捨てろ。ふやけた心に甘えるな。自分や人間たちのことを厳しく、頑固に、鋼のように強くするのだ。[…]もう片方が、坊主や詩人を使って吹き込んだ馬鹿げた平和や調和の幻想を破壊せよ。あいつはお前たちをやわにして手なずけたいのだ。[…]」(KR 383)

「創世記」で説かれる平和や調和の理想は、ローザがハンネスとの幻の世界旅行で夢見たユートピアに投影され、また、「平和主義者」と称されるカールや、ドイツ十一月革命の「やわさ」にも通じるだろう。一方、サタンは、人間は楽園から追放されたのではなく、神に動物扱いされる我が身に嫌気がさして、自ら出て行ったのだと、独自の「創世記」解釈を繰り広げる。(30) サタンの説く神から自律した人間による主体的な行動や、きれいごとや感情に流されずに己の意志を貫く「厳しさ」「頑固さ」「鋼のような強さ」は、ドイツの革命の指導者に欠落するが、先にも述べたレーニンには備わる性質である。

こうしたサタンとローザの対話を通して、ドイツ十一月革命の破局に至るまでの道筋が明らかになる。そして、天国と地獄の間を彷徨するローザは受難の道を辿る。革命もろとも破滅していくローザの物語は、黙示録的なサタンとの最終決戦の形をとりながら、革命の結末を描き出すドラマとして展開していく。

露見——英雄たちの美化されない犠牲

カールとローザが最後に交わす長い会話は、武装蜂起をめぐって食い違う二人の革命に対する態度を物語っている。このとき、彼らの会話は政治的な議論にはならない。

ローザは、「あなたはロシアの皇帝かしら、それともナポレオンかしら、自分の目的のために労働者たちを戦争に引きずり込んで、戦場に置き去りにするなんて[31]」と、階級闘争にこだわるカールの権力への意志を批判する。ローザは「バビロンの流れのほとり、バビロンの流れのほとりに座り私たちは泣いた[32]」と、旧約聖書の詩篇の一節を口にする。亡命の身を嘆くこの詩は、聖なる国家を失い苦痛を強いられることになった民の哀しみを歌う。暴力を放棄して嘆き悲しみながらその辛苦を甘受することが救済に至る道だと考えるかのような、革命や自分の運命に対するローザの諦念の歌である。

一方、カールはミルトンの『失楽園』を引き合いに出して、独自のサタン論を展開する。

君も読まないといけない、ローザ、サタンがどれほどのスケールでもって自分の仕事をやり遂げたのか、アダムをアダムに、エヴァをエヴァにすること、人類を啓蒙する仕事だ、そしてローザ、人間たちがただそれだけでしだいにサタンに似てくる様子を見ないといけない。もちろん、純粋無垢ではなくなる、絶え間なく続く悦びも消える、彼らは自分自身を意識するようになり、恥じらいや苦しみや痛みを手に入れた、そこに病や死が加わる。もはや楽園はなくなり、地獄もまた、なくなる。それが人間の現存在というものだ。（KR 581）

サタンがローザに語った創世記解釈を、ここでカールが引き継いでいる。カールによれば、「自由な存在者の模範(33)」としてのサタンは、人々を「啓蒙」して自律的な行動へと促す存在である。「敗北のなかでどのようにふるまうべきか(34)」を『失楽園』のサタンに学んだカールは、戒めを冷たくはね除けてしまうサタン的な「不屈の抵抗」、すなわち目的の遂行のために投入される超越的な力を意識する。

敗北を覚悟しながらも、サタン的なユートピアに囚われ今や妄想と化した革命の理想は、カールもろとも世界を呑み込み破滅していく。カールの稚拙なロマン主義にローザは嘲笑でもって応える。「なら、私たちのことをもうスパルタキストとは呼ばず、サタニストと呼びましょう」というローザの嫌味に対して、カールは「君には文学的センスがないのだね」と切り捨てる(35)。切羽詰まった状況での革命の指導者たちによる議論が、この最後のカールの一言で文学談義にすげかえられてしまうのだ。「蝶々」に喩えられる彼らの革命家らしからぬやわさや美的な感受性が際立つエピソードである。

それでは「蝶々」のようにやわな二人の最期はいかに語られるのか。

降りろ！――彼らは、半ば意識を失っているカールに喝を入れて、車から突きとばした。彼は踏み段を転げ落ち、立ち上がるのに手間取った。「新湖」に来ていた。走れ！――この野郎、走れないのか？ 蹴飛ばしてやれ、そうすればしゃんとするだろう。ひゅう、ぐずぐずするな。そうか「新湖」に飛び込みたいのか。たいへんだ、自殺だぞ、あははは。銃声が轟いた。カールはその前からすでに酔っ払いのような千鳥足になっていた。その瞬間、彼はあっけなく倒れ動かなくなった。その上に誰かが身をかがめる。もう一発食らわせたのだ。(KR 586)

カールの死は、死刑執行人である兵士と、カールが殺害される様子を観察する語りの眼差しという二重の他者の視線を織りまぜて語り出されるために、きわめて距離化された形で浮かびあがる。情けないほど受動的に死に臨むカールの心情や表情が明かされることもなければ、彼の死に対して殺害者や語りの声が個人的な見解を差し挟むこともない。殺害の表面的な経過観察に徹する同情のない語りからは感情や思考は排除され、演説をするカールの描写と同様に、彼の人間性に肉薄する描写は省かれ、その死の内実が奪い去られる。英雄的な殉教とはほど遠く、乾いた語り口がその死の残忍性を増幅させる。

他者の視線によって外的に知覚されるカールの殺害場面とは異なり、ローザの最期は、激しく抵抗する彼女の様子や彼女の心象風景とともに語り出される。連行先のエデン・ホテルで、ローザの視線が次のように一人の若い兵士に釘づけにされる。この瞬間、犠牲者は自分に手を下すものを認識し、手を下すものは犠牲者を認識する。

磁石のように彼は彼女を引きつけた。それから——彼女は彼が誰だかわかった。親愛なるソーニャ、美しいルーマニアの野牛がいました、彼らは自由な暮らしに慣れていましたが、そのうちの一頭は血を流して目の前をじっと見つめていました、まるでどうすればこの苦痛を免れるかわからずに泣いている子どものように。でもソーニャ、人生とはそういうものなのです。勇気をもって受け入れなければならないのです、こうした全てのことにもかかわらず。[…]それはイェーガー・ルンゲだった、人生において人に気に入られるようなことをまだ一度もしたことのない男。しかし、今度こそ彼はやり遂げる。(KR 589)

第三部『カールとローザ』の冒頭で、デーブリーンはローザ・ルクセンブルクの獄中からの手紙をもとに、一九一八年一月にブレスラウの刑務所に収監されていたときのローザの様子を物語化している。(36) そのなかで、独房のローザがカールの妻ゾフィー宛てに手紙を綴る場面がある。本引用の「親愛なるソーニャ」ではじまる文章は、『カールとローザ』の冒頭場面でローザが書く手紙と全く同じものである。そして、イェーガー・ルンゲとは、ローザ・ルクセンブルクの殺害者として名が知られている実在の人物である。その冒頭場面でこの兵士ルンゲは、刑務所の女性看守から「虐待者」と呼ばれ、山積みの荷車を引かされて動こうとしない野牛を罵り血が出るまで鞭で叩いていた。

虐待される野牛を見たローザのエピソードは『ローザ・ルクセンブルクの手紙』でも言及されている事実であるが、その野牛を虐待する兵士がローザの殺害者となるというのはデーブリーンによる創作である。ローザの最期を物語る場面で、『カールとローザ』の冒頭でルンゲに鞭打たれ血を流していた野牛のエピソードがフラッシュバックし、その時点で革命の理想を打ち砕かれ破滅する彼女の運命が暗示されていたことが明らかになる。死を覚悟したローザの脳裏に蘇る『カールとローザ』冒頭の場面を引用しておく。

> 白髪の小さな女がその兵士に近づき、彼の若い赤ら顔を探るように見る。［…］その女が彼の前に立って黙っていると、彼は口笛を吹くのをやめ、いきなり前かがみになって彼女の鼻先に息を吹きかけた。彼女が驚いて退散していくところを、彼は背後から笑いとばし、叫んだ。「うわあ、なんて歩き方だ！　アヒルみたいにぴょこぴょこ足を引いていやがる。」［…］彼はあのイェーガー・ルンゲである、人生において人に気に入られるようなことをまだ一度もしたことのない男。家でも彼の存在が望まれていないということは、彼にはわかっている。まあいいさ。そんなもんさ。(KR 14f.)

「牛を屠ふる者は人を殺す者と同じである」[37]と旧約聖書の「イザヤ」が伝える通り、野牛を虐待するルンゲに「アヒル」みたいだとからかわれ辱めを受け、殴り殺されるローザの姿を通して、むごたらしく虐げられる野牛の痛みが彼女の痛みとなり、さめざめと涙を流しながらもじっと苦痛に耐えそれを受け入れる受難の風景がローザと野牛を結びつけるのである。

『ベルリン・アレクサンダー広場』の畜殺場の場面からも明らかのように、「牛」「羊」「豚」などの家畜は、デーブリーンにとって「犠牲」を象徴する重要なモチーフである。畜殺場に引かれていく子羊、自分を屠る者を前にしておし黙る羊たちは、神に背いた人間たちの罪を担わされ、その罪滅ぼしのために生贄として神に捧げられた罪なき獣たちの姿そのものだ[38]。こうした「罪の贖い」という旧約聖書の伝統を背景におきながら、ルーマニアの野牛に同一化するローザのなかに、彼女だけでなく、飛行兵リヒャルトや労働者のミンナのような、虐げられ犠牲となった名もなき者たちの運命が託される。もっとも、聖書の伝統とはちがって『一九一八』では、受難のあとに到来する救済された世界への予感が欠落している。

殺害者を前にしたローザに対してサタンの声が響く。

お前は、「まぶしい人、私を放さないで、もう戻りたくないわ」と懇願したあのローザではなかったのか？　そうならば、われわれは戻ろうじゃないか、抒情詩から散文へ。だってお前には散文がふさわしいのだから。いよいよお前はこの世の魅惑的なペテンを目の当たりにするだろう、その見事なまでの美しさのなかにあるがらくた、いかさま仕事を。もはや、その上に香

水を注ごうとはお前も思いつきはしないだろう。彼女は答えなかった。(KR 588)

このサタンのささやきが、先に引用したサタンとローザの会話やカールとローザの会話を拾い上げていく。サタンの声は、「抒情詩」すなわち「坊主や詩人を使って吹き込まれた馬鹿げた平和や調和の幻想」が破壊され、詩的な匂いの香水を吹きかけられ美しく理想化された世界がヴェールを脱ぐときがきたことを告げる。サタン的な力に魅了されたカールがローザとの最後の会話のなかで、「真の詩人がでっちあげるのは虚構ではない、露見なのだ」[39]と述べているが、これもサタンがローザにささやく散文への回帰とほぼ同じことを意味しているのではないか。ヴェールを脱いだ世界は、サタン的に啓蒙された人間たちの野蛮に支配され、感傷や感情とは無縁の無味乾燥な「散文」的な姿を晒している。「Prosa(散文)」という単語のなかに「Rosa(ローザ)」という名前が含まれるように、ローザを待つのは淡々とした文体で描写される自身の死の風景である。

そして彼は銃身をつかんで持ち上げるや、それを高く振り上げ、銃床をハンマーのように彼女の頭蓋骨めがけて降りおろす。そこで彼の形相が変わる。ぼんやりと、大きく広がり、居丈高に黒くなる。彼は高く舞い上がる。彼はどんよりとした雲の塊となって、光を放つ明るい背景の前に立っている。ただ彼の輪郭だけが認識できる、シニカルな微笑みを浮かべる鋭く裂けた口、大きく見開かれた生気のない不遜の目、そして隆々とした腕の筋肉、鉄のように堅い肩。彼女の髪の毛をつかみ、力ずくに引っ張るのは憎悪の堕天使。彼女は身を放そうともがき、彼

にむかって嫌悪の叫び声をあげる。私はあなたの思い通りにはならない。（KR 589）

瀕死のローザの視点から捉えられた殺害者ルンゲの顔が強い印象を残す。ローザは唾を吐いて彼に抵抗する。目をむき口の裂けた顔や大きな身体というルンゲの姿に、自分が人の生を支配しているのだという不遜や憎悪や凶暴性といったサタン的な諸力が露見する。

動物がくずおれるように床に倒れたローザは、「ずた袋のように（wie ein Sack）」横たわったまま身動きしない。[40]神に献上される「羊」や「牛」などの獣には、聖なる生贄としての尊厳が与えられるが、「赤い雌豚（die rote Sau）」略して「ローザ（Ro-Sa）」という蔑称が、おなじ獣扱いとはいえ、ユダヤ人でありコミュニストである「血まみれのローザ（die blutige Rosa）」の死を嘲笑に晒し、彼女から聖なる生贄としての尊厳をも奪う。それどころか「ずた袋」と称される彼女には、その犠牲に家畜なみの価値さえ与えられない。

魚たちがいる、そこで彼女は学んでこなかったことを学ぶのだ、口を慎むということを。止まれ、ここだ、お前ら、さあ手を貸せ、もたもたするな。老いぼれの家畜が魚の学校にいきたいそうだ。その荷物と一緒に車から降りろ。柵の向こうへ放り投げるんだ、ほうら――いち、にい、さんっ、で彼女は飛んだ。どぼん、水の底へと落ちる、そして二度と姿を見せなかった。乾杯、乾杯、いい気分だぜ！（KR 590f.）

ここでの革命のヒロインの死は、美しさやロマンのかけらもなければ、人間としての尊厳も与えられず、生贄の獣として清められることもなく、きわめて無残な死の風景として描き出される。ローザの殺害に関与した兵士たちは、贖罪のための生贄を捧げ、まるで自分たちはその罪から解放されたかのように、満たされた表情で祝杯を上げる。そしてビューヒナーの「ダントン」が死んだところで世の中の動きが滞ることもなかったように、ローザの身体が放り込まれても、ラントヴェーア運河の水は何事もなかったかのように流れ続け、それと同じように人々の生活も続き、何一つ滞るものはない。

デーブリーンの場合、ヒロイン殺害の場面が物語のクライマックスとなり、その死でもって物語がめでたしめでたしとは終わらない。というのも、ヒロイン殺害を伝える叙述に続いて、その後に続くベルリンの平凡な日常の風景がより淡々と語り出されるからである。殺害現場の凄惨さとそれを取り囲む日常の静けさとの落差が激しく、このコントラストにおいて死や暴力の残虐さがより際立つのである。

かつて野牛を虐待していたルンゲは、「牛を屠る者は人を殺す者である」という言葉を裏づけるかのように、家畜を処理するかのごとくローザを殺し、「人さまの気に入るようなことをしてこなかった」自分の汚名を返上する。彼はローザという大きな生贄を捧げたことでエーベルトやＯＨＬら権力者たちを満足させ、皮肉にも彼らが生き延びるために欠かせない大きな働きをするのだ。

デーブリーンが語るローザの受難の物語は、こうした永遠に報われることのない救済なき犠牲へと向かう。「私はあなたの思うようにはならない」というローザの最後の叫びは、苦悩の先にもたらされる黙示録的な救済を諦めていないようにも読める。しかし『一九一八』では、ローザの死を通して、それまで虐げられた人々の生が救済されることはない。依然として権力者たちは生き続け、これまで以上に恐ろしい世の到来が予感されるばかりだ。

二〇世紀のアダムとエヴァの死は、ドイツの未来を背負う可能性のあった革命家たちの理想やヒューマニズムをひねりつぶすサタン的な力に支配される。殺害者の顔に、啓蒙の弁証法や権力者たちの野蛮が浮き彫りになる。このように、デーブリーンの『一九一八』では、歴史を超えて人々に脅威を与えてきたテロルとしての死が、神になり代わり世を支配する権力者たちへの捧げ物として描き出される。飛行兵のリヒャルトは帝政ドイツのために戦地に赴き戦死した。ミンナは革命のイデオロギーに命を捧げた。そして容赦のない筆致で描き出されるカールとローザという二人の革命家の無残な死に、政府に逆らう民衆たちを黙らせるための、権力者による「みせしめ」としての性格が際立つことになる。

カールとローザが殺害された後、革命鎮圧後のドイツを舞台にフリードリヒ・ベッカーの最期の日々が語られていく。そこではワイマール共和国という新しい秩序が確立され、平和が到来したかのようだ。しかし、革命派であれ、反革命派であれ、贖罪という名目で家畜を屠ることを厭わない人間たちにとって、自分が生き延びるためには、大勢の人間を殺すことさえもその程度の意味しか持ち合わせない。したがって、そうした人間たちが生き残る先には、より多くの血が流れる恐ろしい世界が待っている。

デーブリーンの黙示録において、裁きを下して人々の生死を分ける鍵を握るのは、神になり代わったサタンである。そしてカールが述べるように、このサタン的なるものこそが、ドイツが辿る黙示録的な悲劇の根源であることをデーブリーンの『一九一八』は「露見」させるのだ。

四．ギムナジウム——革命の最前線？

主人公フリードリヒ・ベッカーは、戦前はベルリンのギムナジウムで古典文献学の教師として教壇に立ち、「何にも煩わされず、何も考えず、何も知らず」、「蝶のように」[41]ふわふわと美的で気ままな市民生活を享受していた。しかし、戦場での体験が彼を変える。重傷を負いながらも一命はとりとめたが、戦場から故郷に戻ったあとも彼は戦争ノイローゼを病み、亡くなった戦友たちの幻覚に悩まされ、無思慮に戦争に加担してしまったことを後悔し罪の意識に苛まれる。

ベッカーの運命は、第三部『カールとローザ』で展開するギムナジウムのスキャンダル事件を通して決定づけられていく。史実を離れて描き出されるこのエピソードに関しては、ベッカーが教室で披露する「アンティゴネー」の解釈に研究者の視線が集まりがちだが、本論では、その議論の背景に後退しがちな校長をめぐる同性愛スキャンダルと、彼を助けようと奔走するうちに騒動に巻き込まれていく代用教員ベッカーの姿に注目したい。

「革命」は学校のなかにも侵入してくる。ベッカーの復帰は、革命の影響を受け政治化するギムナジウムの内部にほころびを生み、校長と一般教員、教師と生徒という上下関係を転覆させると同時に、水面下でくすぶっていた校長の同性愛スキャンダルが表面化する。こうしたデーブリーンの創作によるスキャンダル事件は、学内の同調圧力（多数派）対異端分子（少数派）という対立図式を浮き彫りにし、そこから登場人物たちの運命が分れていく。

校長らスキャンダルの当事者たちは当局や父母会や生徒たちから糾弾される。校長は、寵愛していた生徒ハンス・リーデルの父親に殴り殺される。ハンスは、この事件に絶望してスパルタクスに入党、一月蜂起と呼ばれる義勇軍との戦闘に加わり瀕死の重傷を負うが、ベッカーに助けられて生き延びる。しかしその後、フランスの外人部隊に入り戦死する。校長に与したベッカーは、教職を追われ社会的地位を失うのみならず、スパルタクスの戦闘に巻き込まれた挙句に逮捕され投獄される。そして、出所後は流浪の果てに野垂れ死ぬ。

こうした登場人物たちの生死を分かつ学内の人間関係を通して、社会の規範として普及している思考や価値観や身振りなどが露わになり、体制に従順な規範意識を養う「学校」という権力装置の生々しい姿が浮かびあがる。そして読者は、ナチの「たまご」がまさにこうした教育の現場で少しずつ温められていったことを、非政治的なインテリ連中の挫折を通して思い知らされることになる。

権力装置としての学校

『一九一八』では登場人物が教育について言及する場面がいくつかあり、デーブリーンが教育と政治の関係に関心を抱いていたことがうかがえる。例えば、脇役の闇商人モッツは「ドイツの学校はすごい」[42]と語り、生徒たちは偉大なる歴史の本を読まされて、いつでも戦争ができるように教え込まれると話す。そして、革命派の女教師は、飢えたかわいそうな子供たちに、戦争を賛美するような話を授業で聞かせなければならなかった小学校の実情を、怒りを込めて語っている。[43]このようにでっちあげられた「物語」が授業の題材となり、戦争の正当性を根拠づける言説が生産されていく。学校は幼い子供たちを煽動する「恐ろしい調教工場」[44]となって不可視の権力に仕え、その権力が語ることを代わりに語る場となる。

ギムナジウムの校舎が与える威圧的で重苦しい印象はそれを象徴しているだろう。

四年のあいだこの何もかもがベッカーの人生から消し去られていたが、今ふたたび彼の視線がそれを捉えた。これらはまたかつての場所に戻ってきてくれるだろうか？　僕はあの世からふたたび浮かびあがる誰かなのか、あるいは何でもないのか？　そこには黒ずんだ赤レンガの建物が広がっている、ギムナジウムだ、陰鬱で悲しげである。中庭を抜けていくベッカーの足どりはしだいに重くなった。この建物はまじめで威圧的で、駅舎や兵舎や病院や刑務所と全く区別がつかない。彼はひるんだ。また拘束されにいくのか？（KR 188）

ベッカーはかつての懐かしい職場であるはずのギムナジウムに違和感を覚え、その建物を自分が兵士として通過してきた駅舎、兵舎、病院、そして革命鎮圧後の数年を過ごすことになる刑務所と同列におく。いずれの建物も、体制のために役に立つ規格化された人間を育てる馴致のシステムとしての機能を果たす場所である。ベッカーがこうした場所を通過しながら苦悩しつつ抵抗していくことを考えれば、この主人公の物語を、権力と関わり権力に抗う一人の人間の運命の物語として読むことも可能であろう。「自分はあの世からふたたび浮かびあがる誰かなのか、あるいは何でもないのか」という言葉からも明らかなように、ベッカーの存在は、戦場にも故郷にも同一化できない帰還兵特有のどっちつかずの境界性に支配されている。こうした彼の境界性とともに、閉塞的な空気に浸されたギムナジウムに「外」の世界、すなわち「戦場」が持ち込まれることになる。厄病神さながらの扱いを受けるベッカーの復帰がギムナジウムの安寧と秩序にゆさぶりをかけ、お利口な顔をした「学校」という看板の陰に抑え込まれ守られていた諸問題を露見させるのだ。

混乱する時代状況のなかで荒むドイツやドイツ人の内面が、神経質になって苛立つギムナジウムの教員たちの様子に投影される。そこにベッカーと同僚の物理教師クルーク博士、そして校長という三人の登場人物が加わり、時勢を象徴する学術業界や校内の勢力図が明確に浮かびあがる。

戦争中は毒ガス兵器の開発に関与していたクルークは、学校の荒廃ぶりを嘆き、政治の話に夢中になる同僚教員たちを、やかましい小さな野良犬呼ばわりして嫌悪感を露わにする。また、当局から、授業での発言や思想の自由を制限する「二つの政令[45]」を受けとった校長は、「学校は愛国的でなければならないが、政治的である必要はない。ところが、それがこのご時世には成立しないのです。だいたい今は学校というものがそもそも成り立たないのです[46]」といい、「お偉い方々は、課題を与えてノートを添削するのが学校だと考えています。われわれも落ちぶれたものですよ、ベッカー先生[47]」と、今日の教育制度に絶望感を募らせる。

ギリシャ語や古典文献学を専門とするベッカーと校長は、人文主義的な文化的背景を基盤に持つ特権的なドイツの教養市民層を代表する。そして、物理学を担当するクルークは、まさに加速するドイツの近代化の波に乗って出世してきた科学者連中の仲間だ。クルークと校長は自身が携わる学問についてベッカーに語って聞かせる。戦時中はずっと「ガス実験室」に籠っていたというクルークは、「黒い光線」と称して、X線やガンマ線の恐ろしさを説明し、国にとどまらず学問の領域でも革命は起こっていると語る。(48) 一方、ヘレニズム文化の愛好者で、精神科学を「今日の灰かぶり姫」と自虐的に呼んでみせる校長は、学問にとって戦争が一つの転換期になったと述べ、自然科学がその野蛮な牙を剝き出しにした戦争が終わった今こそ、芸術や哲学や文学などの精神科学がふたたび名誉を回復し、精神や真実や美について語るべきときがきたのだと主張する。(49)

ベッカーを通して、自然科学と精神科学という二つの学問領域の対立図式が浮かびあがる。技術や産業の発展に寄与する実利的な学問が台頭する一方で、精神科学やそれを支えていた人文主義的な教養の権威は失墜していく。第一次世界大戦はこの学問領域におけるヒエラルヒーの転覆を決定づけるものであり、まさにそれは学問の領域における「革命」を意味した。

クルークと校長は、戦争と革命が学校教育を堕落させたといわんばかりの口ぶりで、管理が強化され政治化する「調教工場」としての学校をもっともらしく批判する。こうした彼らの言い分を否定することはできないだろう。しかし、一方で、革命によって庶民が政治に関心を持ち声を上げるようになった結果、それに呼応するようにギムナジウムに関わる人間たちの関係が色々な意味で変わるのは当然である。

学校も革命のただなかにあるが、自分たちはその真逆にいるのだと校長は主張する[50]。かつての特権階級であった校長の立場は、革命以降に発言力を増してきた「野良犬」こと政治的に煽動された教員たち、規範意識をふりかざし小市民的な俗物根性にどっぷりつかる父兄や同僚たちに脅かされることになる。とりわけ、教養があり愛書家でおまけに財産もある校長に対する彼らのやっかみは相当なもので、クルークはそれを心配している。そして、校長はそうした人間たちを、「俗物[51]」「ビーダーマイヤー[52]」「凡庸な国民」「プチブル的賤民たち」「ナショナリストや坊主連中」「小市民[53]」といって嫌悪する。

校長やクルークによるもっともな学校批判は、個人的な利害関係が絡むものなので、単純に彼らの思想を支持することができないように書かれている。校長は、社会主義者の庇護を受けるのもまっぴらごめんだと、大げさに嘆いて見せる。そしてクルークが校長とベッカーにシンパシーを感じるのは、美意識と教養を兼ねそろえた彼らが自分と同じ非政治的な人間だからである。いずれにせよ、校長もクルークも決して革命を機に虐げられるようになった憐れなブルジョア連中というわけではなく、とうてい同情するに値しない。

小学校の女教師は、戦時中に戦争を讃えて協力を促す物語を生徒に話して聞かせるように強要されたが、戦後の教育現場では、逆に戦争の話がタブーとなり、また、革命に対する個人的な意見は封印するよう命じられる。結局のところ、革命が起こり、戦争が終わり、帝政ドイツが倒れ、ギムナジウムをめぐる人々の布置が変わっても、ベッカーが「ここでは、全てが昔のままのテンポで進んでいる[54]」と感じる通り、学校が担う権力装置としての実質的な役割は何も変わらない。

学級崩壊——無力なアンティゴネー

前線兵士の帰還は故郷にいる人間にとって手放しで歓迎すべきものとは限らない。戦争と戦争責任について思い悩み、無思慮のまま戦争に加担していった自分自身や周囲の人間を責めるベッカーの様子は、周囲に不快感を呼び起こす。校長は、「前線兵士は皆おかしくなって帰ってくる。彼らは戦前世代のわれわれのことをもはや認めなくなる」[55]と述べ、クルークは、かつて優雅で洗練されていたベッカーが興奮して「説教を垂れる」様子に拒絶反応を示し、頭をやられてしまったのだ、といって憐れむ。こうした前線と銃後の人間の意識のずれは、ベッカーのギリシャ語の授業のなかでより鮮明に浮かびがる。

元古典文献学の教師であるベッカーは、校長の代理でソフォクレスの『アンティゴネー』の授業を受けもつことになる。彼はこの作品を教材にして、罪の遺伝、個人の良心、道徳や倫理について話し、生徒たちに死者に対する義務を喚起させて、戦争に対する罪と責任の所在を問おうと企てる。ベッカーは、アンティゴネーを「反逆者」[56]と見なそうとする生徒に対して、ソフォクレスの『アンティゴネー』に反逆者がいるとすれば、それは王クレオンだと反論する。ベッカーによれば、クレオンは権力欲にまかせて、神聖なものとして崇められてきたギリシャの伝統、すなわち家族が死者を弔い埋葬するという、書かれてはいないが太古の昔から人々の心の中に植え付けられてきた自明の「しきたり」を無視できると考えるが、アンティゴネーは兄を埋葬して弔いの儀式を行い、死んだ神々に敬意を表する義務を果たしたということだ[57]。

『アンティゴネー』の授業は、全体主義的な雰囲気の漂う教室のなかにほころびを生み、そのなかに潜んでいた小さな差異を露見させることになる。首席のシュレーターは明らかにクレオンの立場を代弁し、赤毛のノイマンは、人は感情を抑えて国家にご奉仕しなければならないと、国家に対する個人の責任を支持する。「赤」で社会主義者のシュラムは、アンティゴネーの行動を、君主制に抵抗する左翼連中の革命に重ね合わせる。そして校長の寵愛を受けたブロンドのハインツ・リーデルだけが、純粋に文学的な次元でこの作品を理解しようとする。このように保守と革新と非政治的人間が揃う教室のなかはある意味で社会の縮図だといえよう。一方、発言者たちに付与される「赤毛」や「赤」（左翼）、「同性愛」という属性は、市民社会やナチズムにおいて「異端」とされるものだ。

とはいえ、いずれにせよ、ベッカーの思いとは裏腹に、愛国主義的な教育を受けた「戦争世代[58]」と呼ばれる多くの男子たちは、『アンティゴネー』を感傷的な「女の子[59]」の物語だといって拒絶し、女の子にしては勇敢だが、個人的な感情に動かされて国家の掟に逆らうのだから罰せられて当然だと考える国家主義的なアンティゴネー解釈を展開する[60]。


彼らはこちらが外の戦場にいるあいだに成長した子供たちだった、後継ぎだった。彼らは上の世代の罪を引き継いでいた――そして何もわかっていなかった。（KR 193）

ベッカーは、ドイツを破滅に導いた上の世代の罪を無批判に継承して自らも破滅の道を辿らんとする少年たちに危機意識を掻き立てられる。そして元前線兵士ベッカーの授業は教室を戦場に変えるのだ。「敵の最前線」と題される章のなかで、ベッカーが差し出す『アンティゴネー』に対して、首席のシュレーターを中心とするクラスの生徒たちが『公子ホンブルク』を掲げて反旗を翻す。

　彼が教室に入る前に、クラスで何か策が練られていた。それは、小さな芝居、彼に対する民衆裁判のようなものになるはずだった。（KR 219）

　主人公ベッカーの物語という大きな枠組みのなかで展開されるギムナジウムのエピソードに、生徒たちがベッカーに対して行う「芝居」が差し挟まれることになる。首席のシュレーターが、国家と個人の問題、すなわち個人に対する国家、そして国家に対する個人の問題は、『アンティゴネー』においてギリシャ的な解決策を見つけるが、自分たちはドイツ的な解決策を提示してくれるクライストの『公子ホンブルク』を支持すると宣言する。公子は、アンティゴネーのように「何だかよくわからない掟」に逃げたりはせずに、国家の主権とそれに対する自身の服従の義務を認識しており、祖国に勝る財産はないというのだ。

　ギムナジウムの男子生徒たちは、革命派の女教師やモッツが語るような教育を受けてきた。まさに戦争を引き起こした親や祖父母の世代の規範が、彼らのなかに先鋭化された形ですり込まれている。そして彼らは、鉤十字勲章を授与された将校で、お国のために戦い重傷を負って帰還したギリシャ語教師ベッカーから、戦場での英雄的な武勇伝を期待したにもかかわらず、「ふやけたお喋り」を聞かされたがために幻滅を隠せない。
『アンティゴネー』を受け入れようとしない生徒たちを前に、ベッカーは「この世代は何も学んでいない」[61]と胸を痛める。そして、彼は学生が支持する『公子ホンブルク』を却下し、遂に自身の戦争体験を話す決心をする。

若かろうが老いていようが、今生きており、戦前から生きて戦争に加担したわれわれは皆、あちらでもこちらでも罪を背負っているのです。全員が戦争に加わったのです、国民の全てが、そして罰を受けたのです。(R 223)

こうベッカーは述べて、ソフォクレスの『アンティゴネー』の真の主題は、「国家と個人」、あるいは「国家および書かれていない掟に対する義務」というテーマとは別に、生きている者たちの世界が死者の世界とどう向き合えばいいのか、という倫理的な問いにあるのだと説く。

ベッカー、「この作品の女主人公は死をたいへん重要なものだと感じています。実際のところ、この作品の本来の主人公は彼女ではありません――死んだポリュネイケースです。この作品では一人の死者の生きている者に対する権利の要求が問題になっています。一人の戦士が亡くなりました。彼はなんの形見も残さなかった。この死者のことは目には見えないし感じることもできない、耳にすることすらできない、しかし、彼は生者の世界に入り込み、自分の妹アンティゴネーのなかに自分の言葉の代弁者を見つけます。彼の相手をしてくれる一人の女性です。［…］この素晴らしい作品からもわかるように、古代の人々は考えたのです、私たちは畏れおののきながら自分たちの目に見える存在の彼岸に目を向けるべきだと。」（KR 224）

ポリュネイケースを中心に据えようとするベッカーの解釈は、第一次世界大戦と『アンティゴネー』を直接的に結びつけることになる。アンティゴネーが兄の亡骸と向き合ったように、戦争に生き残った自分たちもまた、多くの戦死者たち、早過ぎる死を迎えた者たち、誰にも気づかれず自分でも知らないうちにこの世を去った者たちに向き合わなければならない。「わかっています、彼らに仕え、彼らのことを忘れはすまい」とベッカーは授業をしながら自分に言い聞かせるのである。

このような形で、ポリュネイケースの死に、飛行兵リヒャルトやミンナやそのほか大勢の戦争や革命の犠牲者たちの死が託されることになる。また、死んだ兄ポリュネイケースの言葉を引き受ける妹アンティゴネーの姿は、戦死した恋人ハンネスに対する精神錯乱的なローザの喪の作業とも共鳴するだろう。本作品では、ベッカーとローザが物語のなかで絡むことは全くないが、死者と向き合うアンティゴネーの姿を通して、自分を語る言葉をもたない沈黙する死者たちの言葉を、生き残った者たちがどう拾い上げて語るべきかという問題を共有していると考えられる。

こうしたベッカーの戦場体験と密接に結びついたアンティゴネー解釈に、生徒たちは言葉を失う。

若者たちは話に聞き入っていた。彼らはぼんやりと感じていた、これこそが戦場の体験なのだと。しかし何人か怒りを露わにするものがいた、彼らはベッカーの話に食いついてしまった愚か者にも腹を立てた。このように完璧に計画された戦闘に完敗を喫することもあり得たのだ。(KR 225)

この「芝居／戦闘」の首謀者である首席のシュレーターは、「小さな紳士」「道徳先生」、あるいは古代ローマの政治家にちなんで「ギムナジウムのカトー」と皮肉めいた言葉で形容される[62]。父親が父母会のメンバーだと語られるシュレーターのやたらと形式ばった身振りや優等生的な発言に、両親世代の規範が刻印されている。そして、その場の状況に応じて彼に追随したり彼から目をそらしたりするクラスのそのほか大勢は、アンティゴネーが囚われる様子を傍観する合唱団と同じだ。『ホンブルクの王子』を却下するベッカーに対して、シュレーターは「遺憾ながら僕たちはあなたを頼りにできないと確信しました[63]」と述べて訣別を宣言する。こうした捨て台詞を残して去っていったシュレーターを尻目に、他の生徒たちはうなだれ、教室内にうしろめたい空気が漂う。いわゆるクラスメイト全員の気持ちを自分に向けることができなかった点においては、シュレーターの敗北であった。そして、ベッカーの言葉が多くの生徒の心に響いたという点ではベッカーはこの「戦闘」の勝利者となる。しかし、ベッカーに共感した生徒たちが何もせずに黙っている限りにおいて現状は何も変わらない、もはや『アンティゴネー』が通用しない世界であることがはっきりとしてくる。これは、いわゆる市民社会の道徳や価値観形成の一端を担ってきた人文主義的な教養の限界が露わになる瞬間だった。この点において、生徒と教師をめぐるこのエピソードもまた、古い価値観の崩壊を促し教師を教壇から引きずりおろした一つの革命を物語るエピソードとして読めるのではないか。そして、ベッカーのこの授業が、隠されていた校長の「悪癖」とスキャンダルを露見させるきっかけを作り、『アンティゴネー』がさらなる災厄の誘い水となるのは皮肉な話である。

汚辱に塗れた死

社会の深層史について語るデーブリーンの歴史小説は、支配者の武勲の陰に隠れた名もなき人々の犠牲のみならず、市民社会の掟にそぐわないとして社会からつまはじきにされる名もなき「ならず者」たち、すなわちフーコーの言葉を使えば「汚辱に塗れた人々[64]」の生をもすくい上げる。市民社会の規範を逸脱する悪癖や悪徳や精神錯乱といった剰余の生によって特別なものとなる彼らの生は、市民社会の公序良俗に反する汚点として排除され、表舞台からは退き、闇のなかに潜み慎ましく静かに生き続けることがある種の定めであるかのようだ。しかし、そうした彼らの生が、なんらかの偶然によってスポットライトを浴びる瞬間がある。ベッカーの教壇復帰の物語は、校長がひた隠しにしてきた悪癖を露見させるのみならず、それがスキャンダルとして世間に発覚する瞬間を捉える。それでは、その瞬間はいかに描き出されるのか。

(一) 校長の少年愛スキャンダル

第二部第一巻『裏切られた民衆』においてすでに伏線が張られる校長の同性愛スキャンダル[65]は、教養市民層の没落を告げるとともに、市民社会における少数派の排除という問題を露見させる。校長は優雅なアトリエ風の住居に住み、ミケランジェロのレプリカである等身大のダビデ像を部屋に飾り、部屋着に「キモノ」を羽織り、香水の匂いを放ちながらヘレニズム彫刻の美しさについて語る。ベッカーは、戦争が起ころうが革命が起ころうが、あくまでも古代ギリシャの理想にのっとった耽美な生を享受しようとする校長に、かつての自分の姿を重ねる[66]。クルークは、資産家で才能豊かな校長に向けられる周囲の小市民的なひがみ根性や、彼らが流す悪い「噂」を気にかけていたが、時代の波は非政治的な校長にも否応なく押し寄せ、校長にも裁きが下る。

校長は、父兄たちによって押される「ヘレニズム愛好家」＝「無神論者」＝「ホモセクシュアル」＝「自由主義者」＝「放蕩者」という「古臭い[67]」烙印に抵抗し、孤独な闘いを強いられている。しかし、校長は、「悪癖」として噂される自身の「ギリシャ的少年愛[68]」を、人間的な友情関係を築いているに過ぎないといって認めようとしない。一人の生徒に人間的な興味を示し、ただ教えるだけでなく生徒の能力や興味を個人的に磨いてやることのどこがいけない、それこそ教育だと、ベッカーの前で自己弁護を繰り返す[69]。

しかしながら、誹謗、中傷、密告、監視という目に見えない匿名の圧力がしだいに校長を追い詰め、自ら招いた不運が彼の運命を決定づける。校長が非公式に画策した代用教員ベッカーの教壇復帰により、「噂」として水面下でくすぶっていた校長とハインツ・リーデルの関係に対する批判が教室で噴出するのだ。ベッカーは、なんとか穏便に済ませ憐れな校長の不名誉を回避しようと奔走するが、状況は悪化の一途を辿る。ハインツとは縁を切りほとぼりが冷めるまで身を隠せというベッカーの忠告を、校長は守れない。

校長は幸せな気持ちで、明るく美しい暖かなホテルの部屋で待っていた、彼はその部屋を花で飾り香水でいくらか自分らしさを演出していた。彼は今朝買い求めたばかりの青い絹のキモノをまとっていた。二時ぴったりにドアがノックされた。

助けを呼ぶ彼の叫びを、この建物のなかで誰一人として聞いていなかった。その訪問者は誰にも気づかれずホテルをあとにした。(KR 391)

これは、校長がホテルの部屋でハインツを待つあいだの出来事である。二時にドアがノックされた後に何があったのか、この訪問者とは誰なのか、ということについての叙述が欠落している。事件の決定的瞬間が省かれ、時間がワープする。その後の様子から読者はことの次第を理解する。

給仕が目を開いたその紳士のうえにかがみこんだ。しかしその目は黒く腫れ、顔全体が腫れており、口の端から鮮やかな血の泡が顎をつたい流れていた。(KR 391)

給仕が発見した校長の様子からそこで何があったのかが明らかになる。怒り狂ったハインツの父親が殴り込みに来たのだった。

校長の顔は見えなかった。口と目のところに切れ目の入った白いマスクをしていた。マスクの後ろにベッカーは患者の目を見つけることができなかったが、しかし患者は彼を見ているようだった。(KR 393)

「存在の美しさを享受」[70]しようとした校長は、ハインツの泥酔した父親に顔を潰されてしまうのだ。虫の息の校長の相貌にも、人間から「私」を奪う平板化の力が作用している。校長を殴った父親もまた、ベッカーと同じく前線で戦った男で、ハインツによれば、普段は温厚だが酒を飲むと人が変わるという。男たちが戦場から持ち帰ってきたといわれる野蛮な飲酒癖[71]とともに、戦場とは無縁な場所にいた校長にも戦争が降りかかる。白いマスクで覆われた校長の顔には、マイノリティを異端として排除し、その「私」を潰してしまう市民社会の規範のみならず、戦争という暴力の痕跡もまた、しっかりと刻みつけられているのだ。息を引き取った校長の遺体は死体公示所に収容される。

それは拡張された地下室だった、氷のように冷え、あまい香りに満たされていた。ちいさな電灯がいくつか天井にともっていた。壁のくぼみに、木の板にのった遺体が、重ね置かれていた。彼らの黄色く白んだ足の裏しか見えなかった。床のあちこちに蓋の閉められた松の木の棺が並んでいた。その老人は「一二一一」という番号を探した。(KR 424)

死体公示所は、校長だけでなく、顔を奪われ、個別性を奪われ、番号となって匿名性に埋没する無数の死者に埋め尽くされている。「この建物のなかは、想像できるでしょうが、革命のせいでおそろしい騒ぎになっています、毎日のように身元確認しなければならない新しい遺体が運び込まれ、検死解剖が行われています」[72]と役人がいうように、「一二一一」と呼ばれる校長も、数ある死のなかの一つとして名もなき死者の群れに埋没する。校長の物語では、「大きな歴史」に書かれるような歴史的出来事は前景化されない。エピソードの合間に挿入される日付や、背景に後退する町中の喧騒を通して革命の世の中であることがかろうじて認識される。しかし、この役人の一言や、校長が殴られ息を引き取るまでの物語が一月五日から六日にかけての出来事として語られることを考えれば、プライベートな領域で起こった校長の死が、同時期に起こった「一月蜂起」と呼ばれる歴史的事件の犠牲者たちの死をも拾い上げている。

校長のエピソードがここで終われば、校長の死も革命騒ぎのどさくさに紛れて匿名性に埋没する多くの死と十把一絡げに処理されたであろう。しかし、警察や裁判沙汰になるような市民社会の掟破りは、匿名性に埋没することを許されない。

ベッカーは思った、校長はこの事件の前からすでに、黙って姿を消す（von der Bildfläche zu verschwinden）つもりだったのだ。警察の役人はメモをとり肩をすくめた。（KR 394）

校長のエピソードでしばしば登場する単語「画面（Bildfläche）」とは、表舞台、すなわち警察や父母会が繰り返し口にする「公的な場（Öffentlichkeit）」、「一般社会（Allgemeinheit）」のことだと考えられる。重傷を負いながらもしばらくは意識があり、息を引き取るまで時間のあった校長は、警察は呼ばないでくれ、黙っていてくれと訴えた。校長は最後まで自分の悪癖を隠し通したかったからなのか、スキャンダルになればハインツにも迷惑がかかるからなのか、テクストからははっきりとわからない。しかしながら、いずれにせよ、表舞台から消えようとした本人の意志とは裏腹に、自分が殺人事件の犠牲者となったことで、校長がひた隠しにしていた「悪癖」も国家権力と真正面から衝突せざるを得ず、それは結局スキャンダルとして発覚することになる。

地方欄の下の方にこうある。ホテルで撲殺された学校校長Xの検死解剖が死体公示所で行われた。ベルリンに校長の親戚がいないため、親しい友達がしめやかに埋葬を執り行うということだ。（KR 426）

ベッカーが顔を突っ込んだ校長のスキャンダル事件を通して、人々の日常に侵入する網の目状に張り巡らされた不可視の権力と、それに絡みとられる人間の生が浮かびあがる。少年愛に溺れる「放蕩者」の「悪癖」が露わになり、校長の「学校公務員」という堅気の人生に、「汚辱に塗れた生」の烙印が押されることになる。汚辱に塗れた人の生死は、本人が闇に留まることを望んでも、権力が放つスポットライトを浴びた瞬間に可視化される。人々に噂された校長の人生や悪癖は、やがて警察の事件簿や司法文書に記録され、こうした三面記事に掲載され「画面」に現れることになる。本作品では、権力装置としての「学校」がギリシャ的少年愛の嗜好を持つ校長によって批判されるが、少数派としての校長は、市民社会の異端分子として弾圧され敗北する。市民社会のタブーに触れる人間に、もっともらしい学校批判をさせるところが憎いのだが、校長の死を通して教養や教育の場としての学校の権威が骨抜きにされ、そこで道徳や人間愛を説くことの不可能性もまた思い知らされるのだ。

(二) 校長の埋葬

『一九一八』を形成する一つの大きな筋としての主人公ベッカーの物語のなかに、ギムナジウムのエピソードは組み込まれている。そしてギムナジウムを舞台とするエピソードのなかに、『アンティゴネー』の授業が行われる教室内でのエピソードや、校長を中心に据えた同性愛スキャンダル事件が挿入されている。こうした入れ子状の物語構造が本作品の特徴でもある。

校長の死因が、その死に事件性を与え、否応なしに警察や司法と関わることを強いた。こうした諸権力との衝突は水面下で噂されていた校長の「悪癖」に光を当てることになった。結果として、彼がハインツ・リーデルに犯した行為、すなわち未成年者を誘惑する行為は罰せられるに値する罪だとして、殺害された校長にも、「汚辱に塗れた生」を生きる「犯罪者」の烙印が押されることになる。

ベッカーはこの裁判所のなかをゆっくりと散歩した。彼は、広い廊下のあちこちで、指定された法廷の前で待つ人々の集団にいくつも遭遇した、訴訟の証人、親族、野次馬たち。正義という名の水車の歯車に、校長は、死んだあとになって巻き込まれた。今や彼が生涯をかけてひた隠しにしていたことが露見したのだ。（KR 432）

密告や監視という形で校長の生を捉えていた目には見えない圧力が、彼の死後、「正義」という名のもとに姿を現す。校長の埋葬をめぐり、「正義」は、校長のみならず彼と関わるあらゆる人間関係にまで侵入し、彼の死をも支配する諸権力として立ち現れる。校長の埋葬をめぐり、ベッカーが役所の機関をあちこちたらいまわしにされ、行く先々で様々な人々（警察、教育監督庁の上役、父母会のメンバー、死体公示所の管理人、弁護士）の事務的な対応に直面する。ベッカーはそのたびに事の経緯や自身の意図について説明させられるのだが、そのやりとりを通してこうした諸権力の姿が色濃く浮かびあがる仕組みになっている。

例えば、ギムナジウムの父母会の代表が二人で、どこから聞きつけたのかわからないが、ベッカーを訪ねてくる。死者に追悼の意を表したいという個人的な理由から校長の埋葬を執り行おうとするベッカーとクルークに対して、彼らは、スキャンダルを大きくして学校の名声に傷をつけるな、父兄たちの怒りを煽らないためにも、校長の埋葬に関わるのをやめるとはっきり公言せよと、慇懃無礼に命ずる。厳粛な面持ちの二人の態度を、クルークは決闘の申し込みのようだと馬鹿にするが、この父母会の代表によれば、「父母会とは、世間一般の利益、すなわち公共の利益を代表する」[73]ものだという。「[…]災いを発掘しなければ、膿を出さずしては、ドイツは浮かびあがれない(74)」と考える父母会により、あくまでもプライベートな文脈で起こったはずの校長のスキャンダルがドイツの国益に関わる「国家」レベルの問題へと引き上げられてしまう。

「今しがた去っていった奴ら、あれが正しいとされる者たちだった」とベッカーが嘆くが、こうした父母会連中の「正義」に相いれないもの、「非君主的で、保守的でないものは、すべて学校から追い出さねばならないもの(75)」となる。市民社会の規範から逸脱して公序良俗を乱す行為は異端と見なされ、「浄化活動」「禍根を摘む」「あらゆる堕落や腐敗の材料を粛清」といった言葉によって排除されていくのだ。

『アンティゴネー』の世界が、校長のスキャンダルを語る物語領域に侵入してくる(76)。校長の埋葬が、生者は死者とどう向き合うべきかという問題を登場人物たちに実際に考えさせる場となる。「あなたはいかなる力も私に及ぼすことができない」と、サタンと二重写しになるルンゲに対してローザが抵抗したように、ベッカーもまた、「一人の憐れな人間に最後の親切をほどこすことを自分に断念させられるようないかなる公共性も一般社会もない(77)」と考え、校長の埋葬に参列する。

それから後日談があった。墓守に案内されて二人の男が急ぎ足で新しい墓にやってきたのだ、何事かと埋葬の参列者たちが理解する前に、フラッシュがぱっと光った。写真を撮られたのだ。一瞬のうちに彼らは背を向けて消え去った。

クルークが言った、「マスコミだ、思った通りだ。」

母、「彼らはあの憐れな男を墓まで追ってくるのね。」

クルーク、「今回は彼ではなく、むしろわれわれが狙いなんですよ。」

ハインツは、今埋葬が執り行われているということが、どこからどう漏れたのかと、ただ驚いていた。（KR 433f.）

監視や密告といった目には見えない圧力が、校長の死を悼むベッカーたちにも及ぶ。そして校長の埋葬に光を当てるマスコミの記事が、それに関わるベッカーたちを同じように照らし出す。こうして葬儀に参列するベッカーたちもまた、汚辱に塗れた人としての烙印を押されていくのだ。埋葬は一月十日、そしてその翌日の新聞記事から、世間の関心がベッカーらに向けられるようになったことが明らかになる。

夕刊紙が昨日の墓地の写真を一面に掲載した。手前から、ベッカー、クルーク、ハインツ、ベッカーの母親は背中を向けている。写真の下には彼らの名前が出ていて、「校長Xの埋葬、G墓地にて」と見出しがついていた。（KR 436f.）

校長の死と埋葬の日に日付が与えられ、そして新聞の記事が挿入されることで、校長のスキャンダルが歴史的な文脈のなかで捉え直される。校長の埋葬日の前日一月九日に義勇軍がベルリンに到着して、革命派との激しい戦闘が繰り広げられることになる。この激しい戦闘のさなかの一月十日に校長の埋葬がとり行われるという設定だ。そして五日後の一月十五日にはカールとローザが殺害され、革命派は鎮圧される。つまり、スキャンダル封じと革命の鎮圧がおなじ時期に遂行されていくわけだが、校長の埋葬を一面で報じる夕刊紙から、校長のスキャンダルが義勇軍の投入を上回る大きな衝撃を社会に与えたようでたいへんに興味深い。一般市民の関心が革命からずれたところに向いていることを暗示し、一月蜂起の事件性が後退する。

第三部『カールとローザ』において、主人公ベッカーの虚構の物語に内包される形で校長のスキャンダルが語られることについては先にも述べた通りだ。その際、街頭の革命の様子は完全に物語の背景に後退しているが、ときにベッカーの足どりの妨害要素として革命が前景化される瞬間がある。また、このベッカーの虚構の物語と、緊迫する革命の行方、そして最期の時が近づくカールとローザの様子が、数十頁から百頁くらいずつ交互に語られていくので、読者にも、それぞれの物語が同時進行的に、しかも全てが破滅に向かって展開していることは認識できる。

とはいえ、結果としてベッカーの物語と革命を語る歴史的な叙述が互いに筋の展開を中断し合うので、読む者は無数の細かい筋の網の目に絡みとられ、道に迷う。それまで読み進んできた道は忘却の彼方、そして読み進むべき道も途中で見失う。だからこそ、『一九一八』において複数の大きな筋の流れを首尾一貫性において捉えることは容易でない。読者はそれぞれの物語を断片的に捉えざるを得ず、したがって出来事の経緯を論理性ではなく、瞬間の連続として体験することを強いられるのである。逆に、物語の論理性にこだわる読者は、ベッカーなりローザなり特定のエピソードだけを抜き出して、それを自身の頭のなかで一つの物語として再構築する作業を強いられることになろう。

五．フリードリヒ・ベッカー――存在の希薄な主人公

『一九一八』では、主人公ベッカーの存在が非常に希薄である。歴史的な諸事件や実在する歴史的な登場人物たちと確固たる接点を持ってその大きな歴史の流れに加わることもなければ、物語の展開に決定的な役割を果たすわけでもない。むしろ彼の進む道は、校長のエピソードでも明らかなように、周囲の動きによって決定づけられていく傾向があり、さらにその途上で彼は必ず失敗する。

第一部『兵士と市民たち』では、ベッカーは敗戦と革命勃発を境に、西部戦線の傷病兵として野戦病院に入院していたアルザス＝ロレーヌ地方から、故郷のベルリンへ送還される。野戦病院では看護婦のヒルデと心を通わすが、親友のマウスに寝とられてしまう。第二部では故郷ベルリンでの静養の様子が物語られる。ヒルデを含む友人や母親や同僚らに支えられてベッカーが負った身体的な傷と精神的な病は少しずつ癒されていくが、一方で、戦争責任の所在を追求するなかで自分自身の罪の意識に苦しむ。苦悩するなかでねずみに化けた悪魔にそそのかされ自殺を企てるが、これも失敗する。そして第三部『カールとローザ』では、ギムナジウムの授業で戦争責任問題について議論をふっかけるが相手にされず、さらに「汚辱に塗れた」校長やその犠牲者であるハインツ少年を助けようと奮闘するがそれも失敗に終わり、挙句の果てにはヒルデからマウスと結婚すると告げら

れ絶望のどん底に陥る、という調子で彼は何一つ成し遂げることができない。

冴えない存在で、なおかつ他の無数のエピソードに埋没しがちの主人公ベッカーであるが、今度は、校長のスキャンダルに首を突っ込んだベッカーの奮闘に注目し、破滅していく彼の人生について考察したい。

ベッカーが教壇に復帰したのは校長の個人的な計らいがあったからである。校長みずからがベッカーの代講教員（盲腸で入院）の代講としてギリシャ語の授業を行おうと準備していたところに、偶然にベッカーが現れ、その場で、非公式に、形式的な手続きなしに、『アンティゴネー』を読むギリシャ語の授業をベッカーが引き受けることが決まった。校長の「悪癖」とその「汚辱に塗れた生」を照らし出した権力の光は、その一件に首を突っ込んだベッカーの生にも光を当てることになる。


あなたが任せられる人間だということはわかっています。たまたまひょっこり現れただけのあなたが、こんなことで煩わされることを申し訳なく思います。（KR 232）

事態を収拾するためにベッカーに助けを求める校長の言葉である。しかし、校長が警告していた「政治的煽動」(78)の影響は校長と絡むベッカーにも及ぶ。ベッカーの教職復帰をめぐる手続上の問題を指摘するやり取りが興味深い。

ベッカーは立ちあがった。「ならば私の申請手続きが片づくまでは消えていろということですか。」 数学の教師も立ちあがった。「気を悪くなさらずに、先生。しっかり身体を治しましょう、もうしばらくお休み下さい、そしてときどき私たちのところに顔をお見せ下さい。」彼はベッカーの手を握りながら耳元でささやいた。「あんなことに首を突っ込むのはやめましょうよ。最近の学校運営は遊び半分ではやってられないのですから。」(KR 386)

ベッカーは、後任の新しい校長からふたたび「休職」を命じられる。表向きは、先の復帰が正規の手続きを踏んでおらず、正式な事務手続きが済むまでは教壇には立てないという理由である。しかし、実際は密告による次のような理由があった。第一に、ベッカーの復帰に至るまでの経緯や、孤立無援の前校長に手を差しのべようとする態度から、校長の「悪癖」を擁護するわけでもないのに、校長を支持する一味だと思われた。第二に、授業のなかで、戦争責任を問うために『アンティゴネー』を引き合いに出して、国家の法に勝る書かれない掟があるのだと説明し、学生が支持する愛国的かつドイツ的な『ホンブルクの王子』を却下したためである。こうした授業は、戦争や革命をめぐる教室内での発言を規制する政令に触れるものではあったたが、それは教室のなかにいる人間にしかわからないはずのことだ。いずれにせよベッカーは異端視されたのだ。にもかかわらず事務的な問題だと根拠づけて慇懃無礼にベッカーを教壇から引きずり降ろすというのは、非常に官僚的なやり方である。「学校運営は遊び半分ではやってられない」という言葉は、個人的な利害関係がモチベーションとなるだけでは、教育の現場に携わることはできない、体制に奉仕する覚悟が求められるということだろう。つまり、制度にのらないと「公」の場に出られないということなのだ。こうしたベッカーと彼の教職復帰に関する当局とのやりとりを通して、国家体制を支える官僚機構に組み込まれた学校の姿と、個人の生を管理し操作する諸権力の存在が浮かびあがる。

ちなみに、『一九一八』では、ベッカーの行動を妨げ、彼の主義主張を握りつぶそうとするこうした動きが一義的に語り出されるわけではない。ベッカーの行動を讃える意見も拾い上げられている。

そこには「前衛的なベルリン市民の会」なるものから、ベッカーを彼らの「同胞」とみなし、「中世的な偏見に抗う勇敢な戦士」と讃える祝いの言葉があった。もう一つの電報は、自由社会主義文化団体による署名つきで、「ブラヴォー、進め、バスチーユに向かって突撃だ」と呼びかけていた。ある性改革者クラブは、男らしく何事にもひるまない彼の態度を称賛し、仲間内で個人的に挨拶したいという希望を伝えていた。「あなたの闘いを私たちが支えます」とのことだ。(KR 436)

非政治的で受け身に徹していたベッカーが憐れな校長に手を差しのべたのは、敬虔なキリスト教徒である母親の影響も大きかった。しかし、ベッカーの本意とは裏腹に、ベッカーが校長のために奔走すればするほど、当時のドイツ社会を網羅するあらゆる言説が彼の歩みに絡みつき引きずり出される。こうしたベッカーの行動もまた、個人的な信仰の問題を越えた数々の個人的あるいは集団的な利害関係に絡め取られ、様々な角度から意味づけられることになるのだ。

ところで、ベッカーが授業で扱うソフォクレスの『アンティゴネー』については、すでに第二部で伏線がはられている。ベッカーは「精神的なダイエットをする[79]」と宣言して、壁にかかっていたゲーテ、クライスト、カント、ソフォクレスといった文人たちの肖像画や胸像を床に置き、本棚を大きな灰色の布で覆うという行動に出る。

「[…]仲間たち、戦争、憂い、死者と手足を切断された者たち、悲惨な戦闘を僕は粗末に扱いたくないんだ。心配しないで。僕はヨブではありません、嘆いたりしません。しかし、それを自分から引き離したりはしません。彼ら皆が、ゲーテやカントやソフォクレス、それどころかクライストまでもが、私を説き伏せようとするにもかかわらず、私は、言葉を失い裸のまま筆舌しがたくそこに存在していたものを忘れることはできない。だから彼らも負けを認めて自分たちの時代がふたたびやってくるのを待つべきなのです。」（VV 101）

ベッカーの「喪の作業」もまた、ローザと同様に、言葉を失った死者たちといつまでも向き合おうとする。いかにしてそれが可能なのかと思い悩むベッカーに、彼がそれまで慣れ親しんできた人文主義的な教養の限界が突きつけられるのである。ベッカーは悪魔と三度の会話を交わすが、三度目に登場するねずみは、ベッカーの考える「良心」が、親や教師や政府や宗教家や裁判官が教育という名目で行う「調教[80]」を通して内在化された権力の贈物であり、そして自律的な真の「私」などはそもそも幻想で、その「私」はこの調教を通して奪いとられてしまうと述べる。自分の「私」がなければ自分は消えてしまうと嘆くベッカーに対して、それこそ「いたって常識的かつ論理的な結末だ」と言って自殺をそそのかす。

ソフォクレスの胸像を彼は床に置き、ねずみが楽しそうにその周りで遊びまわり、像の頭をぴょんと飛び越える。椅子にのったベッカーは金槌を打ちはじめる、その傍らでねずみが笑う。「しっかり打てよ、落ちないように。」ベッカーもまた笑い、金槌を打つ。彼はソフォクレスを引用する。「強い力を持つものが（カーン）、たくさん生きている（カーン）、けれど（カーン）、人間ほど（カーン）、人間ほど（カーン）、強い力を持つ者はない（カーン）。」（HF 253）

この引用では『ドイツの歴史小説』の優れた山口訳を参考にさせていただく。山口は、ソフォクレスの『アンティゴネー』から引用された第二のコーラスに挿入される「Schlag（打つこと、打撃）」という単語を「カーン」という音として訳し、デーブリーンの言葉が含む軽さと不穏さを見事に表しているからだ。[81] ベッカーはこの『アンティゴネー』の第二のコーラスを唱えながら、ソフォクレスの胸像がかけられていた壁に紐を垂らして首吊り自殺を図ろうとする。ソフォクレスの頭の上を飛び越えるねずみがヨーロッパの教養市民層を支えた人文主義的な伝統を茶化し、ハンマーの音は、ベッカーを戦争責任問題の追求や罪の意識へと駆り立てた「正義」や「良心」や「道徳」や「法／掟」といった言葉で語られる、生きている人間を中心に据えて読まれる神話化されたアンティゴネー解釈からの訣別の合図であり、そうした人文主義的価値観の崩壊と終焉を告げる音となる。

しかしながら、この悪魔による三度目の誘惑も失敗に終わる。ベッカーが首を吊ろうとするが、その紐がほどけてしまうのだ[82]。この悪魔の誘惑は主体の自由や力を誇示したかと思えば、死に誘い、それにもかかわらず、自殺を失敗させるという矛盾と緊張を孕んだ動きのなかで展開していく。悪魔との一度目の会話では、褐色の肌をしたブラジル人が力を得て世界を支配し生を享受しろと言い、二度目に現れたライオンは、規定や制限や限度や節度といった縛りを取り払い自由になれと言う、そして最後はねずみによる自殺への誘い。こうした緊張の高まりは、その後ファシズムに傾倒していくドイツ国家や国民の歴史的な経緯と同調する。権力者たちによって誘惑されたドイツの民衆が、箍が外れた極端な興奮状態へと陥り、最後は民衆みずからが自分たちの首をしめてドイツが崩壊するという悲劇的な運命と重なる[83]。

そしてギムナジウムの授業のなかで、これらの伏線が結晶するのである。ベッカーは、あらためて『アンティゴネー』に希望を託す。彼は、『アンティゴネー』を人間中心の、それも生きた人間中心の権威的な教養の伝統から引きずり降ろし、自分の戦場体験を踏まえた現実との文脈において捉え直そうとする。解釈に死者の視点を取り入れ、死者の言葉をすくい上げ、生者たちの世界が死者たちの世界とどう向き合うべきかという問題を作品から導き出すのである。

校長のスキャンダル事件の後、職場を追われたものの無罪放免となったベッカーは、姿を消したハインツ・リーデルを探し出そうと、ついに一月蜂起の市街戦のさなか町に繰り出していく。「銃を撃つ音が聞こえる。ベッカーの心のなかもざわつきはじめた」[84]と、それまでのベッカーにとって外部的な出来事であった革命の喧騒が、彼の内部に侵入してくる。作品の終盤でようやく、主人公フリードリヒ・ベッカーの物語と革命の物語が一つに交わることになる。

ベッカーは、何かに誘われるようにして向かった激戦地のベルリン警察本部で、義勇軍に入った親友のマウスに偶然会い、彼の計らいで建物のなかに入る。ベッカーはそこでハインツを見つけ、さらにハインツと一緒に戦っていたミンナと知り合う。ベッカーは、容赦のないインテリ批判を浴びせるミンナに「臆病者」と言われて、自分はどう行動すべきか戸惑うも、否が応でも戦闘に巻き込まれ、ベッカー自身も銃を手に取ることになる。それも主体的にではなく、何がなんだかわからないまま起こった激しい銃撃戦のなかで、ハインツに銃の使い方を教えようとしたことがきっかけである。帰還兵のベッカーが銃の扱いに慣れているのは不思議なことではない。しかし、切羽詰まったこのような場面で意外にも、「蝶々」と称されるベッカーからは想像しがたい兵士としての彼のキャリアが発揮され、彼の世界大戦時の戦場体験がより生々しい形でオーバーラップすることになる。

カールとローザの殺害でもって革命が鎮圧され、ワイマール共和国が誕生し、新しい憲法が制定され、歴史は進むが、『カールとローザ』のラストにおいて、ベッカーは悪魔にそそのかされて賭けに挑み、正真正銘ついに本性を露わした悪魔の罠に落ちる。その後、ベッカーは流浪の放蕩の末に野垂れ死ぬ。

瀕死のベッカーの脳裏に、彼と関わり、そして時代の犠牲となって死んでいった人々との記憶がフラッシュバックする。そして、彼は天使アントニエルに導かれ、黙示録に登場する救済の都市、聖エルサレムに辿りつく――かのように見える。


彼らが唄うのが聞こえるか、天国エルサレムの歌を。

聖なる都市、はるか彼方にそれはある、誰もそれを征服することはできない。

その山の向こうの聖なる都市、雪の頂きの向こう。そこには花びらが降りそそぐ。殉教者や聖人たちのあらゆる血がその町に注がれる。はるか彼方にその町は、神の小屋はある。

そして彼はあらゆる涙をぬぐいとるだろう。そして死はもはや存在しなくなるだろう、そして苦しみや痛みや叫びも。（KR 659）

ところが、デーブリーンの小説では、美しいハッピーエンドにはならない。聖エルサレムの讃歌が響き渡ったかと思いきや、救済とは無縁の現実がベッカーを襲う。この引用は次のように続く。

あの老いた女が朝、機嫌の良い犬を連れて通りかかったとき、フリードリヒはうつぶせになって横たわり、動かなくなっていた。彼女が彼をひっくり返すと、彼の口と顎から血の混じった泡と粘液が流れ出した。彼女は彼のどんよりした眼を閉じてやった。彼は衣服を脱ぎ捨てていた。あとから、人々はこの死体にひどく手を焼かされた。というのも彼らは警察をガレージに入れたくなかったからだ、ならば、こいつをどこにやればいいのだ。そこで彼らは日が暮れるのを待ち、夜になって、野菜車に積んだ箱のふたの間に彼らの死んだ仲間を載せて港まで運んだ。そこで彼らは石炭袋に入れられたその死体を小さなモーターボートに積み込み、暗闇のなか小さな船旅に繰り出した、そのときにこっそりこの石炭袋を水のなかに滑り込ませたのである。(KR 660)

ベッカーは戦争責任の所在を追求し、それに加担した罪の意識に苛まれながら、不確かな自己存在の確かな根拠を見出そうと彷徨した。キリスト教に目覚めて「善き人」になろうと奮闘した主人公に、野垂れ死にという過酷な運命を授けるのがデーブリーンである。死んでなお人としての扱いを拒否されるベッカーの破滅において、黙示録で預言される善と悪の行末、そしてカタストロフの後に待望される救済は機能しない。彼の死が殉教者・犠牲者として美化されることもない。これは、本作品におけるカールやローザの死の描写にも共通するものだ。現世での苦悩や過酷な生を、救済に至るために必要なプロセスとして肯定して意義づける黙示録的な言説は、登場人物の死を犬死として描き出すデーブリーンの小説のなかで脱ドラマ化され[85]、救済のヴィジョンを打ち出すことさえ不可能な現実世界の有り様が浮かび上がる[86]。

『一九一八』では、黙示録的な状況のなかでサタン的なるものが露見する。デーブリーンは、そこに象徴されるヨーロッパの不遜の限界とカタストロフから目を逸らさず、それらを美的なヴェールで覆うことも、抽象的な言葉で飾り立てることなく、すべて自身の小説のなかにはっきりと示して見せる。デーブリーンにとって、サタン的なものからいかにして解放されるか、その先にある世界は何か、それが問題なのだ。

第四章　権力の諸相

『一九一八』において、主人公のベッカーもカールとローザも、命を落とす脇役たちも、生贄として屠られた「子羊」たちである。そして彼らの犠牲のうえに生き延びるのが殺害者たち、帝政崩壊後のドイツを動かした諸権力を代表する者たちである。サタンが裁きを下すデーブリーンの黙示録では、登場人物たちの死を通して露見したサタン的なる獣性や悪徳が、生き延びる者たちの相貌に浮き彫りにされる。最終章では、さらなる酷い世の到来を予感させる権力者たちのサタン的な相貌に光を当てていく。

一．群衆——権力を渇望する者たち

『ヨハネの黙示録』とは、パトモスのヨハネから、抑圧され苦しむ小アジアの同胞に慰みとして送られたものである。この点についてはすでに述べた通りであるが、大勢の民衆に語りかける黙示録では、言葉によって語り出される「幻視」が大きな役割を果たしている。それはイメージの宝庫であり、ある種の「雰囲気」を伝える。黙示録とは大スペクタクルを呼びものとして書かれたものだと説明するドゥルーズは、次のように述べている。

小さな死と大きな死、七つの封印、七つのラッパ、七つの盃〔鉢〕、第一の復活、至福千年、第二の復活、最後の審判……かくして待望は満たされる。期待はその占めるところとなる。「フォリー・ベルジェール」〔パリにある、スペクタクルが売りもののミュージックホール〕さながらの大スペクタクル。天国の都もあれば、硫黄渦巻く地獄の湖もある。どんな災厄や苦難、神罰が敵たちをこの湖で待ちかまえているか、そしてどんな栄光が選ばれた者たちをこの都で待っているか、そうした一切がいまや具《つぶさ》に語られなくてはならない。彼ら選ばれた者たちは他の連中がどんな目に遭うかを知り、それに引き比べて我が身の栄光のほどを知らなければならないのだ。(1)

鳴りもの入りの見世物、つまりスペクタクル性を帯びたイメージで埋め尽くされる黙示録の内容は大衆的である。この今の苦痛をなんとか耐え抜けばきっと良いことがあると励ますような、暴力的な圧政からの「選ばれた者たち」の救済の物語といえば聞こえは良いが、見方を変えれば、黙示録とは様々な生き方や生き延び方や裁き方が示唆された、憎悪に満ちた「我こそは生き残らんと思う人々すべての書、〈ゾンビ〉たちの書」であった。救済の瞬間、すなわち「生き残る瞬間は権力の瞬間」であり、「死を眺める恐怖は、死んだのは自分以外の誰かだという満足感に変わる」(2)と述べたカネッティを踏まえれば、黙示録が我々に露見して見せるのは「群衆」と「権力」の宗教観なのかもしれない。最後の審判や世界崩壊のプログラムという黙示録的なクライマックスの影で、ルサンチマンを胸に抱いた群衆の復讐心や栄華への欲望が半ば陶酔的に爆発するのである。

『一九一八』の場合、各巻のタイトルを見ると、第一部『市民と兵士たち』、第二部第一巻『裏切られた民衆』、第二巻『前線部隊の帰還』とあるように、第三部以外は、「市民（Bürger）」、「兵士（Soldaten）」、「民衆（Volk）」、「前線部隊（Fronttruppen）」と、特定の集団の名称がタイトルになっている。それだけに、革命の歴史／物語について叙述する本作品は、特定の主人公を設定しながらも、そうした登場人物の動きを通して、大勢の人の群れからなる様々な社会集団が前景化するような語りの仕組みになっている。黙示録では「選ばれた」貧しい人々や弱者たちの報われるべき権利が主張されるが、デーブリーンは、彼らをへりくだった可哀そうな人間としては描かない。むしろ、既存の権力を破壊しようとする心を浮き彫りにして、彼らもまた権力を望む人々、権力への意志を併せ持った実は恐るべき人々だと読者に示して見せる。[3] 民衆は、この世界に新たな権力をもたらすために「キリスト」を「復活させる」。しかしながらそれは、愛とは無縁の、破壊と殺戮の限りを尽くして権力を讃える「全能なる征服者キリスト」[4] である。『一九一八』では、この「全能なる征服者」が神に成り代わるサタン的なるものとしてその姿を現す。

一方、歴史叙述における「革命」には、古い秩序を崩壊させる群衆の存在が欠かせない。『一九一八』における群衆も様々な様相を呈している。敗戦と旧体制の崩壊から無政府状態に陥り秩序を失う市民や兵士たちがいる、そして路頭に迷う彼らに進むべき方向性を与えるような動きが現れる。それが「革命」だった。反革命派であれ革命派であれ、「革命」という言葉に引き寄せられ集う人々の群れが、歴史的な群衆へと姿を変える過程が詳らかに語り出される。第三部『カールとローザ』において、復讐心と権力への意志に満たされたベルリンの革命群衆の熱気が最高潮に達する。

蜂の群れ――秩序の崩壊

第一部『市民と兵士たち』では、アルザス＝ロレーヌ地方のドイツ軍支配の終焉が描き出される。革命勃発を決定づける古き秩序からの訣別が、軍内部のヒエラルヒーの崩壊、野戦病院の解散と軍の撤退、そして荒廃する都市の風景などから明らかになり、規律や統制機能を失って無秩序状態に陥る人間の群れが描き出される。

下々のものたち、町の男たち女たち、荷車や牛車をひいた農家の男や女たちの群れは、どう見てもバスチーユ監獄襲撃のようには見えなかった。彼らは兵舎で大規模な略奪が行われるという噂を聞いてやってきたのだ。(BS 77)

バスチーユ監獄の襲撃と比較されるアルザスの略奪群衆は、ドイツ十一月革命の「ドイツらしさ」を表しているだろう。国家の周縁の地にまで及んだ革命の喧騒ではあるが、アルザスの群衆の様子は「花の匂いにつられて近づいてくる蜂の群れのように(5)」と、のどかな風景に喩えられている。

この土地の人間にとって革命の喧騒は、占領軍からの解放を祝うお祭り騒ぎに過ぎない。独仏国境地帯の中間的な土地柄に、古き秩序の崩壊から新しい体制に至るまでの過渡的な歴史状況が上手い具合に重なる。ドイツ軍が撤退した後、フランスに土地が返還されると同時に、このアルザスのこの土地からも「ドイツ」の革命は消える。

アルザスから撤退するドイツ軍や野戦病院の様子もまた、蜂の群れに喩えられるが、こちらは「女王蜂を失い散り散りばらばらになって世界のあちこちに飛んで行った蜂のよう」(6)だ。あるいは、「地中の深くまで枝分かれしながら食い込んでいた木の根のように」(7)屈強だったドイツ軍から、「枯れた木の葉のように舞い落ちて散っていく」(8)兵士たち。いずれにせよ、兵士や野戦病院を一つにまとめて統制していた軍の秩序が崩壊し、そこに属していた者たちは放り出される。差異を識別しがたい「落ち葉」や「蜂」などの小さな自然界の被造物に喩えられる兵士たちの姿に、平板化の力の作用が見て取れる。兵士たちは、個別性を剥奪され、駒の一つとなって国家に奉仕する役割を与えられていたが、敗戦と革命により総動員が解除されるや、軍内部の規律を支えていた階層性も解消される。「他人の意のままになる人間(Freiwild)」(9)と化していた下級の兵士たちは、自分たちを束ねていた主人なき後の進むべき方向性を見失い路頭に迷う。故郷に帰り居場所がある者はいいが、そうではない者は宿無しとなる。

ベンヤミンは、ポーの通行人の群れに浮かびあがる野性と規律のせめぎあいについて、かろうじて規律が群衆の野性を制御していると述べている。(10) 一九世紀のパリの群衆と二〇世紀のベルリンの群衆は違うといわれるかも知れないが、市民社会における都市群衆という条件つきであれば、このパリとベルリンの群衆を並べて考えることは許されるだろう。平和な市民社会においては、超個人的な制度としての諸権力による総動員が機能し人々の秩序は保たれる。しかし、革命や終戦を境に、ドイツ国内ではこうした総動員は機能しなくなる。そして、アルザスの略奪群衆が示すように、旧体制の崩壊とともに都市生活者たちの内面や行動を制御し統制していた規律もまた機能しなくなり、人々の内部に潜んでいた野性が噴出する。人々の、そして群衆の相貌が秩序の崩壊した都市の相貌と重なり合う点は、第二章「都市の観相学」においてすでに指摘した通りだ。

軍の崩壊は総動員を混沌に陥れる。前線兵士のなかには民間人に武器を売り渡し、許可なく軍を離れる者が続出した。ベルリンは戦場から戻っても故郷で居場所を見つけられない男たちであふれかえる。ベッカーの友人で元少尉マウスもまた、通りをぶらぶらしながら考える、「自分がこの世でまだなんとか使いものになるのかどうか」と。(11)

彼らは皆、この何もすることがない者たちの群れは、夕方になると薄い泥のように建物へと吸い込まれ夜は見えなくなるが、朝になると大きなホースから吐き出されるようにして街路にあふれ出し、そこを何時間もちょろちょろと流れ続けるかのようだ。(VV 50)

全く個別性が浮かびあがらないまま「泥」呼ばわりされる兵士や失業者の群れがベルリンの通りにあふれる。生きる方向性も定まらず、彼らは社会から追放されたも同然だ。マウスの他にも、ミンナの兄弟で帰還した兵士のエードゥアルト・イムカーやその同僚、そして兵士を殺害して逃走中の元少尉ハイベルクらのエピソードにも、こうした社会状況が映し出されている。
「除隊した兵士たちが革命の群衆のなかに流れ込んでいる[12]」と、カール・ラデックが述べているが、革命にせよ反革命にせよ、「革命」の呼び声につられて集まる大勢の人間の群れが、パーソナルな「家／居場所」を失い社会の周縁へと追いやられた者たちの避難所となる。彼らは、左翼の指導者たちが掲げる黙示録的な階級闘争のヴィジョンに煽られ、被追放者として「革命の陶酔[13]」のなかに避難しそこに己を埋没させる。こうした「革命の陶酔」が、見棄てられた者たちの「麻薬[14]」となり、秩序が崩壊し規律を失った群衆をまとめあげて突き動かす力へと変容していくのである。

見世物化される革命群衆

次に引用するのは、革命の犠牲者を悼む弔い行列の場面である。そこでは語りの焦点対象としてマウスが登場するが、彼は群衆のエネルギーに圧倒される。鳴りもの入りのファンファーレとともにはじまるこの葬列は、「死と復讐者たち[15]」の登場でクライマックスを迎える。入れ替わり立ち替わり楽隊が音を鳴らし、革命歌やフランス国歌が繰り返し唄われ、そこに集う人々の間に戦慄が走る。

［…］それは単なるパレードや見物ではなかった。気をつけろ、こんなことが起こるなんて、お前までやられてしまうぞ。おまけにその威嚇、遺体を乗せた荷車の後ろをいく水兵たちとき

たら。不気味な護衛兵たちが通り過ぎてもその魔力が解けることはなかった、群衆は心を打たれ、彼らがふたたび我に返りおしゃべりをはじめるまでに時間がかかった。［…］少尉マウスは、すでに空っぽになってしまった頭で雑踏のなかに立ちすくんでいた、彼はまだそこにいた、この雑踏から抜け出せなかったのだ。（BS 242f.）

帰還兵のマウスは部外者としてこの光景を眺め、ベルリンは見世物と化した革命の舞台となる。犠牲者の遺体と護衛の水兵たちが黙示録的なモチーフである「死と復讐」を象徴する。犠牲者の死は殉教として美化され、人々をまとめあげるための道具となる。現場のあらゆる視線とあらゆる意識がそこに集中し、人々は「死と復讐」という単一の「物語」に取り込まれ革命の群衆として融合するのだ。「革命の勝利をともに見た[16]」マウスの自己も陶酔する群衆に紛れるなかで解消され、半ば無意識にこの物語に呑まれていく。

こうした革命に集う群衆の様子は、さらに様々な距離や角度から捉え直される。

数え切れないほどの人間が歩道を埋め尽くし、そして窓からのぞいている。祝祭的かつ脅迫的な黒い行列が巨大な餌箱のように彼らの前を通り過ぎ、彼らはその匂いを嗅いだ。（BS 249）

革命派の群衆は「祝祭的かつ脅迫的な黒い行列（der schwarze, feierliche, drohende Zug）」と単数形で、そして、他のまとまりのない野次馬の群れは「彼ら（sie）」と複数形で示される。革命の行列は指導者の掲げる社会主義国家の実現という同じ目的を目指して連帯する「ひとつ」の大きな塊である。そして、そこに加わらない連中は、ばらばらな「複数」の人間の集まりとして捉えられている。先ほどの引用ではマウスの視線を通して群衆を捉えたが、ここでは俯瞰する語りの視線がこの二種類の群衆の差異を浮かびあがらせる。続く場面で、語りの眼差しは革命群衆の行列を眺める路上の野次馬たちと視点を共有する。

彼ら何千もの人間が歩道に人垣を作り、驚きのあまり目をむいた。群衆という崇高で巨大な野獣が、大きな口を開いた竜が、音楽に導かれながら彼らの横をゆっくりと進んでいった。雄叫びを上げて旗を振る戦争という巨人はすでに知っていたが、うさんくさそうにこの新しい怪物を眺めるのだった――戦争と瓜二つの革命だった。(BS 250)

『一九一八』では、ベンヤミンが一九世紀のパリの群衆に見出したような、人が群衆のなかに埋没することの歓びは問題にならない。カールは演説をしながら、群衆に自分の「私」が奪われると感じ、マウスはその熱気にのまれそうになる。このように自己を見失いそうになって恐れおののくマウスやカールの様子からも明らかなように、デーブリーンの群衆には、切羽詰った危機的状況が色濃く漂う。至近距離から行列を眺める野次馬たちの視界に入るのは、人ではなく「怪物」や「竜」と称されるこの世ならぬ残忍で巨大な生き物である。『ヨハネの黙示録』において、「竜」や「大きな獣」は天から降ってくる「悪」の象徴とされ、全人類を惑わすものと見なされている。デーブリーンが、革命に集う労働者たちを虐げられたかわいそうな人たちとして一義的に描き出すことはない。むしろ、無知や欲望、そして搾取者たちに向けて剝き出しにされる憎悪やコンプレックスが彼らを行動へと突き動かし、こうした野蛮な「怪物」が作り上げられていくのだ。

次に、ドイツ十一月革命のクライマックス、一月六日にティーアガルテンに押し寄せる革命群衆の様子を見てみよう。

そう、何十万人もの人間が町中からティーアガルテンに押し寄せる、止むことのない万歳の叫び声や野次のもと、音楽や歌声とともに。大きな流れが何千人もの態度を決めかねた連中をのみ込んでゆく。行列が通り抜ける道路沿いの歩道ではブルジョアや穏健派が押し合いへし合いしている。彼らは、ここを歩いているのは裁きを下す者や復讐者たちで、処刑の刀が振りかざされたのだと感じていた。(KR 312)

ここでも語りは沿道の傍観者と眼差しを共有しており、革命群衆の見世物的な性格が強調されている。こうしたデーブリーンの歴史的な革命群衆のなかに、カネッティが『群衆と権力』で示すような群衆の特質が具体的に浮かびあがる。つまり、群衆は常に増大するということ、群衆の内部において階層的な差異が解消されるということ、群衆は緊密さを求めること、群衆はある一定の方向を必要とするということ。[17] こうした条件が揃うとき、群衆は主体性を獲得して一つの塊となる。「革命は行進して」[18]、「町全体が動き出す」のだ。[19]

一方、「裁く人」という言葉が、ティーアガルテンという大きな庭を「法廷」という舞台装置に仕立て上げ、革命は「裁判」という見世物に変わる。革命群衆を眺める野次馬たちは傍聴者だ。

革命のクライマックスにおいて、『ヨハネの黙示録』にある「私はいくつもの王座を見た、そしてその上に座っている者たちがおり、彼らに裁きが委ねられた」[20]という一節が喚起される。これまで人を裁くこともなく裁く権利も持たなかった人々が、「審判」の体系の中心を担うときこそ、彼らの復讐のときである。「審判」＝「裁きを下す者」＝「神」＝「権力」という図式に、ルサンチマンを抱いたベルリンの革命群衆が組み込まれる。「裁く力」が彼らの自律的な能力となり、彼らの手による新しい権力や秩序が成立するための準備が整うのである。

しかし、デーブリーンの革命の歴史／物語は、あくまでもドイツの革命について物語るものであることを忘れてはならない。先の引用は以下のように続く。

ティーアガルテンの広い戦勝記念大通りが群衆に占拠された。ブランデンブルクとプロイセンの辺境伯や選帝侯や王の白い石像の列がおとなしく背景に退いている。彼らは被告人代表として、葉の落ちた木々の間の台座の上に立ち、人々が申し立てようとする訴えを待ち構えていた。先祖の罪を否認することはできなかった。告発人たちは勢ぞろいして現れた。しかし、誰がこの法廷を仕切っていたのだ？　裁判長は誰だったか？　だれが判決を下すのだ？　群衆はここにいる、指導者はどこだ？（KR 312）

当時、実際に現場に並んでいた大理石の石像を「被告人代表」に指名する語りの演出が、裁きの時を迎えるこの革命の正念場を、箱庭のなかで展開される戯画化された法廷劇に変える。この大理石でできたブランデンブルク・プロイセンの辺境伯や選帝侯や王の巨像は、ヴィルヘルム二世によって建てられた輝かしい帝政ドイツの遺産である。デーブリーンが『ポーランド旅行』で言及している戦勝利記念大通りに沿って(21)、この三十二体の立像は年代順に並ぶ。これら歴代の支配者たちの像は輝かしいプロイセン・ドイツの発展の歴史を讃える「野蛮のドキュメント」であり、また、革命群衆たちが敵視する君主制支持者たちのルーツである。

ところが、判決を言い渡すはずの肝心な裁判官が現れない。革命派の指導者から蜂起の合図が出ないまま取り残された群衆や、裁きを待つ石像たちの様子が次のように語り出される。

何時間も過ぎていた。いぜんとして同じ木々ばかり。木々の間には相変わらず白い大理石像たちの嘲笑的な列、ブランデンブルクとプロイセンの辺境伯や選帝侯や王たちである。[…]人々は旗を床に置いた。自分の周りにスペースを作ってしゃがみ込んだ。通りを埋めつくす群衆の真ん中に腰を下ろし休憩をとりはじめる者がいた、何人かは弁当持参で、あちらこちらでピクニックのような光景が生まれた。(KR 317)

「群衆はここにいる、指導者はどこだ」という問いもむなしく、計画も目標もなく武装したプロレタリアートはその指導者たちに放置される。しかし「ピクニック」という言葉が革命を余興に変え、群衆たちの様子を定点観測的に眺める石像たちが気の抜けた革命のクライマックスを嘲笑う。力不足の指導者たちに見捨てられた日和見主義的な革命群衆の物見遊山の姿が、自滅していくドイツ十一月革命の性質を如実に物語っている。

じっとしていられない幽霊の群れ——死者たちの革命

デーブリーンのドイツ十一月革命の歴史/物語には、歴史叙述的なテクストからその生真面目さを奪うような、それどころか歴史的事実として語られる出来事を茶化して見せるような遊戯的なエッセンスがちりばめられている。先の引用に登場したティーアガルテンの石像たちもそうした典型的な例である。

「戦勝記念大通りの真夜中(22)」というタイトルが添えられた章で、この大きな大理石の石像たちにスポットライトが当たる。真夜中の散歩が石像たちの日課になっていたが、ティーアガルテンに集結した革命の群衆が、人々の記憶のなかに生きる石像たちの秩序ある日常に揺さぶりをかけ、これまで抑え込まれていた石像たちの不平不満を爆発させる。

この家系図がまるごと、すなわち歴史年表がまるごと、ぎしぎし、めりめり、と音をたてて動き出した、彼らは取り乱し大騒ぎをして、今日ここで起こったことの全てを知りたがった。
(KR 337)

「表現主義様式の石像たち」の身体は歪んでいる。真夜中になりアルブレヒト熊公が革命をスラブ人の来襲と勘違いして騒ぎ出すやほかの石像たちも何事かと不安にかられて動き出す。しかし、歪んだ体のせいで彼らは思うように動けない。ベルリン州のシンボルの由来でもあるアルブレヒト熊公は、右足が左足より数センチほど短いので足を引きずって歩くしかない。聞こえ過ぎる大きな耳を持つフリードリヒ・フォン・ホーエンツォレルンこと、ニュルンベルク城伯爵には、アルブレヒト熊公の騒ぎ声はあまりにもつらい。大選帝侯フリードリヒ・ヴィルヘルムはかつら頭が木の枝に引っ掛かり、無理やり取ろうとしたらかつらが外れて禿げ頭が剝き出しになる。身体の自由を奪われた石像たちは、「死んだ人間に対しては何をやってもいい」[23]と考えられていることに怒り、その生者の身勝手な「芸術」が作り上げた自分たちの悲惨な体形を嘆く。

そして、七年戦争を指揮した「フリードリヒ大王」、痩せて鼻の尖った老フリッツは、「昼は薄汚い子供や子守女たちにぼけっと見つめられ、夜はこの叫び声に耐えて、こうして思い出のなかに生き続けなきゃならないとは」と、熊公の叫び声に腹を立てながら、石像としての己の身を愚痴る。これに対して、「革命問題の専門家」と称される年若のフリードリヒ・ヴィルヘルム四世は次のようになだめる。

死後の生なんて全く楽しくありませんよ。私たちはここで先祖や先の元首として台座の上にぼんやり突っ立っていなければなりません、確かに、いささか動物園のお猿さんみたいですがね。

しかし、私たちは国家に対して責任を負っています、だから死んだ後も人形になってこの世にとどまるのです。大理石の身はどう見ても不愉快きわまりないですがね。でも、あっさりあとかたもなく死んでいったほかの者たちのことを考えてみてください。あの者たちはわずらわしい腐敗と純化の過程を味わいます。それだって気持ちのいいものじゃありません。（KR 339）

石像の嘆きや文句を通して死者たちの声が拾い上げられる。国家の進歩史的な歴史観に寄与する支配者の像が、見世物化された自身の死の扱いに文句をつけながらも制度化された歴史的記憶を自己批判し、さらに、彼らの傍らで跡かたもなく消えていった死者たちの存在に目を向けさせる。真夜中の戦勝記念大通りに「じっとしていられない幽霊の群れ[24]」が集い、石像たちの前に、革命の犠牲者の影や戦場で亡くなった兵士たちの群れが現れる。

すると彼らがやってきた。しかし、なんと、なんという数！　その数があまりにも膨大なため、彼らは揃って同時に通りを行進できなかった。そこで彼らは上下に重なり合って進んだ、アスファルトの上を進む者もいれば、その彼らの頭上をいく者がおり、さらに木の上、そして木の頂にもいる。［…］第四甲騎兵連隊のうち十二月十日に帰還したのは四八名で、そのほかの者は全て遠く離れたフランスのエーヌに眠っていた。今、彼らが、あの四八名以外の全員がここにやってきたのだ。（KR 341）

戦死した兵士たちの群れ、無数の死者たちの幽霊がうごめく。このティーアガルテンを埋め尽くす夥しい戦死者の幽霊の数と生き残った四八名の数の落差が戦争の酷さを際立たせる。

十二月にベルリンに帰還した部隊のパレードの様子は本書の第二章で引用した通りだ。彼らは市民に迎えられ、表向きエーベルトら政府の指導者からも栄誉を授けられていた。今ここに集うのは、帰還した部隊と一緒に戦うも誰の目にも留まらず、誰からも称賛を浴びることのない戦死者たちである。こうした大きな歴史からこぼれ落ちる死者たちのなかに、ノイローゼを病むベッカーをじっと見つめていた目のない兵士や、国家が数値化して表した膨大な数の戦争の犠牲者たちも含まれる。そして兵士たちのなかに、革命の犠牲者たちも混じっている。いずれにせよ、これまで物語の背景に退き沈黙していた死者たちが、『カールとローザ』のクライマックス、革命のクライマックスで、ついに声をあげるのだ。

> 地面からいくつもの声が轟いた、「あいつらだ、罪人が、犯罪者がいる。つかまえろ、隠れたぞ、奴らを叩きのめせ。」［…］影たちの、裁きを下す者たちの、復讐者たちの荒れ狂う群れが四方八方から押し寄せ、石像たちの頭の上で身体を揺すった。（KR 343）

幽霊の群れは、恐れおののき植え込みに隠れた石像たちの存在に気づく。幽霊たちは、自分たちを身勝手な戦争に巻き込んで生き延びた君主制の支持者たちに闘いを挑むための声や身体を奪われている。そのかわりに死後の世界で復讐のチャンスを与えられるというわけだ。彼らは、旧君主である石像たちに裁きを下し、最後の決戦に挑む。死者の世界にも革命の波が押し寄せるのだ。

あの辺境伯や選帝侯たちは逃げる途中で、身軽になろうとして徽章や武器や甲冑を放り出した、そのため芝生一面があっという間に盾や刀や国章で埋め尽くされた。幽霊の群れがフリードリヒ一世の王衣を持ってあちこちで踊りまわっていた。それを身に纏っていた王は哀れな姿で木の幹に顔を押しつけ怖がっていた。(KR 343)

旧君主の石像たちがその権力の象徴である宝飾品や武器を放り出し、戦死者たちの幽霊が彼らの王衣を奪うことは、支配者から被支配者への権力の譲渡が成し遂げられたと考えられよう。幽霊の群れたちが革命を遂行し石像たちの完全なる敗北を導き出したかのようだ。石像たちは放り出した装飾品を拾いながら元の台座に戻る。

それはそうと、何体かの石像は間違った台座に上ってしまった、そのままそこで彼らは大人しくしていた、そして、そのうちにより多くの王侯たちがめちゃくちゃな年代順で並ぶようになったが、誰にも気づいてもらえなかった。(KR 345)

石像の乱れた並びから、あくまでも死者の世界においてであるが、大きな歴史における死の階層性が解消され、時系列に沿って発展史的に示された歴史秩序が崩壊し、新しい秩序が生まれたと読むことも可能だろう。また、誰にも気づかれないという点で、支配者たちの歴史がベルリン市民や見物にやってくる市井の人々の関心から疎外されているということも明らかだ。

デーブリーンは、死者の世界の闘いを、黙示録が描き出すような恐ろしいあの世の風景としては描き出さない。敗戦とホーエンツォレルン家の滅亡を告げられた石像たちが、まさかと驚き仰天して議論をはじめようが、甲騎兵の生首が生き残った帝政ドイツの支配者たちに裁きを下し、「生者たちに呪いあれ！　裏切り者に呪いあれ！」と声高に命令しようが、幽霊たちが石像に「ぶどう」のように群れようが、キッチュなホラーにしか見えない。

「ぶどう」のように群れる幽霊たちは、石像たちを引き裂いて首を締めようとしたが、蓋を開けて見れば、石像たちにとってそれは「マッサージ[25]」でしかなかった。それはむしろ、歪な形の彼らの身体に「新たな柔軟性」を与える心地よいリフレッシュとなった。「ああ、これは敗北だった[26]」と述べられることから、石像たちが敗北を喫したように思えるが、実は革命が彼らに決定的な効果を及ぼせなかったということ、それどころか新たな活力を生んだともいえる。「影」や「ガラスのように透けている」と称される輪郭のぼやけた捉えどころのない無名の幽霊たちに対して、石像という確固たる形を与えられて、生きている者たちの記憶のなかで生き延びていく支配者たちの懲りない性質をデーブリーンは見逃さない。

石像たちはカールとローザが殺害され、革命が挫折したことを知るや大喜びで踊り出す。

旧軍人階級の男たちがドイツでふたたび舵をとるであろうことがはっきりしたそのとき、戦勝記念大通りが動き出した。今は辺境伯も選帝侯も王たちも戦勝記念大通りでじっとしてはいられなかった、彼らは革命家たちが眠る墓の上でバレエを披露した。彼らは暗闇のティーアガルテンや町を踊り進んだ。カールとローザの墓まで行き、フリードリヒスフェルデを歓喜の叫びが入り混じる風で満たした。(KR 644)

革命の犠牲者たちの前で、君主制の支持者である軍の復活を喜ぶ石像たちの様子が、「旧君主たちはこれほど波瀾に満ちた愉快な日々を久しく経験していなかった」[27]と語られる。石像の身に託して戯画化される旧君主たちのキャラクターや、「愉快」に語り出される過去の幽霊たちの超現実的なエピソードによって、ドイツ十一月革命は何世紀にも遡る支配者たちの歴史との連続性のなかで捉え直される。この語りの軽妙さが、現実世界の血腥い激しさや厳しさを骨抜きにするようなのどかな印象を生じさせ、滑稽な大理石の人形にまで馬鹿にされてしまうドイツ十一月革命の気の抜けたナイーヴさが色濃く浮かびあがるのである。

二．獣たちの横顔——「オオカミ人間」

実在の人物であるカール・ラデックは、ジャーナリストという肩書で潜伏活動を行うロシア人として作中に登場するが、彼はドイツ人を動かすのは空腹でも憎しみでもないという闇商人モッツの言葉を思い出す。[28]

あの皮肉家、気どり屋はさっき何と言ったか、ドイツ人を動かす唯一のものは神かサタンだと？　ひょっとすると彼の言う通りかもしれない。（HF 275）

モッツもラデックも裏社会で活動する仕事柄、距離をおいて革命の成り行きを観察せざるを得ない。そうした彼らの言葉は辛辣かつ解説的だ。ドイツ十一月革命による「地上に聖アウグスティヌスの神の国を築こうとする試み[29]」は、モッツの予想通り反革命勢力となる「白軍」によって鎮圧される。そして、世界大戦や革命を生き残りその後のドイツを動かしていくのは、この「サタン」的な力に突き動かされる人々である。以下、生き残る登場人物たちに焦点を絞り、このサタン的なるものがその人物像のなかにいかに投影されているのか考察していく。

実はこのサタン的なる人間たちを最も恐れているのが「カール」ことカール・リープクネヒトである。

そして彼は、またしても恐怖の表情を浮かべながら、最近あちこちで見かける白軍にいる新しい人間のタイプについて話した、ジャッカルのオオカミの顔をした、名状しがたい悪意や非情の表情をたたえた新しい人間のタイプについて。それは戦争の産物で人間のもっとも退化した型であった。すでに自然界から脱落したオオカミ人間である。もっぱら動物よりも劣る退化。

というのも、われわれの文明も自然の一部だからだ。お互いにきちんとした関係を築けるように理性というものがわれわれには与えられている。しかし、オオカミ人間たちはその理性を利用して自分たちの手で自然を台なしにするのだ。(KR 525)

白軍を組織するのはエーベルトら反革命政府とそれを支える軍部で、義勇軍もこれに含まれる。義勇軍に集まる兵士をカールは「新しいタイプの人間」「オオカミ人間」という言葉で表現している。この人間像を特徴づける「非情」「不屈」「強さ」「厳しさ」を意味する「Härte」や、「悪意」や「たくらみ」を意味する「Tücke」という言葉は、第三章で言及したサタン的な力に重なると同時に、「新しいタイプの人間が生み出されなければならない」と唱えたレーニンの姿を蘇らせることになる。この点において、「オオカミ」という隠喩は、生き残れなかったベッカーやカールやローザを表す「蝶々」の対立項でもある。

近代化を促した啓蒙的理性や合理性の極みが世界大戦であった。その戦争が自然界で最も劣る人間のタイプを生み出したと主張するカールの言葉は、啓蒙的精神が目指す人間の進化や社会の発展が孕む矛盾を捉えている。

ベッカーがマウスとヒルデに対して述べる「戦争は啓示する、われわれがどういう状態にあるのかを」[30]という台詞からも明らかなように、『一九一八』が最も大きく「露見(offenbaren)」させるのは、社会の近代化が進むにつれて退化していく人間の姿である。すなわち、それはカールが指摘する「啓蒙の弁証法」によってオオカミに喩えられる人間の獣性であり、二〇世紀の野蛮の根源を探るなかで行きつくのは結局のところそこなのだ。

権力におもねる脇役――生き延びるアダムとエヴァ

(一)　ヒルデ

神になり代わった権力者に逆らい楽園から追放された二〇世紀のアダムとエヴァがカールとローザならば、生き延びるもう一組のアダムとエヴァがいる。それはベッカーの友人であるヒルデとマウスだ。本能的にそして巧みに権力におもねることができるこの二人が追放されることはない。

ヒルデに関しては、その人物像において、矛盾する複数の性格が入り乱れるため、彼女を取り巻く登場人物のみならず読者もまた惑わされる。敬虔なクリスチャンで看護婦という設定の彼女は、前線の野戦病院では入院するベッカーの担当看護婦であり、戦後は、戦争ノイローゼを患うベッカーの心の支えとなり、自殺未遂を犯した彼の第一発見者となり、そして革命派の武装蜂起に加わり逮捕されたベッカーの逃亡の手助けをする。こうした救済者的な働きから彼女には第一に聖母《マドンナ》としての役割が見出される。一方、関係した男を自分の虜にさせて破滅に至らせるという点で、不実な誘惑者＝娼婦＝「モナ・リザ」の相貌も与えられる。聖なる救済者と不実な誘惑者という相矛盾する二つの女性像を統合し「マドンナ・リザ（Madonna Lisa）」[31]と評されるヒルデには、はじめての男となるベルンハルトとのなれそめや、ベッカーの親友マウスに身体を奪われるエピソードから、男によって搾取される女のイメージが書き込まれているとも言える。[32]「どのような力が彼女を僕に送り込んだのか、良いものなのか、悪いものなのか」[33]というベッカーの問いも、こうした彼女のキャラクターが内包する矛盾から生まれたものだと考えられる。また、ヒルデ自らが認識する自己イメージと、作中の登場人物たちが思い描くヒルデ像に微妙な齟齬が生じている点も気になる。そして関係した男を二人も破滅させる彼女に、聖なる救済者や男に搾取される女としてのレッテルを貼ることにも違和感を覚える。むしろ、状況に応じて主体的に男を取り替え、周囲の環境に巧みに適応していく切り替えの速さの方が目立つのではないか。

ベルンハルトは、「君は否定できないだろう、君こそが――はじめたのだということを。君はエヴァだということ、誘惑者だということを[34]」という言葉をヒルデに投げかけている。ヒルデは誘惑者としてのイメージを絶えず否定しようとするが、本論ではこの点を重く受け止め、恋について、恋のほかには何も話題にならないといわれる[35]彼女の男遍歴を振り返り、男たちとの関わりのなかで浮かびあがる彼女の人物像を見直すことにする。

ヒルデは、ベルンハルトとの関係を、「力ずくの愛[36]」によるものだったとして、否定しようとする。一方、ベルンハルトによれば、当時のヒルデは燃えるような眼差しで自分を見つめる「素晴らしい小娘」で、彼の前では「悪魔」のようだった。ベルンハルトは、彼の内部に潜んでいたものを覚醒させるエヴァのごとき誘惑者を彼女に見出す。一方、囲っていたベルンハルトをヒルデに略奪される形になった社交界の貴婦人で年増のアニー・シャレルは――若い男との情事が彼女の生きる歓び――「あの男になんという魔法をかけてくれたのだ」と激怒してヒルデを魔女扱いする[37]。

また、終戦を迎え野戦病院の撤退が決まるやベッカーの病室を訪れたヒルデは、これが最後のキスだといって自らブラウスのボタンを外し、自分の胸をベッカーの顔に押し当て強く彼を抱きしめる[38]。その「一時間後」には、飛行兵リヒャルトが亡くなった病室で、彼女は、気持ちを抑えきれなくなったマウスに押し倒される。しかし、「彼の腕の中に横たわり、身の毛のよだつ恍惚が彼女の意識を奪ったとき、その痙攣のような震えは止まった[39]」と述べられることから、力ずくではあるが、彼女は結局のところマウスとの快楽に身を委ねたと考えられる。

その後、故郷のストラスブールに戻るや、ヒルデは忌まわしく恐ろしい過去であるはずのベルンハルトを呼び出して、「キスして、ベルンハルト。何も変わらないわ」と激しく彼に迫り、ベルンハルトがなだめなければならないほどの半狂乱に陥る[40]。

こうしたヒルデの姿は聖母のイメージからはかけ離れている。ヒルデは、積極的に身体ごと男に立ち向かいながらも、「私は弱いの[41]」だとか、「私には守ってくれる人が必要なのよ、私は弱くて一人ぼっちなのよ[42]」などと言う。そして、しくしく泣いては繰り返しかよわい乙女の姿をアピールし、さらに両手を合わせて恭しく神に祈るポーズをとる。

ヒルデは、ベルンハルトを捨て、故郷に戻ったベッカーを追ってベルリンに出る。ベルンハルトは彼女を失ったショックが祟り死んでしまう。

彼女は祈った。愛しい誠実な魂よ、私を許して下さい。あなたは安らぎを見つけて下さい。私はあなたのためにお祈りします。彼女が立ち上がり窓辺に歩み寄ったときには、彼女の思考はすでに慰みの一歩を踏み出していた。酷いことになったけれど、ベルンハルトの魂は平穏を見つけるでしょう。あり得なかった、彼女は彼のもとにとどまってはいけなかった。彼女は正しい選択をしたのだ。彼女はいかがわしい過去を清算しなければならなかった。彼女の前には新しい道が開けていた。戦争は終わったのだ。［…］彼女は眼下の路上の営みを優しい眼差しで追った。彼女は頭のなかでベルンハルトを愛撫した、彼が安らぎと平穏を見つけられますようにと。（HF 177）

窓辺に立つヒルデの姿に、形而上で死んだ男のことを考え、形而下では今を生きるための男に狙いを定める、という彼女の意識の流れが書き込まれている。戦争が終わり新しい世界の幕開けに応じて、彼女は男も新調するのだ。

ベルリンに戻ったベッカーは、戦死者たちの幻影に憑かれ「喪の作業」を上手くこなせないまま鬱に陥っている。周囲の人間は、彼に対して「頭がおかしい」とか「病的」だとか言って不快感を示す。こうしたベッカーの状態を「病的」と言うのなら、ごめんなさいと祈れば自分の罪は赦され、死者の魂にも安らぎが与えられると考えるヒルデは、失ったものや過去と決着をつけることができる切り替えの早い「健全」な女である。

果たして祈りや信仰とはこのように単純なものだろうか。死者との向き合い方という点から見れば、戦死した恋人のハンネスを忘れられず、ハンネスに化けたサタンとまぐわい狂気に陥るローザとも対照的である。

第二部第二巻、「その愛の根っこ」と題された章で、ヒルデの過去の記憶が蘇る。

彼女のなかの人間が彼の口に手を伸ばそうとする。［…］彼女は彼の口から出てくる言葉を、深い息をしながら受けとった、女王蜂が自分の前に差し出された選りすぐりの餌を、自分に与えられる食糧を受け取るように。彼女は沢山の耳で聞き、いくつかの声で話した。彼は彼女と並んでソファに座り、彼女の手を取って彼女を見つめていた。そう、彼女は穏やかな愛らしい表情をしていた、完全なる魔法だった。そして彼女が彼の方に身体をずらし二人の顔が近づくにつれて、彼女のなかで多くのものが響き出し、彼女を強い真なるものへと変えた。（HF 24）

ベッカーとまぐわおうとするその瞬間に、彼女の内部で響き出す多くのものとは、過去の男との記憶である。彼女のなかに、抑圧されていた過去のイメージが蘇る。従兄や亡くなった実の弟との関係も浮かびあがる。危険な関係だったと回想されるベルンハルトとの関係については、すでにいろいろなことを本で読み一通りのことは知っていたが、実際には恋愛の初心者であった二人が、一緒に本のなかに書かれていたことを試みただけの話で、お互いに同じことを感じ、相手に自分の姿を鏡のように投影していたということだ。(43)

ベルンハルトに対して彼女が一方的に被害者だったわけではないことを、ヒルデ自らが認めるのである。男とのまぐわいが、彼女に生気を与えその本来の姿に彼女を引き戻す。

そこで彼女は探る、目と目が手の幅くらいしか離れていない、ベッカー、彼の表情、彼の頭、彼の髪の毛、彼の耳。というのも今もっと古い時代が彼女のなかに蘇ったのだ、その時代から、まるで森の洞窟から出てきたように、様子をうかがう獣の母親が姿を現した、雌鹿だ、彼女の周りを飛び跳ねる男たちを観察している。私はあなたを当てにするわ、巣を作るときにあなたは手伝ってくれるかしら。坊やたちがやってきたらあなたは私を守ってくれるかしら、そうよ、あなたに私の子供たちの父親になってもらいたい、そうよ、あなたが欲しいのよ。（HF 25）

「女王蜂」「雌鹿」に喩えられる彼女の愛は、ベルンハルトやベッカーが彼女に対して抱く情緒的かつ観念的な愛情とは異なり、極めて動物的というか本能的である。この点においてヒルデにそなわる「獣性」が露わになると考えていいのではないか。興味深いことに、自然の一部として捉え直されるヒルデの男関係では、男が女を搾取するという構図よりも、むしろその力学を逆転させるようなものが露わになる。彼女が自分の目的に適うような男、すなわち自己保存と種の保存のために自分が必要とする男を選び、選ばれた男は彼女に奉仕しなければならないという女性優位的な構図のなかで、彼女の生が維持されていくのだ。

ベッカーもまた、彼女の「魔法」、微笑みの犠牲者だ。ベッカーは彼女の泣き声のなかに温かい救いのメロディーを感じ、彼のために祈り涙を流すヒルデに神々しいものを見出すが[44]、次のようなエピソードにおいて二人の気質や感性の違いがはっきりと浮かびあがる。

戦死者たちの恐ろしいイメージにとり憑かれ必死に助けを求めるベッカーに、ヒルデは異様で病的なものを感じ内心ぞっとするのだが、次のような言葉を彼に投げかける。

苦しんでいるのね、フリードリヒ。私たちはみんな罪人よ。ひとりで多くを抱え過ぎないで。私も自分が一人ぼっちなら、どうすることもできないでしょうね。でもイエス様が現れて私たちに力を貸して下さった。彼によって私は情けや助けというものを知ったわ。（HF 80）

敬虔なクリスチャンのお手本のようなヒルデの言葉に、ベッカーは違和感を覚える。

しかし、それが彼を正気に戻した。彼はヒルデを凝視した。彼女はからかっているのか？　この趣味の悪い美辞麗句はなんだ？　彼女は、ぼんやりと微笑み目を閉じるジョコンダだ。（HF 80）

「趣味の悪い美辞麗句」「からかっているのか」というベッカーの反応が興味深い。彼女は明らかにベッカーの嘆きを「イエス様に」に丸投げしている。「救世主」「情け」「助け」といった、いかにも「敬虔」な単語が並ぶ彼女の言葉は空虚だ。そこには、死者とどのように向き合うべきなのか、というベッカーが示す問題意識が欠落しているし、他者が抱える痛みを共有しようという意志もない。そもそもヒルデを「ジョコンダ」すなわち「モナ・リザ」のようだと言い出したのはベッカーの母であるが[45]、苦しみを吐露する相手に対して、彼女はモナ・リザのような不敵な笑みを浮かべて相手を煙に巻くのである。

生存のために動物的に人を愛するヒルデは、ベッカーの自殺未遂を機に、自分に依存してくる男や自分が庇護を受けられない男は愛せないと認識する。「助けてくれ、僕を放さないでくれ」(46)と懇願するベッカーの言葉も虚しく、彼女は彼を捨てる。ヒルデは自殺未遂を犯したベッカーの第一発見者となり、彼の「救済者」として彼の前で聖なる輝きを放つが、「私は働かなければならない」(47)と言って、仕事を理由に彼の元を離れるのだ。

彼女はベッカーから離れられる自分を許してくれるよう神に乞う。彼女自身も誘惑者としての自分の本能を認識しているがために、このような祈りの言葉が出てくるのだと考えられるが、いずれにせよ神や信仰が彼女にとって自己正当化のための道具として使われている。そもそも、彼女が二度寝して遅刻したせいでベッカーの自殺未遂を食い止められなかった。おまけに第一発見者とはいえ、彼女が来た時には、首をつるための紐がほどけてベッカーは床の上に倒れていた。このようにすでに自殺が失敗に終わっていたことを考えれば、彼女は実際のところ救済者とは呼び難いのではないか。

男たちが彼女との関わりのなかで自ら破滅の道を辿ることを考えれば、むしろヒルデとはファム・ファタール的な存在である。「彼女の実利的な生きるための賢さ」(48)が指摘されているが、まさにその通りで、ヒルデは生きるために男を求める女、時流に合わせて男を変えてその生気を吸い取り生き延びていく女、むしろ己の欲望や目的を満たすために狡猾に男を誘惑して搾取する女なのではなかろうか。

男絡みでしか展開しない彼女のエピソードは、本作の主題である歴史や政治的な問題から完全に疎外されている。彼女は結局マウスを夫に選ぶが、マウスが周囲の状況に流されて革命派から義勇軍へ転向していくことにも無関心である。「メリー・クリスマス」[49]と題される章で、「追い払われた犬」や「仲間外れにされた犬」[50]のようにクリスマスを過ごすマウスとヒルデの蜜月が語られる。二人の様子は「血のクリスマス」[51]と題される章と並行する形で語られており、エーベルトの挑発に乗ったベルリンの水兵たちによる暴動事件との対比のなかで浮かびあがるのだが、事件の喧騒が彼らの蜜月を邪魔することもなく、全く非政治的なエピソードに仕上がっている。

マウスからかつて革命派に紛れて警察本部の襲撃に加わった話を聞いたヒルデは、「あなたはいつも戦っていなきゃならないの」と素朴な疑問を投げかける。革命派の連中には任せられない、「健康な新しいドイツ」[52]が必要だと熱く語るマウスの言葉をヒルデは上の空で聞いている。彼女は革命にも義勇軍にも戦場の記憶にも関心を示さない。マウスの幼稚な政治思想は彼女の前ではますます強度を失い、歴史的な出来事は非政治的な文脈のなかに置き換えられ消滅していく。

ヒルデが生きるための糧を見つけるとともに、ヒルデ自身や周囲を縛りつけていた「モナ・リザの魔法」が解け[53]、のびのびとした彼女の姿が描き出されることになる。彼女は、一月五日から六日にかけて起こった校長のスキャンダル事件で打ちひしがれるベッカーを訪ね、涙ながらにマウスとの婚約報告をしたあと、そのことでベッカーをさらなる絶望のどん底に陥れたことなど露知らず、彼と縁が切れたことに狂喜し、義勇軍の将校としてデーベリッツに駐屯しているマウスに電話をかける。

もうすぐベルリンにくるんですって？　あなたたちの部隊がくるのね？　ええ、こっちはどんぱちやってるわ。ベルリンに近づくなだなんて、バカげてるわ。私がこんな遅くに電話をするから心配ですって？　一日中そんなおかしな気持ちでいたですって？　いったいどうして、ハンス？　あなたは千里眼だけど、見間違いをしているわ。何もなかったわよ、全く何もなかった。［…］私たちはここで仕事の電話をしているの。あなたは私の上司、私の最高指揮官よ。私が何をするべきか、あなたは命令しなければならないわ、私がすべきこと、しなくていいことをね。私も自分で命令するわ、あなたにキスをして抱きしめなさいと、わからないわ、電話でどうやってすればいいのかしら。（KR 401f.）

歴史的な出来事はここでも受話器の向こうに後退している。マウスの声は聞こえないが、いよいよノスケ率いる義勇軍がベルリンに入場するということがうかがい知れる。一月六日とはすでに述べた通り、革命の終わりのはじまりを意味する、今後のドイツの運命を決定づける日付である。ヒルデの視点で語り直されると、革命や義勇軍の投入といった歴史的出来事は矮小化されてしまう。彼女にとっては、ベルリンの危険な状況も、この先予感される流血の惨事も聞き流してしまえるような些末なものなのだ。

ヒルデにとってのヨハネス・マウス、通称ハンスというこの男は、神様から授かった賜物であり、彼女の夫であり、彼女の保護者(54)である。ここでも神に感謝する信仰の熱い女性像がアピールされるが、結局は自分が選んだ男なのだ。信仰とは難しいものだというベッカーの言葉に反して、ヒルデを通して描き出される信仰は、自己正当化の道具として用いられる都合のよい信仰である。ヒルデの信仰こそ、モナ・リザの不敵な笑みに刻み込まれる不実の証であり、したがって、彼女は決して聖母マリアのような救済者ではないのだ。

ヒルデはマウスと自分との間に主従関係を持ち込こみ、彼に命令されて言いなりになろうとするが、彼女が自らマウスに対して私に命令しろと命令する点において、これは彼女の主体的なマウスへの服従ということになる。したがって、彼女が男に搾取される立場にあるとは言い難く、むしろそんな彼女を心配するあまり心がざわめいて落ち着かないマウスの方が、彼女に支配され振り回されている。

決定的な男を見つけてものにした後の、お姫さまのようなヒルデの晴れ晴れとした表情が印象的だ。自分が生き残るためには、生き残ることのできる生命力のある男を選ばなければならない。ベルンハルトは芸術家崩れの美術教師で、建築家であるヒルデの父を手伝うニート的存在だ。そして、ベッカーは古典文献学の教師だ。芸術家肌の二人は生命力に欠けており、苛酷な時代状況を生き抜けずに破滅していく。一方、革命派を武力鎮圧し、その後のドイツの原動力となる義勇軍の兵士であるマウスは、苛酷な世の中を生き抜く男の模範的存在である。

ヒルデのエピソードにおいて、黙示録的に露見されるのは、「愛」と「信仰」という美しいヴェールに包まれた動物的な本能、他者を食い物にして生き延びるかまとと女の悪魔的な「獣性」である。彼女の男関係において耽美的な傾向のある人間が破滅し、単純な思考の男が生き残るという傾向は、野蛮化する啓蒙理性に対する芸術による救済の不可能性や人文主義的教養の没落という問題を浮かびあがらせることにもなろう。
第三部『カールとローザ』のラストでは、時が流れ一九二〇年代後半のドイツが描き出されている。落ちぶれて流浪人となったベッカーはカールスルーエで暮らすヒルデとマウスを訪れる。娘を授かった二人は平穏な家庭を築き、市民的な暮らしを享受している。そこに、社会の「塵」のようなベッカーが現れるのである。前歯の欠けたベッカーの姿に彼の没落ぶりが象徴される。ヒルデは、美しい思い出のなかの「ベッカー」が台無しにされたと密かに失望する。

この子の名前は私にちなんでヒルデ、あなたにちなんでヨハンナ、それにしても私たちは戦争とフリードリヒとの思い出にあやかり、あやうくフリーデリケと名づけるところだったわ。そうしなくて本当によかった。(KR 630)

相変わらずのヒルデの切り替えの早さを裏づける記述である。敬虔なカトリック教徒のヒルデなら、ベッカーに助けの手を差し伸べるべきところだ。「彼女は彼を救いに行かなければならなかったが、悪魔が彼女を引きとめようとした」[55]とあるように、ベッカーを助けようとする彼女をサタン的なものが引きとめる。合理的に男を変えながら模範的な市民生活を送れるヒルデもまた、サタン的なものに突き動かされる新しいタイプの人間に属するということだ。こうした二人に対してベッカーは「戦争は啓示する、われわれがどういう状態にあるのかを」という言葉を残す。

㈡　マウス

最終的にヒルデに夫として選ばれたマウスには、除隊した若い帰還兵に特有の、次なる戦争を引き起こすのに十分な資質が潜在している。少尉マウスだけでなく、校長の寵児ハインツ・リーデルの父親や元少尉ハイベルクなども同様である。マウスがヒルデの体を力ずくで奪った話はすでに述べた。ハイベルクは、上司にリンチを加えていた革命派の兵士たちに発砲して二人の兵士を殺害したあと、愛しあっていた婚約者のハンナを自身の逃亡を理由に捨てる。そしてリーデルの父はすでに述べた通り、酒に酔って怒った勢いでギムナジウムの校長を殴り殺してしまう。彼らに共通するのは感情的なものを抑えきれなくなると「キレる」暴力的な性格や劣等感である。彼らの個人的なエピソードを通して露見する野蛮な「獣性」は、義勇軍や後のナチス突撃隊のメンタリティを特徴づけるものだといわれる(56)。

ヒルデに認められたいという欲求と、ベッカーに対するコンプレックスに支配されるマウスについては、義勇軍に入隊する帰還兵のプロトタイプとして、その心境の移り変わりがとりわけ詳細に語られている。マウスに確固たる政治的な信念がない点はヒルデと同じであるが、時代状況に対して無関心なヒルデとは対照的に、彼の行動は絶えず周囲の人々の影響を受けて規定されていく。

マウスは「革命には反吐が出る(57)」と言ってはじめは革命に対して嫌悪感を抱くものの、偶然に出会った古い知り合いで熱狂的な革命派のグローセ・ディングとその連れの女教師の言葉に流されるがまま、一九一八年十一月二十二日の革命派による警察本部の襲撃に加わる。マウス自身、そもそもそこで何が問題になっているのかさえも把握できないのだが、久しぶりにプロイセン式の銃を手にして闘った彼は、「歩兵になったぞ！」と非常に満足げで、「華やいだ気分」に包まれる。[58]当時の戦争帰りの若者に染みついた武器や暴力との親和性を語る小さなエピソードに、カールが述べる「戦争が作りだした新しいタイプの人間」の姿が浮き彫りになる。

マウスは革命派が掲げる思想に共感したわけではない。ただそこで一緒に闘った自分と同じ「単純な若者たち」[59]にシンパシーを感じただけである。彼らはマウスと同じように、どこに向かうべきなのかよくわからないのだが、この世のどこかに突破口を開きたい若い男たちである。校長の一件で家と学校を飛び出し行き場を失ったハインツ・リーデルもまた、こうした若者たちに混じってスパルタクスとともに闘った。

さらにマウスは、ベルリンで知り合ったハイベルクの「数ペニヒ余計に給料をやれば、プロレタリアートを幸せにできる。とはいえ、彼らにいったい何ができるというのだ」[60]という言葉に影響される。そして、声高に叫ぶだけで決定的な行動を起こせない革命派から距離をおくようになり、ハイベルクが所属するデーベリッツの義勇軍に気持ちが傾いていく。

第二部第二巻で繰り広げられるベッカーとの長い対話を通して、マウスの野蛮な相貌が剝き出しにされていく。

マウスは奇妙な恰好をしていた、上は文民、下は兵士という。彼はその辺の運転手が着るような黄色い革ジャンを着て、白い立て襟にネクタイ、両足は緑色の軍隊ズボンのなか、そしてひざから下には高い位置まで黄色い皮のゲートルが巻かれていた。［…］灰色の痩せこけた顔から、落ち着きなく動く二つの鋭い目がのぞいていた。マウスは追いつめられ身を守ろうとする動物のような表情をしていた。（HF 395f.）

「彼はもはやあの溌剌とした若者ではなかった」と述べられるように、市民的なものと軍隊的な恰好が入り交じる中途半端な服装が彼の首尾一貫性を欠いたちぐはぐな思考を物語る。臆病や劣等感が生み出す過剰な自己防衛本能が、落ち着きのない目つきに現れている。今にも牙を剝きそうな彼の獣性が露わになっており、そこから醸し出される印象はかなり野蛮だ。ベッカーとの対話が進むにつれて、マウスの言葉はしだいに挑発的な調子を帯び、その憎しみの矛先が容赦なくベッカーを含めた裕福なインテリ連中に向けられていく。

ベッカー「君らが――権力の座につくだって。」
マウス「もちろん、われわれがだ。他に誰がいる、どうして俺たちではいけない。皇帝でも諸侯でも司令官でもない、今度はただの単純な男たちだ。インテリや教授連中でもだめだ、何が必要なのかわかっている街の平凡な男でないといけないのだ。」（HF 406）

世間の状況に苛立ちを覚えるマウスは、警察本部襲撃の際にシンパシーを感じたような、自分と同じような「単純な男」たちが権力を握るべきだと主張する。ベッカーはそれなら独裁と同じではないかと批判するが、マウスは次のように反論する。

「君たちは独裁を望んでいるのか。」

「でも、われわれの、君の、俺の独裁だ、われわれがその独裁者となるのだ。それ以上に確かなものはない。[…]規律と服従がなくてはならぬ。[…]われわれの独裁につけいる隙はないよ、その独裁は、より良い世界を築こうとする良い志をもった平和的なあらゆる人間が奉仕することで成り立つのだから。」(HF 406f.)

仲間やその理想を信じて疑わないナイーヴなマウスに対して、ベッカーは、また戦争する気かと問う。

その計画は人間を人間たらしめているもの、人間を、這うのではなく、立って歩き、自分の前を見たり見上げたりできる生き物たらしめている全てを否定するものだ。その計画はわれわれを動物へと突き落とすものだ。(HF 407)

既存の権力を倒して自分たちが支配者となるのだと主張するマウスの言葉や復讐心にみなぎる権力への意志は、黙示録的な革命の言説にのっかっている。一方、ベッカーの言葉は、先に引用したカールの「新しいタイプの人間」像を喚起させる。マウスは「われわれは嚙みつき合わなければならない、オオカミの世界に生きているのだ」と、人間の獣性を露骨に認める。[61] まさにカールが恐れる「オオカミ人間」がみずから物語のなかに姿を現わすのである。

マウスは、次の戦争は植民地や石油資源を求めての戦争ではなく、「人類の解放[62]」を求めての闘いになると言い張るが、小さな男たちによる独裁や救済を主張する彼の誇大妄想的な発言のなかに、ナチの芽を見つけることはたやすい。そして、その後の歴史を考えれば、ベッカーの懸念はまさに的中するのである。こうしてマウスは、社会主義的な広告に吐き気をもよおしながら、「はっきりと、野蛮に、そして復讐心に満たされて[63]」白軍へと転向し、一九一八年の終わりからデーベリッツの義勇軍の将校として「健康な新しいドイツ」のために闘うことを決心するのだ。

ベッカーは、見張りをしていたマウスの計らいで、ハインツ・リーデルが立てこもる警察本部内に入れたのだが、マウスは、ベッカーが関わった校長の同性愛スキャンダルを「ふしだら」で「いかがわしい事件」だと罵り、「あいつときたら、いったいどうして、一生懸命おつとめに励んでいる現役の俺様のことをそのような汚らわしい事件に巻き込めるんだ[64]」と怒り狂う。そして、自分も銃を持って革命派の警察本部襲撃に加わったことがあるのに、ベッカーがハインツを探すうちに革命派の武装蜂起に巻き込まれて思わず加勢したことを「けしからんことだ[65]」と言って憤慨する。ベッカーが加勢したというのは、銃の使い方がわからないハインツに銃の使い方を教えただけのことなのだが、マウスにとってそれは「約束違反」の「裏切り」でしかなく[66]、その怒りは暴力的な形で爆発する。マウスは上司に全てを報告し、憤慨した上司が入院するベッカーをこれでもかと殴るのを黙って見るのだ。[67]

革命派とともに警視庁の襲撃に加わり、義勇軍を経てヒルデとの結婚、そしてワイマール共和国体制下のカールスルーエでの穏やかな市民生活に至るまでのマウスの変化は、「成熟」とか「成長」という言葉で繰り返し説明される。近代化する人間を野蛮な「退化」だと捉えるカールやベッカーの見方を考えれば、マウスのこの変容を「成長」と表現して語ることに違和感を覚える。これは、権力におもねながら苛酷な時代を生き残り、巧みに市民社会に適応していくマウスの生き方に対するあてこすりではないか。ここで人間を成長させるのは「アンティゴネー」などの教養ではなく、規律と秩序を身体にしみ込ませる軍隊式の訓練なのだ。『ベルリン・アレクサンダー広場』のフランツ・ビーバーコップの例が示すように、体制に奉仕する従順な人間の養成過程を物語るデーブリーンならではの教養小説の片鱗をうかがうことができる。

マウスの人物像にはドイツ人の小市民性が典型化されている。人々は、己の存在が脅かされていると感じるとき、不安定な状況を乗り切るために同一化できる像を探し、しばしば極端な集団化を引き起こす傾向がある。マウスはその同一化のための像を義勇軍に見出した。劣等感や承認欲求、感傷性と残忍性の間を漂う性格、男らしさへの憧れ、マウスを特徴づけるこれらの要素から、義勇軍や後のナチス突撃隊が居場所を求めて彷徨う若者たちの心を捉えた理由が説明できるはずだ。

マウスの革命派から義勇軍への転向にヒトラーの政治的な発展が典型化されていると考える説もある。しかし、ヒトラーの政治的な発展が歴史学的にはっきりと立証されていくのは二〇世紀の後半に入ってからなので、こうした点をデーブリーンがはっきりと認識し『一九一八』のなかに投影していたとは考えがたい。むしろ作品中に描き出される帰還兵のポートレートや人々の日和見主義的な変わり身の早さというのは、当時の時代状況を鋭く感じとっていたデーブリーンの洞察や想像力の贈物だと考える方が妥当だろう[68]。

いずれにせよ、ヒルデもマウスもこれといった政治的な信条も信仰もないまま、時流にのって巧みに状況を切り抜けていけるドイツの小市民たちの典型であろう。

言い換えれば、彼らは上手い具合に体制に順応できる人々である。理性や認識や主義主張よりも、生き残らんとする動物的な本能や勘に突き動かされて行動するこの二人は、二〇世紀の生き残るアダムとエヴァとなって、次に来るナチス体制を支えることになるのだ。

権力を掌握する者たち

『一九一八』に登場する歴史上の人物のうち、命を落とすのが革命派の指導者であるカールとローザだとすれば、生き残るのは彼らを無残な死に追いやった反革命派の政治家と軍人、すなわち共和国政府首相フリードリヒ・エーベルトとグスタフ・ノスケ、そして政府と癒着するＯＨＬの軍人たちである。彼らは「スパルタクス」や「革命」という共通の敵を前に手を結び、不安定な時代を生き延びるために、互いの利害関係を探り策略を巡らせる。

生き残る彼らの姿は、『ヨハネの黙示録』に登場する「二匹の獣」に喩えられることはすでに述べた通りである[69]。『ヨハネの黙示録』によれば、この獣のうちの一匹にあらゆる種族、民族、言葉の違う民、国民を支配するための権力が授けられ、また、大言と冒瀆の言葉を吐くための口が与えられた。そしてもう片方には、地上に住む人々を惑わせてその獣の像を作るように命じた。[70]前者は権力を握る迫害者の顔を持ち、後者は人民を騙して惑わす誘惑者の顔を持つ。『一九一八』において迫害者の相貌は、まず帝政ドイツを支えていたＯＨＬの将校連中に体現される。カッセルの新しい軍最高司令官ヴィルヘルム・グレーナー、義勇軍の指導官ゲオルク・メルカーたちのことだ。また、エーベルトに声をかけられて義勇軍を統括することになる「ブラット＝ハウンド」こと民間人のグスタフ・ノスケもこの系列に連なる。一方、誘惑者は、君主制支持陣営を代表する軍人で国民の英雄的存在であるヒンデンブルクと、共和国政府陣営を代表するエーベルトだ。

敗戦とともにドイツ帝国軍は権威も力も喪失して事実上解体する。革命派のみならず共和制にも密かに反対するＯＨＬは「秘密回線九九八」[71]を通じて裏でエーベルトと癒着する。ヒンデンブルクの力を借りたエーベルトは反革命派の民衆の支持を獲得し、ヒンデンブルクは、革命派の利敵行為のせいで軍は敗戦という屈辱的な結果を強いられることになったという「背後からの一突き」説を主張する。そして、ＯＨＬは、最終的には軍が担うべき敗戦や屈辱的なヴェルサイユ条約の責任を共和国側に押し付けることで、ＯＨＬの名誉や権威の回復を狙う。[72]

デーブリーンは、こうした生き残る者たちの相貌を通して、直接ナチスに触れることなしに、独裁者の台頭を許しその虜となっていくヒトラー以前のドイツ社会の脆弱さをグロテスクに露見させる。ここでは首相を「演じる」[73]エーベルトを中心に浮かびあがる権力者たちの布置を見ながら、革命をめぐる権力闘争という歴史的出来事がどのように捉えられ叙述されるのかを考えたい。

㈠　フリードリヒ・エーベルト――道化の雄牛

一九一八年十一月十三日にエーベルトは、君主制の崩壊を受けてドイツ国民は革命を成し遂げたと宣言するが、「何かが起こることを妨げ、起こってしまったことを起こらなかったことにする」[74]ために、新体制の基盤を揺るがす革命派を破滅に追い込む側へと態度を翻していく。

「語り」の声により「妨害者」[75]と称される社会民主党のフリードリヒ・エーベルトの、あちこちにいい顔をしようとする優柔不断な性格は、「誰も彼をレーニンやローザと比較しようなどと思わない」、革命とは無縁の「ずるがしこいキツネ」[76]さながら――彼の外見を考えれば日本語の「たぬき親爺」という言葉の方がふさわしい――人を欺き裏切る人物として作品中では説明される。

戦後の西ドイツではワイマール共和国体制は民主主義の模範として評価され、その指導者であったエーベルトにも積極的な評価が与えられていた[77]。しかし、『一九一八』では、歴史学的な叙述に求められる客観性は重要視されず、むしろ大きな歴史が捨てる過去の現実の残滓をかき集め、そこに作家がフィクションとして個人的な意味づけを与えることで、あり得たであろうもう一つの過去の現実が作り上げられていく。したがって、本作品で語り出される人物像に注目する際に、その描写の細部にばかり拘泥して歴史的事実に適うとか反するとか議論することは、あまり意味をなさない。

デーブリーンによるエーベルト像に話を戻すならば、首相として表舞台に立つエーベルトの歴史的な存在意義を述べる記述よりも、まず第一に、首相を演じる「役者」の舞台裏、人目に触れずに自分の時間を過ごすときの彼の姿が目を引く。カールとローザの姿が真面目な口調で語り出されるのに対し、プライベートのエーベルト像は戯画化され、せつない笑いを誘う。「ひらけーゴマ！」(78)という、真面目なのかふざけているのか判断しがたい語りの声に導かれるようにして、読者はエーベルトの首相官邸へと、さらに奥深く宰相室へと足を踏み入れることになる。

小太りの男とそのおつきの者たちにくっついて建物のなかに入ることにしよう。彼が二人の男に挟まれ満員の控室を通り抜けるところを、帝政時代からここにいる使用人が追う。するとすぐに、魔法の指で触れられ過去の風に吹きつけられたかのように、その小さな男はコートのボタンをはずして帽子をさし出す、使用人が手伝うが、なかなかコートを脱がせられない。(VV 67)

これまで語りの声はエーベルトのことを「小さな太った男」と繰り返すばかりだったが、ここでようやく「これが人民代表議員、かの有名な社会民主党員のエーベルトである」と、彼の正体が明かされる。デーブリーンはエーベルトを「かつて鉄の宰相ビスマルクも座った大きな椅子」に座らせてビスマルクと並べ、エーベルトの小さな体のみならず、その小市民的な俗物根性を滑稽に演出していく。

エーベルトは周囲から宰相にふさわしい扱いを受けていないと屈辱を感じるが、彼自身「小さな自分」を自覚している。彼は宰相らしい身振りを身につけようと宰相室で一人練習をはじめる。宰相室のなかに設置された固定式の隠しカメラで定点観測するかのように（それも長回し）、どのように「宰相」が作られるのかと、「宰相」という肩書の内実をデーブリーンは読者とともに覗き見る。宰相らしい歩き方を密かに特訓するエーベルトは、頭をあげ表情一つ変えずに大物らしく歩く己の姿を鏡に映そうとするが、その鏡が宰相室にはない。

［…］もちろん自分をチェックするための鏡はない。彼は自分の銀時計を引っ張り出す、蓋は鏡のようだが、歪んで見える。手鏡が必要だな。それから彼は手帳を取り出し、十一月二十二日のところに書き込んだ。「手鏡、にきび」。「にきび」と彼は書き加えた、隣から手帳のなかを覗き込まれても、すぐに「にきび」のためだと理解してもらえるように。彼は、何度もいかめしく行ったり来たりするうちに思いついた。誰かに来させて直接この姿を試してみようと。
（VV 68）

十一月二十二日とは革命派が政治犯の釈放を求めて警察本部を襲撃した日である。鏡に写し出される歪んだ己のイメージは、ポーズをとり愚かしい自己批判的なナルシズムに浸る政治家の戯画である。「にきび」が革命派にとって神聖なる十一月二十二日という日付を浸食する。また、懐中時計の蓋や小さな手帳の内部に向かう微視的な視線が、エーベルトを政治的な事柄から疎外し、その内面を際立たせていく。すなわち指導者として認められたいという過剰な自意識や見栄、そしてそれに値する影響を周囲に及ぼしたいと望む権力への意志である。

エーベルトは首相としての「型」にこだわるが、彼が真剣になればなるほど、国家の歴史を左右する人物としての権威は骨抜きにされる。

彼は紙に包まれたものを食べながら、壁にかけられた絵の下をゆっくりと行ったり来たりした。自分が元気を取り戻したような気がした。美味しかった、本物の腸詰めソーセージだ、あとで白ソーセージもいただこう。彼はむしゃむしゃ食べながらビスマルク伯の肖像画の前に立った。偉大なる男。外にいれば彼を罵るのは簡単だが、彼は老皇帝と一緒になにもかもやりぬいたのだ、そして二つの戦争、向かうところ敵なし、すごいことだ。それはここにきてはじめてわかることだ。包み紙が落ちた、彼はそれを拾い上げて驚いた。自分がこんなところにいるなんて！（VV 337）

デーブリーンはエーベルトを「小さな男」と繰り返す一方で、ビスマルクを「偉大なる男」と呼ぶ。二人の宰相を比較することでエーベルトの器の小ささが際立つ点については先に指摘した通りであるが、ビスマルクとエーベルトの直接対決は、庶民的な食べ物である「ソーセージ」、ドイツ語で「ヴルスト（Wurst）」を「むしゃむしゃ食べる」という行為によって演出される。「ハンスヴルスト（Hanswurst）」が「ばか者」を意味するように、「ソーセージ」はある種の道化の象徴である。(79)

歴代宰相の肖像画を眺める行為とソーセージを味わう行為が同期し、鉄の宰相の権威は道化のソーセージと同レベルにおかれる。エーベルトはソーセージを味わうのと同じように、ビスマルクの肖像画が放つ威光を堪能し、我を忘れるかのようにその像に自己を同一化していく。自身の属する社会民主党よりも、帝政ドイツの君主制を支えたエリートたちに憧れるエーベルトは、このようにして歴代の指導者に連なる自分を省みて悦に入るのである。しかし、床に落ちた包み紙を見て彼が我に返り、宰相室にいる分不相応な己の立場を再認識することを考えれば、この包み紙もまたまさに庶民エーベルトの象徴といえよう。

エーベルトの道化ぶりを際立たせる描写において、その滑稽さを引き立てる小道具に引きずられるようにしてビスマルクの権威もまた、笑いものにされていく。とはいえ、「真剣にソーセージを食べ続けた」とあるように、エーベルト的にはいたって真面目に状況に向き合っているからこそ余計に滑稽なのだ。

しかしながら、エーベルトをしばしば人間扱いしないデーブリーンの描写が、道化の仮面の後ろに隠された彼の本性を露わにする。「顎に黒い〈ちょび髭／蠅（Fliege）〉をつけた首の短い男」や「くるみ割り人形」[80]といった言葉で様式化されるエーベルトの人物像に、生き残る者たちにそなわる獣性が浮かびあがるからだ。

ただ、「イノシシほど獰猛ではないイノシシ」[81]と説明されるエーベルトの場合、このほかにも「雄牛」[82]「ずるがしこいキツネ」など、ライオンやオオカミのようないかにも獰猛な獣とは異なる動物イメージが与えられていて興味深い。「雄牛」に喩えられる彼の姿は「くるみ割り人形」と同じく極端に様式されているが、どちらも首のないのが特徴だ。「雄牛（Stier）」は、辞書によれば、力と共謀の象徴としても用いられるらしい[83]。都合が悪くなるとすぐにかっかとして怒り出すのはデーブリーンによるエーベルトの特徴だが、普段は「小さな雄牛の身体(84)」に落ち着いている。

彼はずんぐりむっくりの体型をしていた。ふさふさの頭がまさに肩にのっていた。彼は、不愉快な視線を向ける飛び出した目玉を重たいまつげで隠すのを好んだ。顎からは先をねじって固くとがらせた黒くて短い髭が突き出していた。しかし、彼について最も重要で最もはっきりしているのは足だ、丸太のような短い支え、その所有者が全体重を安心して委ねることのできる丈夫な装置である。そのような足で彼は現実を踏みしめていた。(KR 108)

エーベルトの相貌は、自然科学者デーブリーンならではの観察眼により細部までしっかり捉えられる。「小さい」と繰り返し強調される彼の身体とは逆に、「飛び出した目玉」「重たいまつげ」「突き出すとがった髭」など誇張されて大きく描き出される小さなパーツが歪な人物像を浮かびあがらせ、その狂暴性や力をカムフラージュする雄牛のような愚直な仮面に、道化を演じて周囲を欺く権力者のグロテスクな相貌が剝き出しになる。大げさな身振りで革命のロマン(85)に浸る理想主義的なカールとローザが「蝶々」という地に足のつかないふわふわしたイメージで捉えられるのとは対照的に、しっかり地に足をつけたエーベルトは、状況を現実的に吟味する力を備え、巧みに自身の窮地を切り抜けていくのである。

革命派と保守勢力の間に挟まれて鋭さを欠き、身体の動きも鈍く、争いや喧騒を好まないこの雄牛にとって、自身の存在を揺るがし、世の秩序を乱し、政権の安定化を妨げる革命は耐えがたく、特にスパルタクスのことは君主制以上に憎らしいものだった。エーベルトは「安寧と秩序」というモットーを掲げて、ノスケとともに「死の天使(86)」の役割を果たすようになる。

㈡　ヒンデンブルクと最高軍司令部――国民のアイコン、軍の象徴

『一九一八』で描き出されるヒンデンブルク像には、戦争で何度も手柄を立てた生身の軍人としての体温や存在感が欠けている。本作品では、ドイツ史における大物としてヒンデンブルクの存在は繰り返し話題にされるが、彼が直接ほかの登場人物と絡む場面はほとんどなく、物語の表舞台からは完全に後退している。彼の存在感は、国民的英雄すなわち民衆のアイコンとして、軍の象徴として、媒介的に発揮されるに過ぎない。

「ドイツ人たちよ！　ドイツ製品を買い求めよう。ドイツ製コニャック、ドイツ製リキュール・ヒンデンブルク。ヒンデンブルクという名称の特別使用許可が、総元帥ヒンデンブルク閣下から出された。」それから例のおとぎ話の数々。幼年時代のヒンデンブルク。戦勝記念塔の前に大きな木でできたヒンデンブルクが立っている。小さな天使が天から降りてきて釘を一本打つ。そして、そこに詩が添えられる。「青い夜に、天使が天空から星の釘を一本静かに抜いてこの地上に持ってきました。」これを朗読しなきゃならなかった。（VV 55f.）

これは、マウスを警察本部襲撃に引きずり込んだ革命派ディングの同伴者である小学校の女教師

の言葉である。戦時中の軍国主義的な教育の様子が伝えられると同時に、「いま・ここ」を超越して君臨する彼の権威の大きさが推し量られる。とはいえ、ヒンデンブルクが「ロゴ」となり、キャッチコピーとともにキャラクター化されて使用される様子からは、偶像として消費されていく彼の威光や、形骸化する彼の権力が予感される。エーベルトもまた、ヒンデンブルクのこの威光を利用する。

フランス人たちが戦争再開のための法的な権利を得ようとするかもしれない。しかし、はっきり言っておかねばならない、ドイツ軍は休戦条件の厳しさのせいで、そして故郷の事件の影響のせいで、ふたたび戦いをはじめられるような状況にない。［…］このことを強調するのが私の義務だと考えている、というのも、敵国のマスコミ報道によれば、ドイツ国民の過半数の支持を得ているドイツ政府でなければ、敵国政府は講和条約を結ぶつもりがないというからだ。(VV 73f.)

エーベルトの手元に届けられたこのヒンデンブルクの声明によれば、ドイツ軍にはもはや戦闘能力はない、したがって、講和条約を結ぶ必要がある、そのためには国民総選挙で過半数の支持を得た政府を打ち立てる必要があるということだ。こうした理屈は、総選挙と国民議会の開催を目指すエーベルトと利害関係において一致するものであり、また、国民的英雄の愛国的な言葉は人々の関心を政府支持へと促す力を持つ。

エーベルトとＯＨＬの駆け引きは、「秘密回線九九八」を通して行われる。『一九一八』には、エーベルトとカッセルのＯＨＬを結ぶこの秘密回線を通しての通話が何度か挿入されている。一九一八年十一月九日、マックス・フォン・バーデン公からエーベルトに政権が譲渡された日の夜、軍最高司令官のグレーナーがエーベルトに電話をかけて軍と政府が組むことを提案している。それは、前線部隊の引き揚げと軍の総動員解除の扱いに関するもので、エーベルトはその申し出を受け入れた。

興味深いことに、作品ではこうした歴史的経緯が説明されないまま、いきなり「夜、いつものようにエーベルトはカッセルのヴィルヘルムスヘーエ城と話をした、戦時中より首相官邸とＯＨＬを結んでいる秘密回線九九八を使って(87)」とはじまる。習慣化した秘密回線での話合いが、「いつものように」と、まるで読者にもすでに自明の事柄のような語り口になっている。

グレーナー、軍最高司令官はすぐに応答した。エーベルト、「とくに何もないのですが。私が提案した元帥の声明の件について迅速に対応して下さったことにお礼を申し上げようと思いまして。あれは役に立ってくれることでしょう。」
「例のものはあなたの手元にあるのですね？　ヒンデンブルクはあっさりと署名しましたよ。こういう書類の場合はただ目を丸くして相手を見つめ、じっくり読まずに喉を鳴らしていうだけです『私の名誉が傷つかなければ』と。」（VV 76）

ヒンデンブルクの声明をめぐるグレーナーとエーベルトのやりとりである。例の声明文の内容は、ヒンデンブルクが関知するところのものではないのだ。「総司令官の軍服を着た憧れの人物[88]」「ドイツ国民の勇敢な騎士[89]」と称されるヒンデンブルクの人物像が、「ぐるぐる喉をならす（knurren）」という犬の動作を描くときによく使われる言葉で特徴づけられていく。

それからヒンデンブルク爺さんはどうだ？　ぐるぐる喉を鳴らすだけさ。グレーナーが彼の陛下の退位に口をはさんで以来、彼は喉を鳴らすのをやめなくなった。あいつは死ぬまでグレーナーのことを許さないだろう。（VV 208）

グレーナーの部下である少佐シュライヒャーのこうした言葉は、ヒンデンブルクとグレーナーの力関係を明らかにするものだ。「のどを鳴らす」という動詞は、犬レベルにまで凋落したヒンデンブルクの権威を示すのみならず、部下に命令を下し意見するための「言葉」も失ったということだ。

このヴュルテンベルクの男は、決定的な状況におかれた皇帝に対して、軍旗に対する忠誠の誓いなど、ぬきさしならない状況によっては、無意味な「理念に過ぎない」とのたまったあの高位の将校で、歴史的にみると皇帝退位の責任を負う人物の一人である。（VV 382）

ヴュルテンベルク出身のグレーナーは、軍への忠誠など「理念」のように空虚で頼りにならないものだと主張する現実的な合理主義者だ。こうしたグレーナーやシュライヒャーらＯＨＬの下の世代は、過去の遺産となってしまった国民的英雄の老ヒンデンブルクを、自分たちが生き残るための広告塔として利用し搾取するのである。「皇帝に忠実な女予言者[90]」と題される章でも、ヒンデンブルクの無力が話題にのぼる。

あなた方はとにかく彼にひどい扱いをしました。そのせいで心が痛み私は眠れません。元帥は黙ったままでした、わかっていますとも、彼はあの瞬間に死んだのです。［…］皇帝のいないドイツ帝国は死んだのも同然です。ドイツ帝国は皇帝とともに発展してきたのですから。どうかオランダにいるあのひとのことを忘れないでください。（VV 216f.）

シュライヒャーに対してこう語る老いた伯爵夫人は、ヴィルヘルム一世や女帝アウグスティーナの思い出を語ることのできる、帝政ドイツやそれを支えた貴族社会の生き残りであり、彼女の言葉はそうした没落する階層の言葉を拾い上げるものだ。皇帝の退位やドイツ帝国の崩壊をこれみよがしに嘆いて悲嘆に暮れる様子は、冷めた軍人ら周囲との温度差を際立たせていささか不気味である。しかし、彼女は、ドイツ帝国軍のボスであるヒンデンブルクも皇帝の退位とともにその力を失い「死んだ巨像[91]」になり下がってしまったことを認識している。

グレーナーやシュライヒャーがこうした過去の亡霊から訣別することを考えれば、軍の上層部にも革命の波は押し寄せていたということだ。だからこそ、軍の上層部はベルリンに帰還した部隊を使って革命騒ぎを鎮圧しようと画策するが、第二部第二巻のタイトルにある「帰還（Heimkehr）」という言葉通り、兵士たちは上官の命令を無視して、ベルリンに到着するなりそのまま「家」に帰り霧散してしまったのだ。想定外の事態で旧ドイツ帝国軍の解体が決定的になったことを報告するシュライヒャーに対して、老伯爵夫人は次のように述べる。

今日行われるような一緒に太鼓を叩いて行進といった軍隊は、誰も全く望んでもいないのに一般兵役義務によって集められてできたもので、そんなものは軍隊ではありません。あんな有象無象に国家のなにがわかるというのですか？　皇帝や帝国が彼らにとってなんの関係があるのでしょうか。みんな靴を作ったり服を作ったりしたいに決まっています。みんな家に帰って当然です。（HF 235）

「ぞっとする笑い声」「ひきつった笑い」「獣のよう」[92]という言葉で表される様子は、先に引用した皇帝の退位を嘆き悲しむ姿とは異なる老伯爵夫人の相貌をグロテスクに浮かびあがらせる。皇帝、帝政ドイツ、ヒンデンブルク、君主制を支えた老伯爵夫人ら貴族階級、こうした過去の亡霊が彼女の体を通してこのような形で言葉を発するのだ。エリート軍人ではない兵士はその場しのぎに雇われた雑魚だといわんばかりに、過去の亡霊たちにとっては革命など問題にならない。逆にいえば、ドイツ十一月革命はこうした生きた亡霊たちを根絶することができずに、伯爵老夫人のような遺物を依然として生かすことになった。

エーベルトが軍部と交わした密約は軍の権威の復活を決定づけるものとなり、これこそドイツの破滅を約束するファウスト的な「悪魔との契約」だった。老いた伯爵夫人はシュライヒャーに対して、「でもあなた方にとっては、なるようになるでしょう、問題ありません。この世にまだ正義があることがあなた方にもわかるでしょう。最後の審判を待つ必要はありません[93]」と予言する。その後、エーベルトがノスケを呼んで義勇軍の投入を決定することを考えれば、彼女の言葉通りになったと考えられよう。というのも義勇軍を指揮するのは、帝政ドイツを支えた軍の将校連中なのだから。

㈢　グスタフ・ノスケと義勇軍――血に飢えた猟犬と戦争機械

エーベルト率いる暫定政府を支えるのが帝政時代の残滓である軍部の上層部、将校連中であり、彼らの「戦争機械[94]」となって革命派を迫害するのが、「義勇軍（Freikorps）」に所属する「正真正銘の兵士たち」、白色テロリストである。

しかし、何千人もが若くして従軍した、平和をもたらすどころか、この平和についてさえも考えなかった。人を殺し、偶然生き延びた。市民たちがそうした人間を必要とするわけもなく、市民たち自身も食べるものがなく、こちらも市民的なカビ臭さのなかに入り込むのはまっぴらごめんだった。それに、この期に及んでまた彼らの荷車を引っ張るために何年も戦場にいたわけじゃない。そんなときに、義勇軍への入隊を呼びかける掲示が出ていた。デーベリッツとツォッセンで部隊が編成され、バルト海沿岸地方を守り、ポーランドを警戒するための準備が整えられていた、そうしたら革命も起こった――どれも平和よりはましだ、たとえ略奪や殺人や流血になるのだとしても。(HF 353f.)

このカール・リープクネヒトの内的独白は、戦争が生み出した「新しいタイプの人間」の姿を浮き彫りにしている。「戦士型」「兵士型」とカールが呼ぶ、略奪や流血や殺人の方が平和よりましだと考える若い兵士たちの暴力に対する親和性は、警察本部襲撃に加わったマウスが久しぶりにプロイセン式の銃を手にして興奮するエピソードからも明らかだ。彼らの習性を誰よりも認識するカールは、彼らを「人間のクズ」(95)と呼び、その潜在的な狂暴性を恐れた。

こうした行き場を失った兵士たちの受け皿となり、彼らの承認欲求を満たす義勇軍の精神性は、義勇軍を率いるメルカーが提示する次のような「基本原則」のなかに浮かびあがる。

部隊の精神に関して、「最高基本原則は軍規を厳守することである。高貴かつ高潔に振る舞わず、仕事から離れんとする者。」略奪する者は死刑となる。臆病な様子を見せた者、盗みを働き国家財産を破壊する者は追放される。任務は国内の安寧と秩序の維持および国境の警備である。(HF 384)

少し妙であるが、この引用部の括弧は原文のままである。この厳しい規律が居場所を失った「クズ」たちに存在意義を与え、自己承認欲求を満たして奮い立たせた。そしてマウスやハイベルクもこうした国粋主義な傾向や規律の厳しさにシンパシーを感じ、メルカーの部隊に入隊した。主人公ベッカーやドイツ十一月革命の動向が語られていくあいだにも、背後ではこうして刻一刻と義勇軍の体勢が整えられていく。

一九一九年を迎え、ベッカーが校長のスキャンダルで奔走し、ヒルデがマウスとの結婚を決める頃、ティーアガルテンに集結するようにとビラがまかれ大規模群衆デモへの呼びかけがなされるが、カールら革命の指導者たちが武装蜂起の合図を出すことに躊躇している頃、エーベルトは一足先に革命鎮圧のための義勇軍の投入を決める。義勇軍となる猟兵部隊のお披露目パレードの様子が次のように語られる。

ベルリンから南西に五〇キロメートル離れたところにツォッセンはある。エーベルトとノスケは軍の車で出かけた。その駐屯地で一糸乱れず隊列を組み――あのクリスマス前の酷い数日の後に、なんと元気づけてくれることか、なんという思いがけない喜び――、今ふたたび正真正銘の兵士たちが並んでいた、アフリカ戦線のベテランで三人の皇帝に仕えた将校すなわちメルカー少将によって集められた。指揮をとるのはリュトヴィッツ司令官だ。空気は乾き冷たかった。固く凍てついた砂の地面に立たされていた。閲兵式用の行進曲が鳴り響いた。軍用靴が、その衝撃を愛撫のように感じるブランデンブルクの地をずんずん踏み鳴らした。制服に身を包み、鉄兜をかぶり、猟兵たちがフリードリヒ・エーベルトの前を行進した、灰色の、表情一つ変えない、石から切り出されたような顔貌で。（KR 269f.）

乾いた冷たい空気や固く凍てついた地面にこの精鋭部隊の冷酷さや精神性が投影される。猟兵は弾圧の際には狙撃兵として活躍したという。石から切り出されたような硬直した無数の顔には平板化の力が刻み込まれている。兵士たちの個性は匿名性のなかに埋没し、表情を失ったその顔貌からは生身の人間の温もりが欠落している。無表情で一糸乱れず行進する彼らの姿はまさに、権力者になり代わり人を殺すことを厭わない「戦争機械」そのものだ。

この新たに編成された先鋭部隊は、上官やエーベルトの呼びかけを無視して家に帰った旧ドイツ帝国軍の兵士たちとは違う。「義勇軍」と呼ばれるこの部隊は、政府と軍部の癒着から誕生した「国家の忠犬」である。そして、「最高司令官」としてこの部隊を統括するのは有能な民間人ノスケである。

残忍性はもちろんのこと、本作品で強調されるその合理的で迅速な判断力や決断力、そして行動力から、ノスケは「ブラット＝ハウンド」と称される。合理的に物事を推し進め、目的を遂行するためには何事も厭わない彼の人物像は、レーニンのイメージにも重なる。

少将メルカーのいるツォッセンの駐屯地を後にしたグスタフ・ノスケは、ペテルスブルクのタウリーダ宮殿へ夜の散歩に出かけるレーニンそっくりに、歌いながらうねって進む群衆たちを遠くからじっと見つめた、これをかき分けてヴィルヘルム通りに辿りつかなければならない。

(KR 270)

本作品でレーニンに託さるイメージについてはすでに述べた通りである。革命の父レーニンと白軍の死刑執行人ノスケが重なるとき、革命と反革命という不毛な二項対立は消滅し、相反するこの二つの権力が大勢の人間の犠牲を生む「テロル」の暴力へと回収されていく。

興味深いのは「散歩」というキーワードを通してレーニンとノスケがつながる点である。本作品では一月五日から六日にかけてのあの革命派の大規模デモの様子が、散歩者ノスケの視点から描き出される。「散歩」とはいえ、もちろん革命のさなかの二〇世紀のモスクワやベルリンで、一九世紀のパリで花開いた閑人の呑気な道楽としての遊歩などは不可能だ。デーブリーンのノスケには常に行き先や目的がはっきりしている。

そうこうするうちにグスタフ・ノスケは騒ぎを見るために、リンデン通りに散歩に出かける。[…]ノスケはオペラ座広場の老フリッツ公の騎士像の脇に立ち、それから橋の向こうの宮殿広場に目をやると度肝をぬかれた。どこもかしこも黒山の人だかり、その間に乱立する赤旗。いやすごい、あいつらがこれほどの人間を動員できるとは。手を打つなら今が潮時か。(KR 272f.)

ノスケは通りを歩きながら、街路の群衆に距離化された眼差しを向ける。ドイツの将来を決定づけるこの歴史上の重要人物は「人々はいったい何を想像しているのだろうか、何がティーアガルテンで起こるというのだ[96]」と考えるが、群衆たちの誰一人として彼の存在に気づかない。散歩者は群衆に混じり匿名性のなかに埋没する。危険な迫害者ノスケも白軍の最高司令官であるにもかかわらず、冬のコートを着込んだ民間人の隠れ蓑をかぶって散歩がてら、己の敵となる革命群衆のなかに紛れ込み、注意深くその様子を偵察するのだ。

彼がほかの人々に混じり歩道の人垣を作っていると、なんと車でブランデンブルク門に到着するカール・リープクネヒトに遭遇するという幸運に恵まれた。彼はきっと、戦勝記念大通りが自分の勝利の道になってくれるかどうか、確かめにきたのだ。今、記念碑のところで彼の車は止まる、人々が彼を通してくれない、彼は話の相手をしなければならない。そこに彼はいる、そこに彼が立っている、帽子もかぶらずに、相変わらずの狂信者、狂人、憐れな男。(KR 273)

ノスケは宿敵となるカールと遭遇する。互いに面識があることがノスケの内的独白を通して明らかにされる。しかし、「そこを冬のコートを着込んだノスケが散歩をしていた[97]」のに、自分の死刑執行人がすぐそばにいるのに、カールは気づかない。まさに個別性を解消させる隠れ蓑としての群衆、そして野次馬の人垣に紛れ込んで存在を消す散歩者の効果が大いに発揮される場面である。野次馬や革命の群衆のなかで己を見失いそうになったマウスとは異なり、ノスケが人の群れにのまれて己を失うことは決してない。それはノスケが観察する散歩者であり、「ブラット＝ハウンド」すなわち己の任務をわきまえた猟犬だからだ。ノスケの散歩は、獲物を探して歩く血に飢えた猟犬の歩み、彼はここでカールという大きな獲物を見つけて狙いを定めるのである。

ノスケは、仕留めるように命じられた革命の群衆とも遭遇している。一月六日、彼はティーアガルテンの群衆と「不気味」にすれちがい、「やつらのこの無礼をわれわれが叩き直してやる」[98]と誓うが、結果としてノスケの出る幕もなく、この群衆たちがカールら指導者たちに放置されたまま自然と霧散していくことはすでに述べた通りだ。

いずれにせよ、猟犬ノスケとその獲物であるカールや群衆がすれ違うという偶然は言葉通り「不気味」であるが、このようにして武装する革命派の群衆もカールも、手の届くところにいたノスケをみすみす取り逃がしていくのである。ノスケとカールや革命群衆とのこの意味深長なすれ違は、ある意味で、「カイロス」を取り逃がしていくドイツ十一月革命の本質に迫るエピソードとなっている。

結び　デーブリーンの黙示録

デーブリーンの『一九一八』を「黙示録」の枠組みを用いて読み直すとき、たしかに救済史的な黙示録の言説に支えられた「革命の歴史／物語」が浮かびあがる。そこに、主人公ベッカーの信仰への目覚めが加わるため、この作品からカトリックに改宗したデーブリーンの宗教志向を読み取るような立場が出てくるのも理解できる。しかし、『一九一八』では同時に、救済の瞬間が断ち切られ、そうした黙示録の言説が打ち消されていることを見落としてはならない。というのも、そうしたテクストの動きが、権力闘争や歴史的重要人物の功罪にひたすら脚光を浴びせるような「革命の歴史／物語」をも骨抜きにしていくからだ。

最後の審判が下るとき、革命の理想を掲げて権力と闘う者たちが命を落とす一方で、革命を妨害して国民を裏切り、新しいドイツ誕生の芽をつぶした旧体制の担い手たち、すなわち権力者や日和見主義的な市井の人々が生き残る。生き残れない者たちの死に顔には、権力者によるテロルの痕跡が刻み込まれている。そこにはそもそも伝統的な黙示録の言説――そこには宗教的な黙示録も、世俗化された亜流の、マルクス＝レーニン主義や歴史主義的な黙示録も含まれる――が約束する苦悩の末の救済など皆無だ。デーブリーンの黙示録にあって顕著なのは、死者たちがかわいそうな犠牲者として祭り上げられることがないということだ。彼らは、死後もろくな扱いをされない。血まみれのローザを車に乗せて運ぶ兵士たちは、彼女が流した血で車や足元が汚れるのを露骨に嫌がり、ローザを殴り殺したルンゲは、衝撃で銃床が痛んでいないかさりげなく確認する。またローザの死体が運河に放り投げられる現場を目撃した二人の浮浪者は、そんなことよりも自分たちが偶然捕まえた一匹のウサギの取り合いに忙しい。カールとローザ、フリードリヒ・ベッカーといった主人公たちの死をクライマックスにして物語は終わらず、その死後も何事もなかったかのように続いていく日常の風景がさらに描き出される。殺害の現場以上に、生き残った者たちのたわいのない日常の細部に、通常の歴史記述が興味を示すことのない細部に力点がおかれているのだ。そして、生き延びる権力者や革命群衆の日和見主義が次なる黙示録を予感させる。

つまり、『一九一八』では、圧政に苦しむ良き魂が救済され悪しき支配者が滅ぶと預言する黙示録の伝える内容とは逆の運命が語り出されるのである。デーブリーンは、救済の物語であるはずの「黙示録」を、裁き方や生き延び方を示唆する「我こそは生き残らん」とする者たちの権力への意志に満ちた物語へと書き換えるのだ。神ではなく悪魔が裁きを下し、さらに恐ろしい次なる黙示録を呼ぶ、もう一つの黙示録が露見する。したがって『一九一八』において、救済の瞬間とは生き残る瞬間、すなわちカネッティの言う「死を眺める恐怖が、死んだのは自分以外の誰かだという満足感に変わる」瞬間にほかならない。こうした冷ややかな語りに、「〈権力〉の宗教（一つの信仰、恐るべき審判の仕方）(1)」に対峙しながら、宗教的権威の虚飾を脱色しようとするデーブリーンの強い意志が認められよう。

しかし、それ以上にデーブリーンの「黙示録」にあっては、「跳飛弾」のごとく本筋を離れて予期せぬ方角に脱線していく無数の小さな筋が、歴史上の重要人物たちを主人公とする「革命の歴史/物語」に絡みつき、重苦しく生真面目に叙述される歴史的事象をユーモラスに「逆なで」していく呑気さが、今日の読者にアクチュアリティを感じさせるものとなっている。首相エーベルトやノスケら反革命の権力者たちは動物に戯画化され、エーベルトのニキビのみならず、名前の語尾の「t」をイノシシのお尻についたしっぽに喩える遊び、血に飢えた猟犬ノスケの物語に絡みつくほのぼのとしたばかばかしい「さかな語」のエピソード、そして犬のようにくんくん鼻を鳴らす軍の英雄ヒンデンブルクなどは、緊迫する歴史状況を伝えるテクストに挟まれた、たわいのない息抜きのようにもみえる。しかし、こうした小さなテクストの動きが、国の正史を伝える大きな物語に憑依して、その意味を混乱させる起爆剤となるのだ。なぜなら、この小さな言葉の錯乱こそが権力者たちの「メジャーな言語」を簒奪するからである。フリードリヒ二世やアルブレヒト熊公らプロイセン=ドイツの歴代名君の立像がいかめしく立ち並ぶ戦勝記念大通りは、ドイツ帝国の栄華を伝えるいわば国民の歴史の青空博物館そのものである。ところがデーブリーンによる都市の観相学においては、これら帝政ドイツの英雄たちは革命の嵐のなかで数百年の眠りから目を覚まし、ドタバタ喜劇めいた空騒ぎをはじめるのだ。

歴史主義に距離をおき、正史の謹厳実直をこけにするかのごとく冴え渡るデーブリーンの独特なユーモア感覚が、「跳飛弾」という物語技法を生み出し、目的論的に語り出される一本線の歴史叙述では捉えきれない時代の横断面を切り取ることを成功させた。テクストのなかの小さな逸話や言葉が大きな物語（黙示録／革命）を侵犯していく動きは、まさに「世界史に憑依する錯乱[2]」であり、そこにポストモダンの現代文学へと継承されるデーブリーンならではのテクストの新しさがあるのではないか。

注

はじめに

1 Brecht, Bertolt: Journale 2. 1941-1955, S. 165.
2 Vgl. Mann, Thomas: Briefe 1937-1947, S. 563.
3 Vgl. Benn, Gottfried: Sämtliche Werke. Bd. 5, S. 166.
4 Vgl. Grass, Günter: Über meinen Lehrer Alfred Döblin. In: Werke. Bd. 9, S. 237f.
5 Kiesel, Helmuth: Literarische Trauerarbeit, S. 1.
6 小島基訳『二人の女と毒殺事件』（白水社、一九八九年）、『王倫の三跳躍』（白水社、一九九一年）、岸本雅之訳『ポーランド旅行』（鳥影社、二〇〇八年）、早崎守俊訳『ベルリン・アレクサンダー広場』（復刻版、河出書房新社、二〇一二年）、研究書としては、長谷川純著『語りの多声性――デーブリーンの小説『ハムレット』をめぐって』（鳥影社、二〇一三年）。

序

1 執筆開始時期を正確に特定するのは難しいと言われている。デーブリーン自身「だいたいその年の終わり頃」と見当をつけているのみ。Vgl. B I 281.
2 第一部『市民と兵士たち』（Bürger und Soldaten）はパリで執筆され、一九三九年にアムステルダムの出版社から刊行された。「パリ手稿」と呼ばれる第二部の手書き初稿原稿も、アメリカに渡る直前の一九四〇年にパリで完成されている。この時点で第二部は、現在のように二つに分かれていなかった。アメリカへ渡ったあと、このパリ手稿に加筆修正がほどこされ、一九四二年三月にタイプ原稿が仕上がるのだが、そのときに第二部は第一巻『裏切られた民衆』（Verratenes Volk）と第二巻『前線部隊の帰還』（Heimkehr der Fronttruppen）に分けられることになった。そして翌年の一九四三年、カリフォルニアで第三部『カールとローザ』（Karl und Rosa）が完成する。

3　Vgl. SL 316.

4　Vgl. Köpke, Wulf: Schwierigkeiten bei der Beurteilung von Döblins „November 1918“. In: Exil. Wirkung und Wertung, S. 195; Althen, Christina: Machtkonstellationen einer deutschen Revolution. Alfred Döblins Geschichtsroman „November 1918“, S. 14.

5　一九七八年にデーブリーンの生誕一〇〇年を記念して、『一九一八』の全三部全四巻（第一部『市民と兵士たち』、第二部一巻『裏切られた民衆』、第二部二巻『前線部隊の帰還』、第三部『カールとローザ』）を収めたボックス版が出版され、本作品の再評価を促すきっかけとなった。そして一九九一年、ヴェルナー・シュタウフファッハーの編集により、学術研究に基づいた詳細な註釈入りの歴史＝批判版『一九一八』（全三部全四巻）がヴァルター社から出版される。本書で参照するシュタウフファッハー版には、これまで公にならなかったテクストの断片もかなり収録されており、ここでようやくデーブリーンが意図していた作品の全貌が明らかになったといえる。この版に付されている註釈は、時代史的、伝記的、文学的に極めて貴重なもので、テクストの素材や引用文献といった出典資料の扱いについて、研究者や読者に多くの示唆を与えるものとなっている。

6　Vgl. Mader, Helmut: Sozialismus- und Revolutionsthematik im Werk Alfred Döblins mit einer Interpretation seines Romans „November 1918“; Sebald, W. G.: Der Mythus der Zerstörung im Werk Döblins; ders.: Alfred Döblin oder die politische Unzuverlässigkeit des bürgerlichen Literaten. In: IADK, 1986, S. 133-139.

7　Vgl. Weyembergh-Boussart, Monique: Alfred Döblin. Seine Religiosität in Persönlichkeit und Werk; Isermann, Thomas: Der Text und das Unsagbare. Studien zu Religionssuche und Werkpoetik bei Alfred Döblin.

8　Vgl. Sander, Gabriele: Alfred Döblin, S. 208.

9　Meyer, Hans: Eine deutsche Revolution. Also keine. Über Alfred Döblins wiederentdecktes Erzählwerk „November 1918". In: Der Spiegel 31, S. 124ff. このほか、『一九一八』の読者が感じる不満の原因を分析するものとして、山口裕：『ドイツの歴史小説』一九六—二〇〇頁参照。

10　Sander, Gabriele: Alfred Döblin, S. 208.

11　Brecht, Bertolt: Über Alfred Döblin. In: Schriften 3, S. 23.

12　『一九一八』に関する二次文献については、本書の文献リストを参照されたし。

13　Vgl. Auer, Manfred: Das Exil vor der Vertreibung. Motivkontinuität und Quellenproblematik im späten Werk Alfred Döblins; Wichert, Adalbert: Alfred Döblins historisches Denken. Zur Poetik des modernen Geschichtsromans; Busch, Arnold: Faust und Faschismus. Thomas Manns „Doktor Faustus" und Alfred Döblins „November 1918" als exilliterarische Auseinandersetzung mit Deutschland. トーマス・マンやブレヒトなど同時代の作家とデーブリーンを並べて論ずるものとして、以下のようなものが挙げられる。Vgl. Müller, Maria E.: Die Gnadenwahl Satans. Der Rückgriff auf vormoderne Pakttraditionen bei Thomas Mann, Alfred Döblin und Elisabeth Langgässer. In: Thomas Mann, Doktor Faustus 1947-1997, S. 145-165; Bernhardt, Oliver: Alfred Döblin und Thomas Mann. Eine wechselvolle literarische Beziehung, S. 133-170; Ribbat, Ernst: Döblin, Brecht, und das Problem des historischen Romans. In: IADK, 1986, S. 33-44; ders., Die Wahrheit des Lebens im frühen Werk Alfred Döblins; Koopmann, Helmut: Der klassisch-moderne Roman in Deutschland. Thomas Mann, Alfred Döblin, Hermann Broch.

14　Vgl. Wichert, a. a. O.; Mattick, Meike: Komik und Geschichtserfahrung. Alfred Döblins komisierendes Erzählen in „November 1918. Eine deutsche Revolution"; Koepke, Wulf: Die Wahrheit des Grotesken. Alfred Döblins „November

1918" als Satire. In: Hitler im Visier. Literarische Satiren und Karikaturen als Waffe gegen den Nationalsozialismus, S. 155-173. このほか、山口、前掲書一六九―二〇一頁。

15 デーブリーンのキリスト教との関わりを積極的に捉えようとする試みとして、以下のようなものが挙げられる。Vgl. Riley, Anthony W.: Christentum und Revolution. Zu Alfred Döblins Romanzyklus „November 1918". In: Leben im Exil. Probleme der Integration deutscher Flüchtlinge im Ausland 1933-1945, S. 91-102; Emde, Friedrich: Alfred Döblin. Sein Weg zum Christentum.

第一章

1 「歴史理論の言語論的転回」及び「歴史の物語論」については、ヘイドン・ホワイト「ポストモダニズム講義」、鹿島徹『可能性としての歴史』、野家啓一『物語の哲学』を参照。

2 アリストテレース『詩学』四三頁。

3 UD 231.

4 野家、前掲書一七六頁。

5 訳は、アルフレート・デーブリーン『ポーランド旅行』（岸本雅之訳）を参照。

6 Benjamin, Walter: Über den Begriff der Geschichte, Gesammelte Schriften 1-2, S. 696. 訳は、ヴァルター・ベンヤミン「歴史の概念について」（『ボードレール』（野村修編訳）に所収）を参照。

7 野家、前掲書一三八頁。本論における「歴史の形而上学」についての記述は同書に拠るところが大きい。

8 例えば、アウグスティヌスは天地創造から救いの完成までを描く『神の国』(de Civitate Dei)を著した。また、理性の叡智を讃える啓蒙主義の時代に入ると、キリスト教的ヴィジョンが世俗化され、神に代わる理性が過去を超克すると考えられるようになる。ヴォルテールは『歴史哲学』(philosophie de l'histoire)を発表して歴史的なプロセスの意味と目的は「自由の実現」にあると唱え、ヘーゲルはシラーの「世界史とは世界審判である」という言葉を引用している。以上、野家、前掲書一二六―一二八頁、一三八、一五〇頁参照。

9 野家、前掲書一二六頁。

10 同、四一頁。

11 UD 224f.

12 野家、前掲書一五三頁参照。

13 SÄ 301.

14 ヘイドン・ホワイト「歴史における物語性の価値」（『物語と歴史』九頁）を参照。

15 同、一〇頁。

16 UD 230.

17 Vgl. SÄ 302.「世界史は世界審判である（Weltgeschichte ist Weltgericht）」とは、シラーの詩集『諦観』（Resignation）に収められた「幻想」という詩のなかの一節をデーブリーンが引用したもの。Vgl. Schiller, Friedrich: Werke. Nationalausgabe. Bd. 2-1, S. 403.

18 UD 230.

19 野家、前掲書一五二頁。野家が引用するヤコーブ・ブルクハルトの言葉。ブルクハルトは『世界史的諸考察』（Weltgeschichtliche Betrachtungen, 1905）のなかで、年代記的に捉えられる過去を歴史の「縦断面（Längendurchschnitte）」、共時的に捉えられる過去を歴史の「横断面（Querdurchschnitte）」と呼ぶ。

20 Benjamin, Über den Begriff der Geschichte, a. a. O., S. 696.

21 Ebd., S. 697.

22 SÄ 305.

23 Ebd.

24 カルロ・ギンズブルグ『歴史を逆なでに読む』五七—六五頁参照。ギンズブルグによれば、古典的な伝統では、歴史的な出来事を物語る際に、ギリシャ人が「エナルゲイア（enargeia）」と呼び、ローマ人が「エーウィデンティア・イン・ナラーティオーネ（evidentia in narratione）」と呼んだ資質が要求された。これらは人物や状況を生き生きと表象する能力を意味する。

25 Benjamin, Über den Begriff der Geschichte, a. a. O., S. 695.

26 本書第一章、注19を参照。

27 Vgl. SÄ 293.

28 Vgl. Müller, Harro: Historische Romane in der zweiten Hälfte des 19. Jahrhunderts. In: ders., Gegengifte. Essays zu Theorie und Literatur der Moderne, S. 142.

29 山口、前掲書八頁参照。

30 Eggert, Hartmut: Der historische Roman des 19. Jahrhunderts. In: Handbuch des deutschen Romans, S. 342.

31 山口、前掲書八頁参照。このほか、ドイツの歴史小説については以下参照。Vgl. Eggert, a. a. O., S. 343; Müller, a. a. O., S. 140-143.

32 Vgl. Müller, a. a. O., S. 139.

33 Eggert, a. a. O., S. 342.

34 一九世紀の歴史小説を代表する作家として、ヴィルヘルム・ハウフ、ヨーゼフ・ヴィクトール・フォン・シェッフェル、ヴィリバルト・アレクシス、フェーリクス・ダーン、カール・グツコウ、アーダルベルト・シュティフター、テオドール・フォンターネらがいる。

35 SÄ 303.

36 Vgl. Benjamin, Über den Begriff der Geschichte, a. a. O., S. 696.

37 Vgl. SÄ 680f., 本章で取り上げる一九世紀のドイツの歴史小説については以下を参照。Vgl., Eggert, a. a. O.,

S. 343-350. 及び、山口、前掲書九四頁以降参照。

38 Vgl. RP 248. デーブリーンは『ポーランド旅行』のなかで、教養市民層の人文主義やギリシャ古典趣味を痛烈に批判している。

39 Vgl. SÄ 314.

40 Vgl. SÄ 310.

41 Vgl. RP 199.

42 SÄ 315.

第二章

1 Vgl. Althen, a. a. O., S. 81.

2 Vgl. Vondung, Klaus: Die Apokalypse in Deutschland. S. 7; Kaiser, Gerhard R. : Apokalypsedrohung, Apokalypse-gerede, Literatur und Apokalypse. Verstreute Bemerkungen zur Einleitung. In: Poesie der Apokalypse, S. 7.

3 本論における「黙示録」の概念説明については次も参照。Vgl. Brokoff, Jürgen: Die Apokalypse in der Weimarer Republik, S. 7 ; Böhme, Hartmut: Vergangenheit und Gegenwart der Apokalypse. In: Untergangsphantasien, S. 12f.; Lexikon für Theologie und Kirche. Bd. 1, S. 814-821. 日本語文献では、小黒康正『黙示録を夢見るとき』一九頁、福田恒存「ロレンスの黙示録論について」（D・H・ロレンス『黙示録論』五—二五頁）を参照。

4 「契約」よりも「啓示」が重要な役割を演じる終末論的預言や黙示録的文書の総称を「黙示文学」と呼ぶ。これらの預言や文書は、キリスト生誕前後二〇〇年、ないし、紀元前三世紀から初期キリスト教の時代に、イスラエルや初期キリスト教や古代ギリシャの伝統が交錯する地域で、当時、バビロン捕囚やヘレニズムとの確執をはじめとする民族的な（後には教会の）苦難の時期におかれていたイスラエルの民の、後期ユダヤ教の極めて重要な運動の一つとして生まれた。ちなみに「黙示文学」という概念が生まれたのはおよそ二〇〇年前のことで、こうした終末論的預言・黙示録的文書は、一九世紀の神学によってようやく「黙示文学」というジャンルとして認められるようになった。

5 Die Offenbarung des Johannes wird im folgenden nach der revidierten Fassung der Lutherbibel zitiert: Die Bibel, nach der Übersetzung Martin Luthers.

6 Vgl. Kaiser, a. a. O., S. 15.

7 ヨアヒムは、『ヨハネの黙示録』の象徴や寓意を、世俗における過去から現在に至る具体的な出来事に結びつけようとした。これはナチスも利用する「千年王国説」に影響を与えた。ヨアヒムによれば、「楽園」が聖なる天ではなくこの地上に到来し、そのとき既存の権力構造や教会組織は消滅する。こうしたヨアヒムの説が革命思想の根幹を造ったとも考えられる。Vgl. Kaiser, a. a. O., S. 15.

8 Vgl. Lessing, Gotthold Ephraim: Erziehung des Menschengeschlechts, Werke. 7. Bd., S. 477. このほか、小黒、前掲書三二頁参照。

9 Vgl. Althen, a. a. O., S. 212.

10 ヘーゲル『歴史哲学講義（上）』五二頁。

11 小黒、前掲書二七頁参照。

12 Vgl. Böhme, a. a. O., S. 17.

13 福田、前掲書七頁。

14 ロレンス『黙示録論』四三頁。

15 同、五二頁。

16 同、四七頁。

17 福田、前掲書一七頁以降参照。

18 ジル・ドゥルーズ『批評と臨床』七七―一一二頁に所収。

19　同、八五頁。

20　同、七八頁。

21　『ヨハネの黙示録』二一章には、新たなエルサレムの到来とこれまでの世界が崩壊していく様子が描き出されるが、救済された新たな世界と、古い世界としての現世の区別に目を向けるとき、そこに潜む超越論的な神の暴力を正当化する身振りが浮かびあがる。内在的すなわち現世的なものと超越論的なものという二元論について、さらに、前者を倒すために投入される「神の力」すなわち「超越論的な暴力」が正当化されてゆく黙示録のテクスト構造については以下を参照。Vgl. Brokoff, a. a. O., S. 15-31.

22　革命理論と世俗化された黙示録的な歴史解釈については、Vgl. Althen, a. a. O., S. 212.

23　Böhme, a. a. O., S. 21.

24　『聖書名言辞典』六〇二頁以降参照。

25　黙示録的構造については、Vgl. Theologische Realenzyklopädie. Bd. 3, S. 175f.

26　『ヨハネの黙示録』における世の終わりのカタストロフのイメージについては、Vgl. Offb. 4,1-22, 5.

27　アントン・カエス「ホロコーストと歴史の終焉」（『アウシュヴィッツと表象の限界』一七二頁以降）参照。

28　Vgl. Böhme, a. a. O., S.22-25, 小黒、前掲書四六頁以降参照。ベーメはカントの「崇高なるもの」の概念を引き合いに出し、終末に向けられる黙示録的不安が、モデルネ以降の現代では「崇高なもの」という形で潜在していると説く。現代における黙示録をめぐる言説については、デリダの『哲学における最近の黙示録的語調について』をはじめとして、八〇年代以降もさかんに議論されている。

29　『トーマス・マン全集VI』三五九頁参照。

30　同、三六〇頁。

31　一九世紀後半から二〇世紀前半にかけて発表されたドイツ語圏文学のタイトルを振り返ると、『神々の黄昏』(1876)、『世界の終わり』(1911)、『人類最後の日々』(1922)、『西洋の没落』(1918/22)、『人類の薄明』(1919)、『ユートピアの精神』(1921)など、黙示録を意識したものが数多くみられる。ドイツにおける黙示録の受容については以下参照。Vgl. Vondung, Die Apokalypse in Deutschland. 一九世紀末から二〇世紀前半にかけての文学における黙示録の影響については、Vgl. ders.: Von Vernichtungslust und Untergangsangst. Nationalismus, Krieg und Apokalypse. In: Literarische Moderne. Europäische Literatur im 19. und 20. Jahrhundert, S. 232-256. また、ジャック・デリダは『哲学における最近の黙示録的語調について』において、終末を宣言するような黙示録的言説のインフレ状況を批判するなかで、現代に復活の兆しを見せる黙示録的思考の自己保存的な欺瞞性を指摘している。

32 Pinthus, Kurt (Hrsg.): Menschheitsdämmerung, S. 25-28. 訳は、クルト・ピントゥス『人類の薄明』――序(高安国世訳)(『表現主義の詩』(ドイツ表現主義1)一四―一八頁に所収)を参照。

33 Vgl. ebd., S. 23.

34 Offb. 22, 13.

35 Pinthus, a. a. O., S. 31.

36 脚注によれば、デーブリーンは一九一八年十二月二日に開かれた催しのことをほのめかしているとのこと。ドイツ革命の熱気に触発された芸術家たちも、「労兵評議会」にならって組合を作った。第一部『市民と兵士たち』でも「精神労働者評議会」について言及されている。Vgl. BS 285-29.

37 HF 9f.

38 BS 289.

39 『トーマス・マン全集VI』三四七頁参照。

40 Vgl. Vondung, Die Apokalypse in Deutschland, S. 13.

41 Vgl. Kaiser, a. a. O., S. 13-17.

42 Vgl. Vondung, Die Apokalypse in Deutschland, S. 7-16.

43 「ドイツ十一月革命」については、Vgl. Haffner, Sebastian: Die deutsche Revolution 1918/19; Wirsching, Andreas: Die Weimarer Republik; Althen, a. a. O., S. 272f.; さらに、成瀬治・山田欣吾・木村靖二編『ドイツ史3』一一三–一二八頁、『林健太郎著作集第四巻』を参照。

44 社会民主党（SPD）は、レーニンから「ブルジョアジーのあわれむべき従僕たち（ドイツの日和見主義者）」と呼ばれたが、マルクス・エンゲルスの思想の影響を受けて作られた「労働者階級の栄光の党」で、かつては党員一〇〇万を誇る労働者の党であった。エーベルトとシャイデマン擁する多数派社民党（MSPD）と、エーベルトから距離をとる独立社民党（USPD）（スパルタクス、革命的オプロイテ、ブレーメン左派など）に分かれる。

45 Vgl. VV 190ff., 301f., HF 81.

46 「ドイツ十一月革命」の評価については以下を参照。Vgl. Althen, S. 84f.

47 Vgl. Malinowski, Stephan: Vom König zum Führer. Deutscher Adel und Nationalsozialismus, S. 198f.

48 Vgl. Kuhlmann, a. a. O., S. 65.

49 Vgl. SÄ 418.

50 Vgl. Sander, a. a. O., S. 202.

51 Vgl. Wichert, a. a. O., S. 189.

52 B I 229.

53 デーブリーンの革命小説が、ドイツ帝国の周縁部を舞台にはじまることで、ドイツ十一月革命が、あくまでも周縁的な出来事の域を出なかったことが示唆される、という見方もある。Vgl. Kuhlmann, a. a. O., S. 68, Althen, a. a. O., S. 39, Kiesel, Literarische Trauerarbeit, S. 345ff.

54 Vgl. BS 8-21, 182.

55 BS 174-181.
56 Vgl. BS 20-26f.
57 BS 20.
58 Vgl. BS 40-43.
59 BS 113.
60 BS 276.
61 BS 276.
62 Vgl. BS 342-346.
63 VV 137.
64 Vgl. Kuhlmann, a. a. O., S. 60.
65 VV 58.
66 VV 59.
67 KR 107.
68 HF 133.
69 HF 155.
70 HF 156.
71 HF 155.
72 HF 182.
73 HF 99.
74 HF 234.
75 HF 250.

76 HF 361.
77 Vgl. Sander, a. a. O., S. 207.
78 KR 349. 黙示録的な内容や語調ではあるが、実際は「ヨハネの福音」からの引用で、最後の審判、終末論について述べる以下の箇所を参照。Vgl. Joh. 5, 25.
79 Vgl. KR 720.
80 「狭い」「緊迫した」の意味。おもにフーガなどの終結部で、緊張を高めるために使用される手法。主題（または応答）が完結する前に、次の応答（または主題）が導入される。
81 Vgl. Döblin, Alfred: Döblin Über „November 1918“. In: KR 800.
82 Vgl. Canetti, Elias: Masse und Macht, S. 267ff.
83 Vgl. Kuhlmann, a. a. O., S. 68.
84 Hamm, Heinz Toni: Alfred Döblin: „November 1918“. Bemerkungen zur Begründung des Geschichtsromans. In: Beiträge zur deutschen Literatur 20, S. 5.
85 Vgl. BS 344.
86 アライダ・アスマン『想起の空間』四五三―四八二頁。
87 HF 308.
88 Vgl. Woodrow Wilson, HF 304-310, Ebert, HF 339-351, Liebknecht und Radek, HF 352-362, Stauffer, HF 363-368.
89 『ヨハネの黙示録』における「バビロン」と「聖エルサレム」の記述は以下を参照。Vgl. Offb. 18 und 21.
90 BS 85.
91 Offb. 18, 2.
92 Offb. 21, 27.

93 Offb. 21, 2.
94 BS 283.
95 BS 346.
96 Offb. 18, 8.
97 Vgl. BA 123-127.
98 HF 152.
99 HF 152.
100 HF 152.
101 Vgl. Kuhlmann, a. a. O., S. 92-99.
102 Vgl. Mattick, Komik und Geschichtserfahrung, S. 206.
103 Vgl. Kleinschmidt, Erich: Döblin-Studien I. Depersonale Poetik, Jahrbuch der deutschen Schillergesellschaft. 26. Jg., S. 348-401.
104 HF 393.
105 Vgl. KR 783ff. デーブリーンによる史料の扱いや引用については以下を参照。Vgl. Kiesel, Literarische Trauerarbeit, S. 282ff., Auer, S. 65-78. 特にアウアーは、デーブリーンがテクストをどのように引用し加工しているのか、幾つかのパターンを提示して詳細に論じている。
106 VV 170.
107 Vgl. VV 429.
108 Vgl. KR 703.
109 Vgl. KR 243f.
110 KR 244.

111 Vgl. BS 109.

112 Vgl. VV 170.

113 Vgl. VV 280.

114 Vgl. VV 170.

第三章

1 Vgl. Offb. 13.

2 Vgl. Sanna, Simonetta: Selbststerben und Ganzwerdung, S. 197ff.

3 Vgl. Kuhlmann, a. a. O., S. 143-150.

4 Vgl. Frühwald, Wolfgang: Rosa und Satan. In: IADK, 1986, S. 239-256.

5 KR 647.

6 KR 349.

7 KR 349, 444.

8 Vgl. KR 307, 395.

9 Vgl. Döblin, Alfred: Von Gesichtern, Bildern und ihrer Wahrheit. In: KS III 203f.

10 Vgl. KS III 204-207.

11 Vgl. BS 11.

12 Vgl. Döblin, Alfred: Großstadt und Großstädter. In: KS IV 512.

13 Vgl. VV 116.

14 Vgl. VV 161-164.

15 KR 494.

16 VV 164.
17 Vgl. KR 150.
18 カールは黙示録的な「救済」の思想のみを継承する。彼は革命の綱領やより良き生や来るべき正義の王国について話すが、それは、純粋に内在的な力によって現実化されることが前提である。
19 KR 63.
20 VV 395.
21 HF 357.
22 VV 395.
23 HF 357.
24 『一九一八』に登場する実在の歴史上の人物の描写について考察がなされ、とりわけ彼らの極端に類型化された、現実とかけ離れた描写が指摘されてきた。Vgl. Kuhlmann, a. a. O., S. 81ff.; Mattick, Meike: „Von Gesichtern Bildern und ihrer Wahrheit“. In: IADK, 2003, S. 286-289.
25 Vgl. BS 224.
26 KR 17.
27 KR 17f.
28 KR 69ff.
29 KR 77ff.
30 Vgl. KR 382.
31 KR 511.
32 KR 574.
33 Vgl. KR 581.

34 KR 578.
35 KR 582f.
36 Vgl. KR13-15. デーブリーンはローザ・ルクセンブルクがカール・リープクネヒトの妻に宛てた手紙をもとにこのエピソードを書いた。ローザ・ルクセンブルク『獄中からの手紙――ゾフィー・リープクネヒトへ』一三六頁以降参照。
37 Vgl. Jesaja 66, 3.
38 背景には、自分の身代りとして動物の生贄を神に捧げて犯した罪の許しを乞おうとする人々の、旧約聖書からの伝統が引き継がれていると考えられる。生贄が受けた苦痛や傷により、自分たちの犯した罪は償われ人々は救済される。
39 KR 578.
40 KR 590.
41 Vgl. BS 233, VV 93.
42 Vgl. KR 323.
43 VV 55.
44 KR 202.
45 この政令は、戦争を讃える本を図書館から排除し、授業では、世界大戦の原因と結果について偏った教え方をしないように、また、教員の方から革命について偏った意見を言わないように、という内容のもので、批判版の脚注によれば、一九一八年十一月十五日と十七日に、ＳＰＤとＵＳＰＤの政治家の署名入りで、学術・芸術・教育に携わるプロイセンの省庁から出された。当時のマスコミからも叩かれたこの政令の一部をデーブリーンが引用したものだと考えられる。
46 VV 110f.

47 KR 210.
48 HF 280f.
49 HF 283.
50 Vgl. KR 210.
51 KR 227.
52 KR 229.
53 KR 388.
54 Vgl. VV 93.
55 VV 109.
56 KR 200.
57 『一九一八』におけるアンティゴネー解釈については以下参照。Vgl. Osterle, H. D.: Auf den Spuren der Antigone. In: IADK, 1986, S. 86-115; Kiesel, Helmuth: Literarische Trauerarbeit, S. 475ff.; Wambsganz, Friedrich: Sophokles' Antigone als Verdichtung des Widerstandsproblems der Individualiät gegen die Staatsraison in Alfred Döblins November 1918. In: IADK, 2007, S. 283-296.
58 KR 196.
59 Vgl. KR 192, „Von der freudigen Verdammung des »Mädchens« Antigone".
60 Vgl. Kiesel, Literarische Trauerarbeit, S. 476f. 国家主義的なアンティゴネー解釈は、クレオンを擁護するヘーゲルの影響が大きいといわれているが、デーブリーンはこうした解釈を拒絶する。
61 KR 222.
62 KR 209.
63 KR 226.

64 「汚辱に塗れた人々の生」については、ミッシェル・フーコー「汚辱に塗れた人々の生」（『フーコー・コレクション6』二〇一―二三七頁に所収）を参照。
65 Vgl. VV 93-110.
66 Vgl. KR 227.
67 Vgl. KR 210. „Das ist die alte Praxis."
68 Vgl. HF 282-286.
69 Vgl. KR 210.
70 KR 389.
71 Vgl. KR 418.
72 KR 432f.
73 KR 429.
74 KR 430.
75 KR 425.
76 KR 202. „Das Leben tritt aus dem Buch heraus."
77 KR 430.
78 KR 211.
79 VV 100.
80 HF 248.
81 山口、前掲書一八五頁。
82 HF 259. 悪魔の誘惑に対するベッカーの抵抗と誘惑の失敗という限りにおいて、ベッカーは「Anti-Faust」だと言われている。Vgl. Busch, a. a. O., S. 270.

83 Vgl. Oliver, a. a. O., S. 157.
84 KR 444.
85 Scherpe, Klaus R.: Dramatisierung und Entdramatisierung des Untergangs. In: Postmoderne, S. 270-301.
86 ベッカーの死にもかかわらず、デーブリーンのキリスト教との取り組みやヨハネス・タウラーとの関連からこの結末にポジティブなものを見出す解釈もある。その際、ベッカーの宗教的なものへの転向ないし傾倒という点から説明がなされている。Vgl. Oliver, a. a. O., S. 162f. ; Busch, a. a. O., S. 268-272. このほか、オリヴァーは「笑い」や「学者」という観点から『一九一八』と『ファウスト博士』における悪魔の描写を比較している。Vgl. Oliver, ebd., S. 160f.

第四章

1 ドゥルーズ、前掲書八五頁。
2 Vgl. Canetti, Elias: Masse und Macht, S. 238.
3 ドゥルーズ、前掲書八一—八三頁参照。
4 同、八四頁。
5 BS 77.
6 VV 387.
7 VV 64.
8 BS 185.
9 BS 216.
10 Vgl. Benjamin, Walter: Über einige Motive bei Baudelaire, Gesammelte Schriften Bd. I-2, S. 629-632.
11 VV 51.

12 HF 358.
13 KR 314.
14 Vgl. Benjamin, Walter: Das Paris des Second Empire bei Baudelaire, Gesammelte Schriften Bd. I-2, S. 557.
15 BS 242.
16 BS 243.
17 Vgl. Canetti, a. a. O., S. 30ff.
18 KR 311.
19 KR 307.
20 Offb. 20, 4.
21 RP 55f.
22 Vgl. KR 336-345.
23 KR 336.
24 KR 644.
25 KR 344.
26 KR 344.
27 KR 644.
28 Vgl. HF 271.
29 HF 274.
30 KR 628.
31 Vgl. Kiesel, Literarische Trauerarbeit, S. 465-469.
32 Vgl. Althen, a. a. O., S. 99-104.

33 HF 26.
34 VV 272.
35 VV 409.
36 VV 271.
37 VV 421.
38 Vgl. BS 106.
39 BS 107.
40 Vgl. VV 409.
41 VV 311.
42 KR 399.
43 Vgl. HF 24.
44 Vgl. HF 276, „Die warme rettende Melodie des Weinens."
45 Vgl. HF 21f.
46 HF 79.
47 HF 278.
48 Althen, a. a. O., S. 103.
49 KR 167.
50 KR 170.
51 KR 141.
52 KR 173.
53 KR 177.

54 KR 401.
55 KR 628.
56 Vgl. Althen, a. a. O., S. 128.
57 VV 54.
58 VV 60.
59 VV 61.
60 HF 35f.
61 HF 412.
62 HF 408.
63 HF 421.
64 KR 550.
65 KR 555.
66 KR 555f.
67 校長のスキャンダルに対するマウスの反応は以下を参照。Vgl. KR 548-558.
68 Vgl. Althen, a. a. O., S. 130f.
69 Vgl. Sanna, a. a. O., S. 197ff.
70 Vgl. Offb. 13.
71 Vgl. VV 76f., 190ff., 301f., HF 81.
72 VV 301.
73 BS 59.
74 KR 107.

75 KR 107.
76 Vgl. Mattick, Komik und Geschichtserfahrung, S. 239.
77 Vgl. Schoeller, Wilfried F.: Alfred Döblin. S. 723.
78 VV 66.
79 Vgl. Mattick, Komik und Geschichtserfahrung, S. 245.
80 VV 296.
81 Vgl. VV 429.
82 VV 442.
83 『独和大辞典』（小学館）を参照。
84 VV 442.
85 KR 302.
86 HF 355.
87 VV 76.
88 VV 380.
89 VV 381.
90 VV 210-217.
91 Koepke, Die Wahrheit des Grotesken, S. 167.
92 HF 235.
93 HF 235.
94 Vgl. Sanna, a. a. O., S. 197ff.
95 HF 359.

96　KR 272.
97　KR 273.
98　KR 318.

結び

1　ドゥルーズ、前掲書七八頁。
2　ドゥルーズ、前掲書一一一―一二一頁参照。

参考文献

Primärliteratur

Alfred Döblin. Ausgewählte Werke in Einzelbänden. Begründet von Walter Muschg. In Verbindung mit den Söhnen des Dichters (Hg.) Anthony W. Riley und Christina Althen, Walter-Verlag.

November 1918. Eine deutsche Revolution. Erzählwerk in drei Teilen. (Hg.) Werner Stauffacher. Olten/Freiburg i. Br. 1991.

1. Teil: Bürger und Soldaten. (BS)
2. Teil/1: Verratenes Volk. (VV)
2. Teil/2: Heimkehr der Fronttruppen. (HF)
3. Teil: Karl und Rosa. (KR)

Reise in Polen. (Hg.) Heinz Graber. Olten/Freiburg i. Br. 1968. (RP)

Berlin Alexanderplatz. Die Geschichte vom Franz Biberkopf. (Hg.) Werner Stauffacher. Zürich/Düsseldorf 1996. (BA)

Unser Dasein. (Hg.) Walter Muschg. Olten/Freiburg i. Br. 1964. (UD)

Schicksalsreise. Bericht und Bekenntnis. (Hg.) Anthony W. Riley. Solothurn/Düsseldorf 1993. (SR)

Briefe. (Hg.) Heinz Graber. Olten/Freiburg i. Br. 1970. (B I)

Briefe II. (Hg.) Helmut F. Pfanner. Düsseldorf/Zürich 2001. (B II)

Kleine Schriften I: 1902–1920. (Hg.) Anthony W. Riley. Olten/Freiburg i. Br. 1985. (KS I)

Kleine Schriften II: 1922–1924. (Hg.) Anthony W. Riley. Olten/Freiburg i. Br. 1990. (KS II)

Kleine Schriften III: 1925–1933. (Hg.) Anthony W. Riley. Zürich/Düsseldorf 1999. (KS III)

Kleine Schriften IV: 1933-1953. (Hg.) Anthony W. Riley und Christina Althen. Düsseldorf 2005. (KS IV)

Schriften zu Ästhetik, Poetik und Literatur. (Hg.) Erich Kleinschmidt. Olten/Freiburg i. Br. 1989. (SÄ)

Schriften zu Leben und Werk. (Hg.) Erich Kleinschmidt. Olten/Freiburg i. Br. 1986. (SL)

Schriften zur Politik und Gesellschaft. (Hg.) Heinz Graber. Olten/Freiburg i. Br. 1972. (SP)

Publikationen der Internationalen Alfred Döblin-Gesellschaft

Jahrbuch für Internationale Germanistik. Reihe A: Kongressberichte.
Bern u. a.: Peter Lang 1986ff. (IADK)

Bd. 14 : Internationale Alfred Döblin-Kolloquien Basel 1980/ New York 1981/Freiburg i. Br. 1983. (Hg.) Werner Stauffacher. Bern [u. a.] 1986.

Bd. 24: Internationale Alfred Döblin-Kolloquien Marbach a. N. 1984/ Berlin 1985. (Hg.) Werner Stauffacher. Bern [u. a.] 1988.

Bd. 28: Internationales Alfred Döblin-Kolloquium Lausanne 1987. (Hg.) Werner Stauffacher. Bern [u. a.] 1991.

Bd. 33: Internationale Alfred-Döblin-Kolloquien Münster 1989/ Marbach a. N. 1991. (Hg.) Werner Stauffacher. Bern [u. a.] 1993.

Bd. 41: Internationales Alfred-Döblin-Kolloquium Paris 1993. (Hg.) Michel Grunewald. Bern [u. a.] 1995.

Bd. 43: Internationales Alfred-Döblin-Kolloquium Leiden 1995. (Hg.) Gabriele Sander. Bern [u. a.]1997.

Bd. 46: Internationales Alfred-Döblin-Kolloquium Leipzig 1997. (Hg.) Gabriele Sander und Ira Lorf. Bern [u. a.] 1999.

Bd. 51: Internationales Alfred-Döblin-Kolloquium Bergamo 1999. (Hg.) Torsten Hahn. Bern [u. a.] 2002.

Bd. 69: Internationales Alfred-Döblin-Kolloquium Berlin 2001. (Hg.) Hartmut Eggert und Gabriele Prauß. Bern [u. a.] 2003.

Bd. 75: Internationales Alfred-Döblin-Kolloquium Strasbourg 2003. (Hg.) Christine Maillard und Monique Mombert. Bern [u. a.] 2006.

Bd. 90: Internationales Alfred-Döblin-Kolloquium Mainz 2005. (Hg.) Yvonne Wolf. Bern [u. a.] 2007.

Bd. 95: Internationales Alfred-Döblin-Kolloquium Emmendingen 2007. (Hg.) Sabina Becker und Robert Krause. Bern [u. a.] 2008.

Bd. 101: Internationales Alfred-Döblin-Kolloquium Saarbrücken 2009. (Hg.) Ralf Georg Bogner. Bern [u.a.] 2010.

Literatur zu Alfred Döblin

Althen, Christina: Machtkonstellationen einer deutschen Revolution. Alfred Döblins Geschichtsroman

„November 1918“. Frankfurt a. M. (Lang) 1993.

Auer, Manfred: Das Exil vor der Vertreibung, Motivkontinuität und Quellenproblematik im späten Werk Alfred Döblins. Bonn (Bouvier) 1977.

Bernhardt, Oliver: Alfred Döblin. München (dtv) 2007.

Bernhardt, Oliver: Alfred Döblin und Thomas Mann. Eine wechselvolle Beziehung. Würzburg (Königshausen & Neumann) 2007.

Bogner, Ralf Georg: Institutionen, Institutionenkritik und Institutionalisierungsprozesse zwischen historischer Fiktion und utopischem Programm in Alfred Döblins Romantrilogie „November 1918“. In: IADK, 2007.

Busch, Arnold: Faust und Faschismus. Thomas Manns Doktor Faustus und Alfred Döblins „November 1918“ als exilliterarische Auseinandersetzung mit Deutschland. Frankfurt a. M. (Lang) 1984.

Busch, Arnold: „Aber es ist Berlin“. Das Bild Berlins in Döblins „November 1918“. In: IADK, 1988.

Cutieru, Adriana: Die Metaphern für Geschichte in Alfred Döblins Geschichtsepos „November 1918“. In: IADK, 2010.

Dollinger, Roland: Totalität und Totalitarismus im Exilwerk Döblins. Würzburg (Königshausen & Neumann) 1994.

Emde, Friedrich: Alfred Döblin. Sein Weg zum Christentum. Tübingen (Gunter Narr) 1999.

Frühwald, Wolfgang: Rosa und Satan. In: IADK, 1986.

Hamm, Heinz Toni: Alfred Döblin: „November 1918“. Bemerkungen zur Begründung des Geschichtsromans. In: Beiträge zur deutschen Literatur (20). Tokio, 1983.

Isermann, Thomas: Der Text und das Unsagbare. Studien zu Religionssuche und Werkpoetik bei Alfred Döblin. Idstein (Schulz-Kirchner) 1989.

Kiesel, Helmuth: Literarische Trauerarbeit. Das Exil- und Spätwerk Alfred Döblins. Tübingen (Niemeyer) 1986.

Kiesel, Helmuth: Alfred Döblin, Thomas Mann und der Schluß des „Doktor Faustus“. In: Literaturwissenschaftliches Jahrbuch (31) (Duncker & Humblot) 1990.

Kiesel, Helmuth: Döblins Konversion als Politikum. In: Hinter dem schwarzen Vorhang. Die Katastrophe und die epische Tradition. Festschrift für Anthony W. Riley. (Hg.) Friedrich Gaede [u. a.]. Tübingen/Basel (Francke) 1995.

Kiesel, Helmuth: Geschichte der literarischen Moderne. Sprache – Ästhetik – Dichtung im zwanzigsten Jahrhundert. München (C. H. Beck) 2004.

Kleinschmidt, Erich: Döblin-Studien I. Depersonale Poetik. Dispositionen des Erzählens bei Alfred Döblin. In: Jahrbuch der deutschen Schillergesellschaft. 26. Jg. (Hg.) Fritz Martini, Walter Müller-Seidel u. Bernhard Zeller. Stuttgart (Kröner) 1982.

Kleinschmidt, Erich: Parteiliche Fiktionalität. Zur Anlage historischen Erzählens in Alfred Döblins „November 1918“. In: IADK, 1986.

Koopmann, Helmut: Der klassisch-moderne Roman in Deutschland. Thomas Mann-Döblin-Broch. Stuttgart usw. (Kohlhammer) 1983.

Koopmann, Helmut: Der Schluß des Romans „Berlin Alexanderplatz“ – eine Antwort auf Thomas Mans „Zauberberg“ ? In: IADK, 1993.

Köpke, Wulf: Abschied vom Mythos Berlin in „November 1918". In: IADK, 1988.

Köpke, Wulf: Die Überwindung der Revolutionen: „November 1918". In: IADK, 2002.

Koepke, Wulf: Die Wahrheit des Grotesken. Alfred Döblins „November 1918" als Satire. In: Hitler im Visier. Literarische Satiren und Karikaturen als Waffe gegen den Nationalsozialismus. (Hg.) Viktoria Hertling, Wulf Koepke und Jörg Thunecke. Wuppertal (Arco) 2005.

Kuhlmann, Anne: Revolution als „Geschichte". Alfred Döblins „November 1918". Eine programmatische Lektüre des historischen Romans. Tübingen (Niemeyer) 1997.

Mader, Helmut: Sozialismus- und Revolutionsthematik im Werk Alfred Döblins mit einer Interpretation seines Romans „November 1918". Frankfurt a. M. (Druckort) 1977.

Mattick, Meike: Komik und Geschichtserfahrung. Alfred Döblins komisierendes Erzählen in „November 1918. Eine deutsche Revolution". Bielefeld (Aisthesis) 2003.

Mattick, Meike: „Türme und Kellergewölbe" oder das „Antlitz der Zeit". Groteske Körperdarstellungen im Exilwerk Alfred Döblins. In: Gender – Exil – Schreiben. Würzburg (Königshausen & Neumann) 2002.

Mattick, Meike: „Von Gesichtern Bildern und ihrer Wahrheit." Überlegungen zur Porträtkunst August Sanders und Alfred Döblins Figurenkonzeption in „Pardon wird nicht gegeben" und „November 1918". In: IADK, 2003.

Meyer, Hans: Eine deutsche Revolution. Also keine. Über Alfred Döblins wiederentdecktes Erzählwerk „November 1918". In: Der Spiegel (31). 1978.

Müller, Maria E.: Die Gnadenwahl Satans. Der Rückgriff auf vormoderne Pakttraditionen bei Thomas Mann,

Alfred Döblin und Elisabeth Langgässer. In: Thomas Mann, Doktor Faustus, 1947-1997, (Hg.) Werner Röcke. Bern [u. a.] (Lang) 2004.

Müller, Harro: Anthropologie und Krieg. Alfred Döblins Romane „Wallenstein“ und „November 1918“. In: ders.: Gegengifte. Essays zu Theorie und Literatur der Moderne. Bielefeld (Aisthesis) 2009.

Müller-Salget, Klaus: Alfred Döblin.Werk und Entwicklung, Bonn (Bouvier) 1988.

Müller-Salget, Klaus: „Schärfer härter offener als früher?“ Alfred Döblin auf der Suche nach den Wurzeln des Übels. In: Exil 1933-1945. Forschung. Erkenntnisse. Ergebnisse. Sonderband 1. 1987. (Hg.) Edita Koch u. Frithjopf Trapp.

Osterle, H.D.: Auf der Spuren der Antigone. In: IADK, 1986.

Ribbat, Ernst: Die Wahrheit des Lebens im frühen Werk Alfred Döblins. Münster (Aschendorff) 1970,

Ribbat, Ernst: Döblin, Brecht, und das Problem des historischen Romans. In: IADK, 1986.

Riley, Anthony W.: Christentum und Revolution. Zu Alfred Döblins Romanzyklus „November 1918“. In: Leben im Exil. Probleme der Integration deutscher Flüchtlinge im Ausland 1933-1945. (Hg.) Wolfgang Frühwald u. Wolfgang Schiede. Hamburg (Hoffmann und Campe) 1981.

Sander, Gabriele: Alfred Döblin. Stuttgart (Reclam) 2001.

Sanna, Simonetta: Selbststerben und Ganzwerdung: Alfred Döblins große Romane. Bern [u. a.] (Lang) 2003.

Schoeller, Wilfried F. : Döblin. Eine Biographie. München (Hanser) 2011.

Sebald, Winfried Georg: Der Mythus der Zerstörung im Werk Döblins. Stuttgart (Klett) 1980.

Sebald, Winfried Georg: Alfred Döblin oder Unzuverlässigkeit des bürgerlichen Literaten. In: IADK, 1986.

Stauffacher, Werner: „November 1918“ – Zum Erscheinen der Neuausgabe. In: IADK, 1993.

Wallenborn, Markus: Apokalypse in Berlin. Die Elemente der Johannes-Offenbarung in Alfred Döblins Roman „Berlin Alexanderplatz“. In: Journal für Literatur der Bibel und Religionen. www.aroumah.net, 2006.

Wambsganz, Friedrich: Das Leid im Werk Alfred Döblins. Eine Analyse der späten Romane in Beziehung zum Gesamtwerk. Frankfurt a. M. [u. a.] (Lang) 1999.

Wambsganz, Friedrich: Sophokles‘ „Antigone“ als Verdichtung des Widerstandsproblems der Individualität gegen die Staatsräson in Alfred Döblins „November 1918“. In: IADK, 2007.

Wichert, Adalbert: Alfred Döblins historisches Denken. Zur Poetik des modernen Geschichtsromans. Stuttgart (Metzler) 1978.

Allgemeine Literatur

Die Bibel, nach der Übersetzung Martin Luthers, Stuttgart 1999.

Braungart, Wolfgang: Apokalypse und Utopie. In: Poesie der Apokalypse. (Hg.) Gerhard R. Kaiser. Würzburg (Königshausen & Neumann) 1991.

Benjamin, Walter: Über den Begriff der Geschichte. In: Gesammelte Schriften I-2, Frankfurt a. M. (Suhrkamp) 1997.

Benjamin, Walter: Das Paris des Second Empire bei Baudelaire. [1938] In: Gesammelte Schriften Bd. I-2.

Frankfurt a. M. (Suhrkamp) 1997.

Benn, Gottfried: Sämtliche Werke. Stuttgarter Ausgabe. Bd. 5. (Prosa 3), Stuttgart (Klett-Cotta) 1991.

Böhme, Hartmut: Vergangenheit und Gegenwart der Apokalypse. In: Untergangsphantasien. (Hg.) Gremerius, Johannes. Würzburg (Königshausen & Neumann) 1989.

Brecht, Bertolt: Journale 2. 1941-1955. Frankfurt. a. M. (Suhrkamp) 1995.

Brecht, Bertolt: Schriften 3. Frankfurt a. M. (Suhrkamp) 1993.

Brokoff, Jürgen: Die Apokalypse in der Weimarer Republik. München (W. Fink) 2001.

Canetti, Elias: Masse und Macht. Frankfurt a. M. (Fischer Taschenbuch Verlag) 2003.

Eggert, Hartmut: Der historische Roman des 19. Jahrhunderts. In: Handbuch des deutschen Romans. (Hg.) Koopmann, Helmut. Düsseldorf (Bagel) 1983.

Freud, Sigmund: Studienausgabe Bd. 3, Frankfurt a. M. (Fischer) 1975.

Grass, Günter: Werke. Bd. 9. Darmstadt (Luchterhand) 1987.

Haffner, Sebastian: Die deutsche Revolution 1918/19. Reinbek (Rowohlt) 2004

Kaiser, Gerhard R.: Apokalypsedrohung, Apokalypsegerede, Literatur und Apokalypse. Verstreute Bemerkungen zur Einleitung. In: Poesie der Apokalypse. (Hg.) Gerhard R. Kaiser. Würzburg (Königshausen & Neumann) 1991.

Lessing, Gotthold Ephraim: Werke. 7. Bd. München (Hanser) 1976.

Lexikon für Theologie und Kirche. Bd. 1. (Hg.) Konrad Baumgartner u. a. Freiburg i. B. (Herder) 1993.

Malinowski, Stephan: Vom König zum Führer. Deutscher Adel und Nationalsozialismus. 3. Aufgabe. Frankfurt a.

M. (Fischer) 2010.

Mann, Thomas: Briefe 1937-1947. (Hg.) Erika Mann. Frankfurt a. M. (Fischer) 1963.

Mann, Thomas: Der Zauberberg. Frankfurt a. M. (Fischer) 2002.

Mann, Thomas: Der Zauberberg. Kommentar. Frankfurt a. M. (Fischer) 2002.

Mann, Thomas: Doktor Faustus. Das Leben des deutschen Tonsetzers Adrian Leverkuhn erzählt von einem Freund. Frankfurt a. M. (Fischer) 2007.

Metzler Literatur Lexikon. Begriffe und Definitionen. (Hg.) Günther und Irmgard Schweikle. Stuttgart (Metzler) 1990.

Pinthus, Kurt (Hg.) : Menschheitsdämmerung. Ein Dokument des Expressionismus. Hamburg (Rowohlt) 1996.

Scherpe, Klaus R.: Dramatisierung und Entdramatisierung des Untergangs. Zum ästhetischen Bewußtsein von Moderne und Postmoderne. In: Postmoderne. Zeichen eines kulturellen Wandels. (Hg.) Andreas Huyssen und Klaus R. Scherp. Reinbeck (Rowohlt Taschenbuch Verlag) 1986.

Schiller, Friedrich: Werke. Nationalausgabe. Bd. 2-1. Weimar (Böhlaus Nachf.) 1983.

Theologische Realenzyklopädie. (Hg.) Gerhard Krause und Gerhard Müller. Berlin/New York (de Gruyter) 1993.

Vondung, Klaus: Die Apokalypse in Deutschland. München (dtv) 1988.

Vondung, Klaus: Von Vernichtungslust und Untergangsangst. Nationalismus, Krieg und Apokalypse. In: Literarische Moderne. Europäische Literatur im 19. und 20. Jahrhundert. (Hg.) Rolf Grimminger, Jurij Murasov, Jörn Stückrath. Reinbek (Rowohlt Taschenbuch Verlag) 1995.

Wirsching, Andreas: Die Weimarer Republik. Politik und Gesellschaft. München (Oldenbourg Wissenschaftsverlag) 2008.

日本語文献

アウグスティヌス：『神の国（1〜5）』（服部英次郎・藤本雄三訳、岩波文庫）一九八二、一九九一年
アライダ・アスマン：『想起の空間』（安川晴基訳、水声社）二〇〇七年
Th・W・アドルノ／M・ホルクハイマー：『啓蒙の弁証法』（徳永恂訳、岩波書店）一九九六年
荒井献・池田裕編著：『聖書名言辞典』（講談社）二〇〇四年
アリストテレース：『詩学』（松本仁助・岡道男訳、岩波文庫）二〇〇四年
アントン・カエス：「ホロコーストと歴史の終焉」、『アウシュヴィッツと表象の限界』（ソール・フリードランダー編／上村忠男ほか訳、未来社）一九九四年
岩波講座 文学9『フィクションか歴史か』（小森陽一・富山太佳夫・沼野充義・兵藤裕己・松浦寿輝編、岩波書店）二〇〇二年
小黒康正：『黙示録を夢見るとき』（鳥影社）二〇〇一年
鹿島 徹：『可能性としての歴史』（岩波書店）二〇〇六年
エリアス・カネッティ：『群衆と権力 上・下』（岩田行一訳、法政大学出版局）一九八一年

カルロ・ギンズブルグ：『歴史を逆なでに読む』（上村忠男訳、みすず書房）二〇〇四年
ソポクレース：『アンティゴネー』（呉茂一訳、岩波文庫）二〇〇二年
アルフレート・デーブリーン：『二人の女と毒殺事件』（小島基訳、白水社）一九八九年
アルフレート・デーブリーン：『王倫の三跳躍』（小島基訳、白水社）一九九一年
アルフレート・デーブリーン：『ポーランド旅行』（岸本雅之訳、鳥影社）二〇〇七年
アルフレート・デーブリーン：『ベルリン・アレクサンダー広場』（早崎守俊訳、河出書房新社）二〇一二年
ジャック・デリダ：『哲学における最近の黙示録的語調について』（白井健三郎訳、朝日出版社）一九八四年
ジル・ドゥルーズ：『批評と臨床』（守中高明ほか訳、河出書房新社）二〇〇二年
野家啓一：『物語の哲学』（岩波現代文庫）二〇一〇年
長谷川純：『語りの多声性――デーブリーンの小説『ハムレット』をめぐって』（鳥影社）二〇一三年
セバスティアン・ハフナー：『裏切られたドイツ革命――ヒトラー前夜』（山田義顕訳、平凡社）一九八九年
林健太郎：『林健太郎著作集第４巻――第一次世界大戦後のドイツと世界』（山川出版社）一九九三年
ロラン・バルト：『言語のざわめき』（花輪光訳、みすず書房）二〇〇〇年
平野嘉彦：『獣たちの伝説』（みすず書房）二〇〇一年

クルト・ピントゥス編：『人類の薄明』――序（高安国世訳）、『表現主義の詩』（ドイツ表現主義1、河出書房新社）所収、一九七一年
ミッシェル・フーコー：『フーコー・コレクション6――生政治・統治』（小林康夫・石田英敬・松浦寿輝 編、ちくま学芸文庫）二〇〇六年
ジークムント・フロイト：『フロイト著作集6』（井村恒朗、小此木啓吾ほか訳、人文書院）二〇〇五年
G・W・F・ヘーゲル：『歴史哲学講義 上・下』（長谷川宏訳、岩波文庫）二〇一〇、二〇一一年
ヴァルター・ベンヤミン：『ボードレール他5篇』（野村修編訳、岩波文庫）二〇〇五年
ヴァルター・ベンヤミン：『ベンヤミン・コレクション1』（浅井健二郎編訳・久保哲司訳、ちくま学芸文庫）二〇〇三年
ヴァルター・ベンヤミン：『ヴァルター・ベンヤミン著作集6』（川村二郎・野村修編集解説、晶文社）一九八六年
ヘイドン・ホワイト：「ポストモダニズムと歴史叙述」（特別公開企画講演「アフター・メタヒストリー　ヘイドン・ホワイト教授のポストモダニズム講義」立命館大学「物語と歴史研究会」訳）二〇〇九年十月二十二日（http://www.ritsumei.ac.jp/acd/gr/gsce/news/200901022_repo_0.htm）
ヘイドン・ホワイト：『物語と歴史』（海老根宏・原田大輔訳）《リキエスタの会》二〇〇一年
M・マルティネス／M・シェッフェル：物語の森へ――物語理論入門（林捷・末永豊・生野芳徳訳、法政大学出版局）二〇〇六年
トーマス・マン：『トーマス・マン全集I』（森川俊夫訳、新潮社）一九七二年

トーマス・マン：『トーマス・マン全集Ⅲ』（高橋義孝ほか訳、新潮社）一九七二年
トーマス・マン：『トーマス・マン全集Ⅵ』（円子修平ほか訳、新潮社）一九七一年
トーマス・マン：『トーマス・マン全集Ⅷ』（藤本淳雄ほか訳、新潮社）一九七二年
『ドイツ史3』（成瀬治・山田欣吾・木村靖二編、山川出版社）二〇一一年
山口裕：『ドイツの歴史小説』（三修社）二〇〇三年
山本定祐：『世紀末ミュンヘン』（朝日選書）一九八三年
ローザ・ルクセンブルク：『獄中からの手紙――ゾフィー・リープクネヒトへ』（大島かおり編訳、みすず書房）二〇一一年
ローザ・ルクセンブルク：『獄中からの手紙』（秋元寿恵夫訳、岩波文庫）二〇〇六年
ローザ・ルクセンブルク：『ローザ・ルクセンブルクの手紙――カールおよびルイーゼ・カウツキー宛（一八九六、一九一八年）』（ルイーゼ・カウツキー編、川口浩・松井圭子訳、岩波文庫）二〇〇六年
D・H・ロレンス：『黙示録論』（福田恆存訳、ちくま学芸文庫）二〇〇四年

あとがき

博士論文を提出して学位をとってはみたけれど、まだまだ自分がデーブリーン研究者だなんて名のれたものではないと痛感させられることが多い。そんなわけで、わたしにとって博論の執筆は、九九・九九％、ひたすら苦痛だった。それでも、残りの〇・〇一％で、ごくたまに良いことが起こり、希望の光が射し込む瞬間に遭遇できたので、なんとか放棄せずに仕上げることができた。そして、おかげさまで今も仕事を続けられている。

すべては、つねに迷い悶々とするわたしを叱咤激励しながら支えてくださった指導教授のハインツ・ハム先生をはじめとする上智大学ドイツ文学科の先生方、同僚や友人たちのおかげである。「もしもし？　もしもし？　ぼくの声が聞こえるかい？　カイザー・ヴィルヘルム教会の鐘の音が聞こえるかい？」と繰り返して途中でぷつりと切れた、心が折れそうになっていたわたしを心配してベルリンから電話をくださったときの、国際電話のせいで聞き取りにくい受話器のむこうのハム先生のかすれた呼び声は一生忘れない。この人たちがいなければ、今のわたしは存在しない。そして、一筋縄ではいかないが、力強く勢いのあるデーブリーンのドイツ語、どんな苦しい状況におかれてもけっして屈しない彼の精神力やユーモアや辛辣な皮肉にどれほど勇気づけられたことか。

本書では、博士論文を土台としていることは冒頭で述べたとおりであるが、自分で書いていても読んでいてもつまらなかった研究史や文学史的な記述は大幅に削除し、『一九一八』の読みどころをつまみぐいしながら紹介することに専念した。そして博士論文で不完全燃焼だったところ、ああ、結局自分が言いたかったことはこれだったのか、と後々になって気づいたことを少し書き加えた。至らない点も多く、実現できているかどうかわからないが、『ベルリン・アレクサンダー広場』とは一味ちがう彼のおもしろさをほんのわずかでも伝えられていればと願うばかりだ。

学位を取ってから、人生を揺るがすあまりにも多くの出来事が続けざまに起こったこともあり、本にするまでずいぶんと時間がかかってしまった。こちらの都合で蝸牛の歩みのごとく遅々として作業が進まなかったにもかかわらず、辛抱強く待ってくださった鳥影社の樋口至宏さんには感謝の言葉もない。この場をかりて深くお礼申し上げます。どうもありがとうございました。

二〇一六年　秋

粂田 文

著者紹介

粂田 文（くめだ・あや）

上智大学大学院文学研究科ドイツ文学専攻、博士後期課程単位取得退学。文学博士。現在、慶應義塾大学理工学部専任講師。専門はドイツ現代文学。

デーブリーンの黙示録
『November 1918』における破滅の諸相

二〇一七年一月一五日初版第一刷印刷
二〇一七年二月一〇日初版第一刷発行
定価（本体一八〇〇円＋税）

著者　粂田 文
発行者　樋口至宏
発行所　鳥影社・ロゴス企画
長野県諏訪市四賀二二九—一（編集室）
電話　〇二六六—五三—二九〇三
東京都新宿区西新宿三—五—一二—7F
電話　〇三—五九四八—六四七〇
印刷　モリモト印刷
製本　高地製本

ISBN 978-4-86265-590-5 C0098

好評既刊
（表示価格は税込みです）

ポーランド旅行
デーブリーン著
岸本雅之訳
独立の夢を果たした直後のポーランドの街々と人々の姿を捉えた作家の眼は、その本質を見極めていく。２５９２円

語りの多声性
長谷川純
デーブリーンの小説『ハムレット』をめぐって、物語を語る行為と読む行為から作家の世界像に迫る。２３７６円

否定詩学
尾張充典
カフカの散文における物語創造の意志と原理　カフカの世界と詩学を大胆に分析・解明する。３７８０円

境界としてのテクスト
三谷研爾
カフカ・物語・言説　物語のテクストから、同時代のコンテクストへ。たえず生動するカフカ論の地平。１８３６円

激動のなかを書きぬく
山口知三
二〇世紀前半のドイツの作家たち　クラウス・マン、W・ケッペン、T・マンの時代との対峙の仕方　３０４５円